엘자의 하인

엘자의 하인

강지영 장편소설

자음과모음

차
례

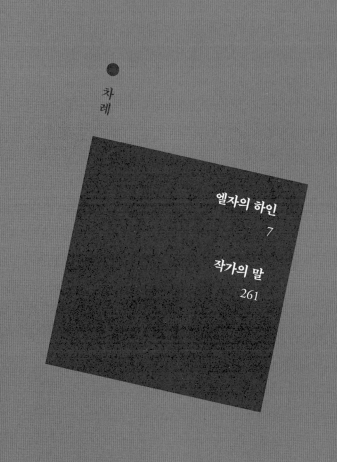

1

간다.

엘자를 만나러 간다.

그녀의 왕국으로 가는 길은 멀고도 험하다. 내겐 전설의 양날 검도 육각 방패도 없다. 청동 갑옷이나 말총으로 장식한 투구도 없다. 이마에 외뿔을 단 백마도, 충성스러운 하인도 없다. 엘자는 사악한 용의 똬리에 사로잡힌 어리석고 의타심 많은 비련의 공주가 아니다. 그녀는 갈까마귀가 하늘을 새카맣게 뒤덮고, 붉은 고사리와 독버섯이 지뢰처럼 밟히는 죽음의 왕국의 여왕이다. 한때 나는 그녀의 왕국에 살던 유일한 백성이었다. 그러나 미천한 신분을 망각하고 아름다운 여왕을 흠모한 죄로 그녀의 왕국에서 내쳐졌다.

그때 내가 성문 앞에서 쉼 없이 흘려보낸 눈물이 옷자락을 타고 흘러 발치에 물홈채기를 만들었다. 그리고 얼마 지나지 않아 물홈채기는 작은 웅덩이로 불어났고, 웅덩이는 시내가, 시내는 곧 푸르게 굽이치는 강이 되었다.

강물 속에는 등이 굽고 눈이 먼 송어가 헤엄을 쳤다. 송어들은 산란기가 되자 자신이 잉태되었던 수원지水源池로 향했다. 그 수원지가 어느 키 작은 소년의 눈물샘이란 걸 알 리 없는 송어들은 끊임없이 제 몸뚱이를 물 위로 퉁겨냈다. 그때마다 세상은 온통 송어들의 몸에서 떨어져 나온 비늘로 뒤덮였다. 비밀을 모르는 사람들은 어느 날 자신의 머리 위로 흩뿌려지는 작고 차가운 비늘들을 눈雪이라 믿기 시작했다. 그러나 나는 안다. 송어의 비늘은 보통의 눈과 다르다. 엘자의 손을 거친 먹이로 몸피를 키운 송어의 비늘에선 그녀의 냄새가 풍긴다. 이제 막 썩기 시작한 모과처럼 쓰고도 달콤한 그 냄새가 나를 이끈다.

경의선 플랫폼에서 나는 하늘을 향해 두 눈을 부릅뜨고 송어의 비늘을 눈에 담는다. 십 년 만에 제가 태어난 곳을 간신히 찾아낸 비늘들은 눈시울을 간질이며 스며든다. 그러곤 가슴께에 이르러 지난 세월을 원망이라도 하듯 세차게 심장을 발길질한다. 나는 두근거리는 가슴을 누르며 엘자가 기다리는 왕국으로 향하는 경전철에 올라탄다. 송어의 비늘 때문인지 오래전 메말랐던 눈물샘에서 엘자의 냄새를 머금은 몇 방울의 물이 흘러내린다.

뛰는 심장을 안고, 녹아내린 비늘을 훔치며 나는 경전철에서 내려 환승 통로를 걷는다. 실타래 같은 노선도를 더듬는 마음이 조급하다. 그녀를 만나러 가는 내내 나는 경전철이 전복되고, 버스가 가드레일을 들이받고, 멀쩡하던 대교가 뚝 부러져 한강에 처박히는 상상을 한다. 그러나 두렵지 않다. 비루먹은 갈까마귀가, 눈먼 송어가 그리고 왕국의 여왕 엘자가 나를 지켜줄 것이다.

간다.

엘자를 만나러 간다.

2

이른 김장이었다.

엽렵하고 바지런하기로 파주에서 으뜸이던 외할머니가 몇 해 전부터 드문드문 헛소리를 시작하더니 올봄 들어서는 아예 먹고 자고 싸는 게 일인, 갓난쟁이처럼 변해버렸다. 외할머니가 씽씽했던 시절이라면 지금처럼 동산 단풍이 벌건 늦가을에 김장을 담근다는 건 있을 수 없는 일이었다. 조왕신께 치성을 드린 정화수에 살얼음이 낄 만큼 추워져서, 귓불이 떨어져나갈 정도는 돼야 양동이 가득 멸치젓을 끓이고, 광에서 간수 내린 소금가마를 끌어냈을 터였다.

"당춘네야, 여기 와서 이것들 배추 키운 본새 좀 구경해라. 이 꼬락서니를 보면 니가 정신이 안 들 수 없다! 하이고야."

동기네 할머니 말마따나 비료 포대를 깔고 탑처럼 아슬아슬하게 쌓은 배추 꼴은 어린 내 눈에도 가관이었다. 거름이 과해 잎사귀가 전부 싯누렇게 타들어간 배추는 그나마도 지푸라기로 밑동을 싸매지 않은 탓에 동기네 할머니 표현대로 '후레아 치마폭'처럼 벌어져 있었다. 동기네 할머니가 역정을 내거나 말거나 툇마루에 걸터앉아 합죽한 입으로 하품을 하던 외할머니가 가뿐히 몸을 일으켰다. 그러더니 어느 결에 뒤로 돌아앉아 엉덩이를 할랑 까곤 봉당 위에 물찌똥을 갈겼다.

내가 조금만 더 착한 어린이였다면 외할머니가 저 지경이 되지는 않았을지 모른다. 작년 가을, 동기는 자기네 할머니가 오줌에 오리알을 삶아 먹었기 때문에 치매에 걸리지 않을 거라 장담했다. 오줌이야 언제든 싸면 나오는 것이고, 동네에선 개만큼 흔한 게 오리니 알만 구해와 스테인리스 요강에 넣고 설설 삶으면 될 일이었다. 그런데 그때 나는 동기가 보는 앞에서 헛구역질까지 해가며 그런 게 어디 있냐고, 한껏 비아냥거렸다. 못난 손자 탓에 외할머니가 치매를 면치 못한 것만 같아 오늘처럼 노망이 발동하는 날이면 절로 고개가 수그려졌다.

오줌에 삶은 오리알을 먹어본 적 없는 외할머니가 밑도 닦지 않고 속바지를 추켜올리며 방으로 들어갔다.

"정말이지, 다 알면서 저러는 거 같아. 사위 망신시키려고."

아빠가 코를 쥐어 싸고 쓰레받기로 똥을 퍼 담아 대문 밖 잿더미에 털어버렸다.

"그런 소리 마라. 싸놓고 안 뭉개는 것만도 얼마나 큰 부준데."

낮게 혀를 차던 동기네 할머니가 찬물 한 바가지를 퍼 봉당에 끼얹고 비질을 했다. 그제야 김장을 거들러 온 아주머니들이 보얗게 살이 오른 무를 채 썰었다. 온 마당에 쏩쓸하고 구린 똥 냄새와 달짝지근하고 맵싸한 무 냄새가 한데 섞여 진동했다.

나는 카세트 라디오와 연결된 이어폰을 귀에 꽂고 발끝을 까딱거리는 종선이에게 눈짓을 했다. 종선이가 그토록 열광하는 토요 외화 시리즈 〈레밍턴 스틸〉도 제쳐두고 우리 집에 놀러온 건 맵고 짜기만 한 김장 속이나 얻어먹기 위해서가 아니었다. 종선이와 내 머리 속은 온통 다람이 생각뿐이었다. 나는 양은 주전자를 들고 종선이를 컴온이 잠든 뒤꼍 감나무 아래로 이끌었다. 물론 거기가 우리의 아지트는 아니었다. 오늘처럼 분주한 날, 안마당에서 빈둥거렸다가는 이리저리 불려 다니며 잔심부름이나 할 게 뻔했기 때문에 어른들 눈에 띄지 않는 장소를 미리 물색해두었던 것이다. 오랜만에 컴온의 무덤을 보고 있자니 편도선이 부은 것처럼 목구멍이 뻐근했다. 컴온, 하고 부르면 정말 컴온 하던 나의 애완동물 1호, 컴온.

컴온은 개였다. 비록 다람이처럼 귀엽고 사랑스럽지는 않았지만 컴온에게도 대견한 구석이 있었다. 녀석은 잡종 발바리로 다커서도 몸집이 중고양이만 했는데, 하루에 한 번씩은 마루 밑으로 기어들어가 통통하게 살이 오른 쥐를 잡아 저녁곁두리로 삼았다. 그러나 신기하게도 컴온은 어린 생쥐나 젖을 빨린 자국이 있는 암컷 쥐는 물었다가도 도로 놓아주었다. 어쩌면 쥐들과 컴온 사이에는 평화협정이 맺어져 있었는지도 몰랐다. 어린 쥐와 새끼 밴 암컷 쥐는 제외시켜 주십시오. 그것만 지켜주시면 매일 건강한 수컷 쥐 한 마리를 컴온님께 조공하겠나이다. 먹는 것 외엔 뭐든 시큰둥했던 컴온이라면 흔쾌히 그 제안을 받아들이고 협정서에 오종종한 발 도장을 찍었을 게 분명했다. 어쨌거나 컴온은 쥐 때문에 죽었다.

쥐들은 천장을 타고 다니며 온 집 안의 곡식이며 기름, 종이, 옷감, 연탄, 심지어는 파리 끈끈이까지 쏠아버렸다. 종내에는 아빠가 애지중지하던 연분홍색 실크 와이셔츠의 소맷자락에까지 쥐 이빨 자국이 남았다. 화가 머리끝까지 치솟은 아빠는 쥐 박멸 계엄령을 선포하고 컴온의 밥을 끊어버렸다. 밥을 주지 않으면 쥐가 간식이 아닌 주식이 될 터였고, 컴온과 쥐들이 맺은 평화협 정도 무효화될 거란 공산이었다.

아빠의 계략대로 컴온은 하루 수십 번 마루 밑으로 기어들어가 쥐 소탕 작전을 벌였다. 밥을 먹을 때보다 훨씬 살이 오르고 털이 반지르르한 컴온을 보며 아빠는 만족스러운 미소를 띠었다. 그러던 지난여름, 컴온이 예사롭지 않았다. 마루 밑에서 기어나와 비틀거리던 녀석이 뱃구레를 들썩이며 마당 한가운데다 허연 거품을 토해내기 시작했다. 이미 컴온은 눈이 개개풀린 데다 사지가 뻣뻣하게 굳어 있었다. '어머, 어쩜 좋아. 우리 컴온 쥐약 먹었나 봐!' 아빠는 어디선가 우루사 세 알을 구해와 냉수에 녹인 다음 컴온의 헤벌어진 입에 흘려 넣고 배를 쓸어주었다. 하지만 그런 노력에도 불구하고 컴온은 해 기울 녘이 되자 긴 혀를 빼물고 대문간에 죽어 나자빠졌다. 컴온이 죽었다는 소식을 전해 들은 이웃들이 토치램프를 들고 출동했지만 쥐약 때문에 죽었다는 말에 아쉽게 쓴 입맛을 다시며 돌아섰다. 아빠는 개집 바닥에 깔아놓았던 더러운 모포 조각을 끌어내어 목각 인형처럼 빳빳해진 컴온의 몸뚱이를 감싼 다음 이곳에 묻어주었다. 거름이라도 되렴, 컴온. 하고.

컴온의 무덤이 감나무 아래였기에 농익은 감 한 알이 종선이의 어깨를 아슬아슬하게 비껴, 철퍽 흙바닥에 떨어졌다. 차진 과육이 종선이의 흠집 없는 새하얀 까발로 운동화에 튀었다. 컴온이 살아 있었다면 터진 감에 코를 박고 정신없이 핥아댔을 테지만, 지금쯤 무덤 속에서 구더기 밥이 되었을 녀석은 잠잠하기만 했다. 종선이가 인상을 구기며 컴온의 무덤 위에 켜켜이 쌓여 썩어가는 감잎으로 운동화를 문질렀다.

"아무래도 수상해. 무슨 다람쥐가 쥐처럼 찍찍대냐?"

쥐라니. 주전자 안에 든 건 의심할 여지없는 다람쥐였다. 이미 풍성하고 윤기 흐르는 꼬리를 두 눈으로 똑똑히 목격한 적이 있으니 틀림없다. 나는 뻐근한 목구멍으로 침 한 모금을 꿀꺽 삼킨 뒤 시커멓게 주접 든 양은 주전자를 컴온의 무덤 위에 내려놓았다. 컴온, 다람이가 너무 놀라지 않게 네가 도와줘.

"진짜 다람쥐라니까. 이름도 있어. 다람이. 얼마나 내 말을 잘

듣는데."

나는 바지 호주머니에 손을 넣어 도토리 세 알과 알밤 두 알을
꺼냈다.

"자아, 다람아 밥 먹자. 형아가 토실토실한 알밤 가져왔어."

주전자 뚜껑으로 가져가는 손이 긴장으로 잠자리 날갯짓처럼
파르르 떨렸다. 종선이에게 온갖 호기를 다 부렸지만 사실 뚜껑
을 활짝 열고 다람이를 자랑하는 건 위험이 따르는 일이었다. 다
람이가 마음만 먹으면 눈 깜짝할 사이에 먼 산으로 도망쳐버릴
수도 있으니 주전자 뚜껑을 여는 손이 간단없이 떨릴 수밖에 없
었다.

고백하자면 다람이가 우리 집에 온 지 한 달이 다 되어가는 지
금껏 나 역시도 녀석의 꼬리를 제외한 등짝이나 귀때기 한 번 제
대로 본 적이 없었다. 다람쥐란 게 개처럼 목줄을 채워 기를 수
있는 동물이 아니니 어딘가에 가둬놓을 집이 필요했는데, 알량
한 내 용돈으로는 다람쥐용 철장은 언감생심이었다. 그나마 차
선책인 금 간 어항이나 녹슨 새장조차도 시골 마을에서 쉽게 구
할 수 있는 물건이 아니었다. 다행히 광섭이 아저씨가 처음부터
다람이를 주전자에 넣어왔기에 망정이지 하마터면 비닐봉지에
담아 키울 뻔했다. 주전자는 숨구멍도 있고 먹이를 넣어줄 뚜껑
도 있었지만 다람이의 재롱을 느긋하게 구경하며 얼굴을 익히기
엔 적당치 않았다. 그저 주전자 몸통에 귀를 대고 저 안에 나의
다람이가 있구나. 참 귀엽겠지. 아무렴, 누구 애완동물 2호인데.

다람아 재주나 한 번 넘으렴, 하고 마음속으로만 외칠 뿐이었다.

나의 애완동물 2호가 개나 고양이처럼 흔해빠져 발에 치이는 털 뭉치가 아니란 걸 종선이에게 자랑삼아 매일 떠벌린 게 화근이었다. 종선이는 털 달린 짐승이라면 뭐가 됐든 환장을 했지만 천식이 있는 엄마 때문에 키우질 못했다. 그래서인지 내가 다람이 자랑을 할 때면 가뜩이나 뻐드러진 앞니를 웅등그리며 그렇게 귀엽고 사랑스러운 야생동물이 너희 집에 살 리가 없다고 나를 뻥쟁이로 몰아갔다. 그러곤 다람이의 실체를 확인시켜주면 내 겨울방학 탐구생활을 대신 풀어주고 봄방학까지 가방을 들어주겠노라 약속을 했다.

"아, 빨랑!"

종선이가 멈칫하는 내 손을 재촉했다.

"다람아, 딱 일 분만. 아니 삼십 초만 형아들이랑 노는 거야. 내 목소리 기억하지? 산골짝에 다람쥐, 아기 다람쥐."

내 목소리를 기억시키기 위해 틈만 나면 주전자 주둥이에 입을 대고 불렀던 노래로 다람이를 안심시켰다. 그러자 주전자 안에서 뭔가 톡톡 튀는 소리가 났다.

"난데없이 노래는 왜 불러? 비켜 봐, 내가 열게."

종선이가 제멋대로 주전자 뚜껑에 손을 가져갔다. 그러곤 말릴 틈도 없이 어기차게 뚜껑을 열어 젖혔다. 그러자 고무공이 튀듯 주전자가 들썩거리더니 진회색 털 꾸러미가 폴딱 튀어나와 종선이의 어깨를 타넘고 바닥으로 뛰어내렸다.

"안 돼, 다람아!"

다람이는 떠났다. 그것도 총알처럼 빠른 속도로 포르르 낙엽 사이를 누빈 뒤 동산을 향해 볶은 콩처럼 튀어갔다. 그 풍성하고 아름답던 꼬리조차 구경하기 힘들 정도의 속력이었다. 그건 마치 재채기처럼 너무나 순식간에 벌어져서 우리는 잠시 동안 얼이 빠진 채로 서로의 얼굴만 빤히 바라보았다.

"우리 다람이 엄청 빠르다. 그치?"

나는 어벌쩡 능청을 떨었다. 그러나 종선이는 내 말은 들은 체도 않고 뚜껑이 열린 우멍한 주전자 속을 물끄러미 바라보았다.

"이제 너랑 안 놀아."

종선이가 내 어깨를 밀치고 안마당으로 들어가는 함석 문을 열었다.

"너도 봤잖아. 우리 다람이."

다람이를 잃은 것만도 아깝고 억울했다. 그런데 절교 선언이라니.

"그럼, 주전자 안에 든 것도 다람쥐 새끼냐?"

나는 종선이에게서 시선을 거둬 주전자로 가져갔다. 그 안에는 정말 뭔가 가뭇한 것이 오글거리고 있었다. 처음에는 다람이가 싸놓은 똥인 줄 알았는데 자세히 들여다보니 털이 푸시시한 어린 생명체였다. 나는 주전자를 뒤집어 안에 든 것을 바닥으로 떨어뜨렸다. 연분홍색 앞발을 갈퀴처럼 모은 한 덩어리의 생명체들이 발치에서 꼬물거렸다. 눈을 비비고 다시 봐도 생쥐였다.

아옹다옹하던 여섯 마리의 생쥐들이 검은깨처럼 쪽 찢어진 까만 눈을 반짝이며 나를 올려다보았다.

이건 있을 수 없는 일이었다. 다람이는 다람쥐인데 어째서 새끼는 그냥 쥐란 말인가. 나는 이 모든 게 쥐 때문에 억울하게 죽은 컴온의 저주처럼 느껴졌다. 너무나 맥이 빠져 종선이를 따라 안마당으로 나갈 힘도 없었다.

컴온의 저주인지, 다람이의 둔갑술인지, 아니면 도수가 맞지 않는 안경을 오래 써 시궁쥐가 다람쥐로 보인 것인지 진실을 밝혀야 했다. 나는 털 한 올 없는 연분홍색 꼬리를 할짝거리는 다람이의 생쥐 자식들을 주전자에 담았다. 마음 같아선 컴온의 무덤에 합장을 하고 싶었지만 새끼를 살려두면 언젠가 다람이가 돌아올지도 모른다는 황당한 믿음이 생겼다.

"광섭 씨는 정육점에 간 거야, 돼지를 잡으러 간 거야? 물 다 졸아버리겠네."

아빠의 목소리가 안마당과 뒤꼍을 엉성하게 나눈 함석 벽을 타 넘어왔다. 광섭이 아저씨는 겨우내 우리 집 김치를 거저 얻어먹는 대가로 매년 김장 날이면 수육용 삼겹살을 사 디밀었다. 매운 걸 좋아하지 않는 나로서는 몇 번 먹지도 않았는데 설사가 좍좍 쏟아지는 날김치보다 삼겹살 수육이 훨씬 반가웠다. 하지만 천하의 거짓말쟁이가 되어 절교당한 데다 애완동물 2호까지 잃은 지금의 참담한 심정으로는 소불고기라 해도 입이 쓸 것 같았다.

부다다다, 오토바이 소리가 점점 커지다 뚝 끊기는 걸 보면 광섭이 아저씨가 돌아온 모양이었다. 곧이어 능글능글한 아저씨의 목소리가 들려왔다.

"누님들, 출출하시지? 문산시장에 암퇘지가 없대서 선유리까지 갔다 왔어."

광섭이 아저씨의 목소리에 부아가 치밀었다.

일주일 전, 사랑채에 세를 사는 광섭이 아저씨가 민방위 훈련을 다녀오며 다람쥐 한 마리를 잡아왔다. 그때 아저씨는 거나하게 취해 사지를 펄럭이며 '인천의 성냥 공장 성냥 만드는 아가씨, 하루에 한 갑 두 갑 일 년에 열두 갑, 치마 밑에 감추고서 정문을 나설 때' 하는 요상한 노래를 부르며 대문 안으로 들어섰다. 사랑채 앞에서 콩깍지에 불장난을 하려던 나는 아저씨의 등장에 히뜩 놀라 엉거주춤 도망갈 자세를 취했다.

목수인 광섭이 아저씨는 손재주가 좋아 뭐든 뚝딱뚝딱 잘 만들었지만 술만 취하면 자신이 만든 의자며 선반을 때려 부수는 악취미가 있었다. 그때 나는 날 빠진 썰매에 엉덩이를 걸치고 있었는데 그 역시도 아저씨가 만들어낸 것이 틀림없으니 자칫 비위를 거슬렀다가 썰매와 함께 두 동강이 날지도 모른다는 생각이 들었다.

"오! 이게 누구야? 하인이잖아?"

엄장이 큰 광섭이 아저씨가 달빛 아래 긴 그림자를 내 머리 위로 드리웠다. 나는 움찔하며 최대한 연약하고 순진한 표정을 지으려 노력했다.

"나 기다리느라 안 잤구나?"

물론 그럴 리 없었다. 엄마는 초저녁부터 술에 취해 곯아떨어졌고, 아빠는 외할머니가 방에서 뛰쳐나와 네활개를 치지 못하게 밖에서 방문을 걸어 잠그고 옥선 이모네로 밤나들이를 떠났다. 시시한 연속극에 신물이 난 나는 엄마의 외투 주머니에서 찾은 라이터를 들고 살금살금 마당으로 나와 짜릿한 불장난을 즐기려던 참이었다.

"지금 자려고요."

광섭이 아저씨는 주부코를 벌름거리며 떫고 시큼한 냄새가 풍기는 얼굴을 내게 가까이 댔다.

"컴온 주려고 잡아온 건데, 생각해보니까 그놈 죽었잖아. 옛다, 너나 가져라."

아저씨가 손에 든 건 새카만 양은 주전자였다.

"고맙습니다."

받지 않았다가는 썰매를 타고 하늘을 날아야 할지 몰랐으므로 나는 어깨를 움츠리고 손을 내밀어 주전자를 넘겨받았다.

"그 안엔 말이다, 다람쥐가 살고 있어. 잘 키워서 구워 먹든 삶아 먹든 네 맘대로 하렴. 맛있으면 또 잡아줄게."

다람쥐가 그냥 있는 것도 아닌, 살고 있다니. 순간 머릿속에 스머프 마을처럼 작고 앙증맞은 동화 세상이 펼쳐졌다. 겉보기엔 고철이나 다름없는 주전자지만 뚜껑을 열면 상수리와 개암나무가 우거지고 그 아래로 산토끼가 뛰노는 작은 연못이 있을 것만 같았다. 향기로운 들꽃 군락 사이에서 새카만 코에 영롱한 눈동자를 가진 작은 다람쥐 한 마리가 톡 튀어 올라 안녕? 우린 친구니까 날 잡아먹지 말아줬으면 해, 하고 인사를 건네는 데까지 상상이 치닫자 가슴이 사정없이 두근거렸다. 내가 환상 속에서 허우적거리는 동안 광섭이 아저씨는 이유 없이 내 꼭뒤에 군밤 한 대를 먹이고는 밤하늘을 향해 썰매를 냅다 발로 차 날려버렸다.

그날 밤, 나는 드렁드렁 코를 골고 빠득빠득 이를 갈며 푸푸 입술 새로 바람을 내뱉는 엄마 곁에 누워서 잠을 설쳤다. 내가 다람쥐의 주인이 되다니. 물론 다람쥐가 다마고치나 카시오 전자 손목시계만은 못하지만 작고 따뜻한 몸을 가진 어엿한 생명체의 소유자가 되었다는 건 암만 생각해도 멋진 일이었다. 개나 고양이를 키운 적은 여러 번 있었다. 하지만 그건 가족 공동의 소유였고, 정확히는 밥을 주는 아빠가 주인이라 할 수 있었으니 오롯이 내 몫의 애완동물을 가진 건 이번이 처음이었다. 다람이의 정체가 불분명해진 지금, 나는 이가 득실거리는 들쥐를 가져다 다람쥐라고 속인 광섭이 아저씨가 얄미워 미칠 지경이었다.

나는 마음을 가다듬고 안마당으로 난 쪽문을 열었다. 광섭이 아저씨가 평상에 앉아 김치를 안주 삼아 막걸리를 마시는 모습이 보였다.

"그러다 속 버리겠네. 광섭 씨, 내가 달걀 후라이라도 해줄까?"

아주머니들 사이에서 절인 배추에 속을 넣던 아빠가 불쑥 고개를 들고 특유의 간드러지는 목소리를 높였다.

"후라이는 무슨. 이거면 됐시다. 형수도 한잔할랍니까?"

광섭이 아저씨는 아빠를 형수라 불렀다. 물론 아빠의 이름이 형수는 아니었다. 그건 아저씨가 엄마를 형이라 부른 데서부터 어긋나기 시작한 호칭이었다.

"가만있어 봐. 쌍란 사다논 거 있거든."

아빠가 벌겋게 양념 묻은 고무장갑을 벗어놓고 엉덩이를 살랑거리며 부엌으로 들어갔다. 나는 광섭이 아저씨가 만취해 평상을 때려 부수기 전에 진실을 밝히기로 마음먹었다.

"아저씨, 저 좀 봐요."

나는 최대한 차분하게 가다듬은 목소리로 아저씨를 불렀다.

"오냐, 봤다."

코끝과 눈 밑이 불콰해진 광섭이 아저씨가 고춧가루 낀 앞니를 드러내며 키득거렸다.

"그때 아저씨가 준 다람쥐가 새끼를 낳았어요."

"그것 참 잘됐구나. 잘 키워서 같이 구워 먹자꾸나."

부엌에서 고소한 기름 냄새가 났다.

"아저씨도 한번 보실래요?"

산달이 다가와 배가 둥덩산 같은 옥선 이모가 뒤뚱거리며 평상으로 다가와 내 입에 작게 오므린 배추쌈을 쏙 밀어 넣었다.

"간 좀 봐봐. 짜니?"

머리가 쭈뼛 서게 맵고 짰지만 나는 건성으로 맛있다 대답하곤 주전자 뚜껑을 여는 광섭이 아저씨의 얼굴에 시선을 박았다.

"아주 야들야들해 보이는데?"

광섭이 아저씨가 실실 웃으며 입맛을 다셨다.

"아저씨 눈엔 그게 다람쥐 새끼로 보이세요?"

내가 생각하기에도 도발적인 말투였다. 생쥐를 만지던 손으로 내 뺨을 후려치면 어쩌나 싶은 생각에 어깨를 움츠리고 눈을 감았다.

"내가 아무리 가방끈이 짧기로 다람쥐 새끼랑 쥐 새끼 구분을 못 할까?"

광섭이 아저씨가 빈 잔에 자작으로 막걸리를 채워 들이켰다.

"쥐란 동물은 못 여는 뚜껑이 없지. 암."

"아무렴. 소댕 뚜껑이고 챙기름 병이고 못 여는 게 없지."

칼등으로 총각무를 긁던 동기네 할머니가 광섭이 아저씨를 거들고 나섰다.

"네가 맨날 먹을 걸 넣어주니까 쥐들이 다람쥐를 몰아내고 주전자 속에 살림을 차렸겠지. 너무 실망하지 마. 맛은 다람쥐나 그냥 쥐나 거기서 거기야."

아빠가 노른자가 두 개씩 박힌 달걀부침을 광섭이 아저씨 옆에 내려놓았다.

"뚜껑을 열 수 있을진 몰라도 어떻게 다시 닫아요? 하여간 말도 안 돼요. 처음부터 다람쥐가 아니라 쥐를 준 거죠?"

버젓이 젓가락이 있는데도 광섭이 아저씨는 뭉툭한 손가락으로 달걀부침을 집어 올려 입에 넣었다.

"뚜껑이 열려 있으면 네가 밥을 줬겠냐? 놈들이 알아서 닫은 거야. 쥐들이 얼마나 약은데. 네 머리 꼭대기에 올라가 있다, 인석아."

광섭이 아저씨가 목울대를 꿀렁이며 한참을 웃다, 남은 달걀부침을 통째로 입에 넣고 우물거렸다. 그 모습이 언젠가 외할머니가 들려준 옛날이야기 속 어린애 간만 빼 먹는다는 붉은 야차처럼 잔인하고 구접스럽게 느껴져 얼른 눈길을 피했다. 나는 영악한 쥐들과 매정한 종선이, 얄궂게 비아냥거리는 광섭이 아저씨를 마음속으로 저주했다. 하늘에서 불침 같은 번개가 쏟아져 그들의 꽁무니에 연방 꽂히거나 수천 개의 차돌 같은 우박이 후둑후둑 머리 위로 떨어져 나를 희롱하고 배신한 대가를 치르게 하고 싶었다.

"어머나, 눈이 오네."

바로 그때, 내 저주에 하늘이 화답했다. 비록 불침 같은 번개나 차돌 같은 우박은 아니었지만 분명 눈을 비비고 다시 봐도 의심할 여지없는 눈이 사람들의 머리 위로 꽃잎처럼 난분분 흩날렸다. 가장 먼저 눈 소식을 알린 옥선 이모가 손바닥을 펼쳐 눈을 받으며 어린애처럼 활짝 웃었다.

"별일도 다 있구먼. 아직 음력으로 추시월인데."

동기네 할머니가 총각무 다발을 처마 아래로 옮겼다.

비록 아침부터 날이 꾸물거리고 입김이 허옇게 뿜어지긴 했지만 동기네 할머니 말처럼 아직 내복도 꺼내지 않은 초겨울에 눈이 온다는 건 별일이었다. 그러므로 양력 11월에 내리는 첫눈은 초자연적인 현상이라고밖에 설명할 길이 없었다. 다행히 누구도 내가 내린 저주라는 걸 눈치챈 사람은 없는 것 같았다.

내게 이런 무서운 능력이 있었다니. 나는 마치 세상의 일부를 마음대로 짓주무를 수 있는 절대 권력자가 된 기분이 되어 자못 위엄 있는 표정을 지어냈다. 기분 탓일까, 조금 전만 해도 허허 실실이었던 광섭이 아저씨의 낯빛이 가시 오른 된장처럼 어둡게 느껴졌다.

"하인아, 저거 컴온 아니냐?"

마치 유령과 맞닥뜨린 것처럼 차갑게 굳은 표정의 광섭이 아저씨가 대문간을 가리켰다. 나는 그의 손끝을 따라 대문간을 바라보았다. 순간, 심장이 멈추고 머릿속에서 폭약이 쾅쾅 터지는 것처럼 눈앞이 아찔했다. 광섭이 아저씨의 말대로 대문간에 컴온이 서 있었다. 뾰족한 입과 바둑알처럼 새카만 눈, 사자처럼 뻗친 갈기털, 동그랗게 말려 제법 늠름하게 짚어진 꼬리. 누가 뭐래도 컴온이었다.

"납니다. 돼지부동산."

역광을 받아 얼굴이 또렷하진 않지만 컴온을 비롯해 크고 작은 세 사람이 대문간으로 들어섰다.

"어머나, 임 씨가 우리 집엔 웬일이세요?"

작달막한 키에 살집이 좋은 오십대 남자가 불쑥 마당으로 걸어 들어왔다. 그때까지만 해도 나는 가느다란 목줄에 묶여 살래

살래 꼬리를 휘젓는 컴온에 눈이 팔려 그 줄을 붙잡은 사람에겐 호기심을 느끼지 못했다.

"하인이 엄마가 방 내났다던데요? 광섭이 혼자 사랑채 다 쓰기 넓다고."

광섭이 아저씨가 쓰는 사랑채는 외할머니가 시집왔을 무렵엔 외양간이었지만 생전에 솜씨 좋던 외할아버지가 부엌을 들이고 변소를 꾸려 방 두 개짜리 살림집으로 개조해놓았다. 혼자 사는데 큰방은 필요 없다며 굳이 작은방을 차지한 광섭이 아저씨 때문에 볕도 잘 들고 보일러도 잘 돌아가는 큰방이 비어 있었다. 돼지부동산 아저씨는 아빠의 허락도 없이 대문에서 가까운 사랑채의 출입문을 열었다.

"사모님, 이리 와서 한번 보세요. 돌아가신 영감님 솜씨가 얼마나 좋은지 몰라요. 개미 한 마리 못 파고들게 콩구리 친 거 하며, 온돌 다 들어내고 보이라 공사도 새로 하셨다니까. 건넌방에 시커먼 놈이 하나 살긴 하는데 허구한 날 밖으로만 나도니까 따님과 둘이 쓰시는 거나 진배없습니다."

돼지부동산 아저씨가 가느다란 그림자에게 손짓을 했다. 그림자가 느린 걸음으로 사랑채에 다가오자 역광이 걷히고 얼굴이 드러났다. 그림자의 주인은 여자였다. 그것도 외국 여자. 새카맣고 풍성한 머리를 반짝이는 핀으로 틀어 올린 여자는 숨이 멎을 만큼 아름다웠다. 그건 예쁘다는 표현이 천박하게 느껴질 정도의 경이로운 아름다움이었다. 여우 꼬리 털목도리를 걷어낸 여자의 목덜미는 수피를 벗겨낸 버드나무처럼 새하얗고, 동그스름한 이마와 도도하게 솟아오른 광대뼈가 받쳐 올린 크고 검은 눈동자는 자수정처럼 빛이 났다. 산뜻하게 날이 선 콧대며 윤기 흐르는 다홍빛 입술은 마치 금방 붓이 지나간 서양화 같았고, 발그스름한 뺨은 소녀처럼 반들거렸다. 적자주색 투피스는 군살 없이 날씬한 몸에 꼭 맞았고, 다듬잇방망이 같은 두 다리 끝에는 반짝이는 하이힐이 신겨 있었다.

"식구가 몇이나?"

놀랍게도 아름다운 외국 여자는 능숙한 한국말을 썼다.

"다섯 식구예요. 우리 부부랑 아들내미, 그리고 장모님은 안채를 쓰고요, 여기 광섭 씨 혼자 사랑채에 살아요. 근데 남자랑 한 채 쓰시기 불편하실 텐데."

아빠가 대답했다. 외국 여자는 마치 백화점 보석 매장에서 다이아몬드 반지를 고르듯 한 손으로 우아하게 턱을 괴곤 사랑채 부엌을 들여다봤다.

"그거라면 염려 마십쇼. 숙녀 분들 불편하지 않게 전 일절 부엌 출입은 안 할 테니까요. 변소도 바깥마당에 있는 푸세식 쓰면 되고, 세수는 마당 수돗가에서 해결해도 충분합니다."

외국 여자는 말할 것도 없고 김장을 하던 아주머니들, 돼지부동산 아저씨까지 우렁찬 목소리로 웅변을 하는 광섭이 아저씨를 놀란 눈으로 바라보았다. 어느샌가 평상에서 벌떡 일어나 주먹을 불끈 쥔 아저씨는 두 볼이 불에 덴 것처럼 새빨갰다.

"결정은 사모님이 하세요. 사람 많은 시내는 무조건 싫다고 하시니, 파주시에서 이보다 좋은 조건은 없을 겁니다. 조용하고 주인네 인심 좋고."

외국 여자의 입술을 바라보는 광섭이 아저씨의 두 눈은 마치 당장이라도 발사될 듯 빳빳하게 힘이 들어차 있었다.

"엘자, 네가 와서 보렴. 너만 마음에 들면 엄만 이 집으로 결정하고 싶구나."

컴온의 목줄을 손에 쥔 자그마한 그림자가 외국 여자의 부름에 움직였다. 그림자는 아주 느리게, 마치 양치류 식물이 잎사귀를 뻗듯 우아한 걸음으로 사랑채 앞에 다가섰다. 엘자라 불리는 그림자는 내 또래의 소녀였다. 소녀는 검고 커다란 밀짚모자를 쓰고 있었다. 그런 소녀의 시야를 틔워줄 모양으로 외국 여자가 모자를 벗겨 겨드랑이 사이에 꼈다. 소녀는 엄마인 외국 여자를 그대로 줄여놓은 것처럼 아름다웠다. 그러나 꼭 하나 전혀 닮지 않은 곳이 있었다. 그건 그 애의 눈동자였다. 외국 여자와 달리 엘자는 양배추 인형처럼 크고 푸른 눈동자를 가지고 있었다. 그런 색깔의 눈동자로 남들처럼 보고 읽을 수 있는 것인지 의심스러웠다. 깊고 푸른 엘자의 눈동자가 보잘것없는 사랑채를 훑었다. 나는 마치 그 애가 바라보는 것이 누추한 사랑채가 아닌 더럽고 땟국 흐르는 내 손등인 것만 같아 어깨를 움츠렸다.

"벽지가 누래요. 장판도 들떴고요. 또 싱크대 수도꼭지가 너무 높이 달렸어요. 문짝도 낡았잖아요."

엘자는 마치 자신이 어른인 것처럼 거침없이 사랑채의 불편 사항들을 열거했다.

"이사 날짜만 정해지면 도배장판이랑 문짝은 새로 해드릴게요. 수도는 호스 달아 쓰면 될 거고. 따님이 참 야무지네. 인형처럼 이쁘구."

아빠가 외국 여자의 곁에 바짝 붙어 이 방에 살던 신혼부부가 주택복권 2등에 당첨되어 서울로 이사를 갔다며, 들어와 살면 누구든 부자가 될 거라는 허풍을 떨었다. 물론 재작년까지 그 방에 신혼부부가 살았던 것도 사실이고 복권에 당첨된 것도 거짓말은 아니었다. 하지만 복권 당첨금은 세금을 제하고 나니 겨우 이천만 원 남짓이었고, 서울로 이사를 한 신혼부부가 여전히 셋방살이를 면치 못한다는 소식이 엄마를 통해 전해졌다.

파주처럼 인구 이동이 드문 시골에서, 그것도 시내로 나가려면 하루 세 번 드나드는 마을버스를 기다려야 하는 불편 때문에 사랑채는 영영 새 주인을 찾지 못할 것만 같았다. 사정이 그렇다 보니 좋은 기회를 놓칠 아빠가 아니었다. 어느새 보일러를 가동시키고 수돗물을 틀어 보여주며 사랑채를 세상에 둘도 없는 에덴동산으로 포장했다.

"좋아요. 이 집으로 하죠. 벽지는 무늬 없는 걸로 장판은 모노륨으로 부탁합니다."

외국 여자가 아빠 대신 돼지부동산 아저씨에게 요구사항을 전달하고 앞장서 대문을 나섰다.

"가자, 하인."

엘자도 그 뒤를 따랐다. 잠깐, 하인이라고? 그건 내 이름이었다. 하지만 엘자는 내 쪽은 돌아보는 척도 않고 컴온의 목줄을 끌어당겼다. 나를 부른 게 아니란 뜻이었다.

"너, 그 개 어디서 났어?"

할 땐 몰랐는데 생각할수록 우스꽝스러운 말이었다. 개가 어디서 나다니. 염라대왕이라도 찾아가 죽은 컴온에게 목줄을 채워 돌아왔을 리도 없을 텐데. 멍청한 말을 꺼낸 내 입을 원망하던 그때, 엘자가 나를 돌아보았다. 파란 눈동자와 눈이 마주치자 나는 해부용 개구리처럼 옴짝달싹하지 못하고 얼어붙었다.

"지하에서."

나는 귀를 의심했다. 차라리 귓밥이 가득 차서 '기차에서' 혹은 '지방에서' 따위의 말을 잘못 알아들었기를 바랐다. 하지만 아빠의 무릎에 머리를 괴고 귓밥을 판 게 어제였고, 주전자 속에 든 생쥐들이 먹이를 조르느라 찍찍거리는 소리까지 선명했던 터라, 귀를 의심할 수 없었다. 컴온, 아니 이제는 하인이가 된 엘자의 개가 경주마처럼 위풍당당한 걸음으로 주인을 따라나섰다.

엘자의 말이 맞다면 컴온의 무덤은 지금쯤 텅 비어 있을 거였다. 목덜미에 오소소 소름이 돋았다. 늦가을 쏟아지는 괴이한 눈바람을 뚫고 아름답고 이상한 모녀를 실은 돼지부동산 티코가 마당을 빠져나갔다.

3

추측과 달리 모녀는 외국인이 아니었다.

"이름이 스텔라래. 임 씨 말로는 튀기라더라. 어쩐지 짜증나게 이쁘다 했어."

살구색 벽지에 빗자루로 풀칠을 하던 아빠가 가볍게 콧방귀를 뀌었다. 아빠는 예쁜 여자를 싫어했다. 그래서 엄마와 결혼을 한 걸지도 몰랐다. 아빠가 건넨 도배지를 벽에 바르는 엄마는 누가 봐도 예쁘지 않다. 인정하고 싶지 않지만 엄마는 작고 옴팡한 눈과 한 주먹은 됨직한 뭉툭한 코, 명란젓처럼 붉고 두툼한 입술에 심술보를 늘어뜨린 추녀였다. 물론 예쁘지 않기로는 동기네 엄마나 종선이네 엄마도 우리 엄마 못지않다. 하지만 그 아줌마들은 우리 엄마처럼 뒷목이 파르라니 드러나게 상고머리를 치깎지도 않고, 떡 벌어진 어깨에 맹꽁이처럼 불룩한 배를 신사용 티셔츠로 당당히 드러내지도 않았다. 비록 촌스럽고 못생겼을망정 가끔 립스틱도 바르고 두 달에 한 번 미용실에 가서 파마를 말고 돌아오는 평범한 아줌마들이었다. 하지만 우리 엄마는 모르는 사람이 보면 아저씨로 착각할 만큼 여자다운 면이 겨자씨만큼도 없었다. 그런 탓에 친구들도 모조리 비슷한 또래의 아저씨들뿐이고, 그들 역시 엄마를 형이나 아우로 지칭하는 데 어색함이 없었다. 반면 아빠는 천생 여자라 불러도 손색이 없을 만큼 호리호리한 몸매에 목소리도 가늘고 높았다. 또 다른 집 아빠들처럼 담배나 술을 즐기지 않는 대신 뜨개질과 여성지 보기가 삶의 낙이었다.

"형님, 니스하고 장판 사왔는데 어디다 놓을까요?"

광섭이 아저씨가 둘둘 만 장판을 어깨에 짊어지고 방 안을 들여다봤다. 뭐가 그리 좋은지 술도 취하지 않은 낯이 벌겋게 상기되어 있었다.

"아무데나 세워놓고 일단 목부터 축이자. 하인 아빠, 가서 술상 좀 봐 와."

의자에서 내려온 엄마가 목에 건 수건으로 땀을 닦았다. 외할아버지의 손재주를 물려받아 손끝이 야무진 엄마는 시내에 보일러 가게를 열고 출장 수리를 다니며 우리 네 식구를 건사했다. 자연히 아빠는 장독에서 된장을 푸고 그걸로 찌개나 국을 끓이며 엄마를 기다리는 전업주부였다.

"아직 할 일이 태산인데 대낮부터 꽐라야!"

아빠가 엄마에게 눈을 하얗게 흘기며 빗자루를 내게 맡기고 부엌으로 향했다. 잔소리 대장인 아빠가 사라지자 어느 결에 방으로 들어온 광섭이 아저씨가 얼른 담배 두 개비를 입에 물더니 불을 붙여 한 대를 엄마에게 건넸다.

"스텔라 씨 말예요. 오늘부터 맨하탄에서 노래 부른대요. 영수 형님께 부탁하면 구경할 수 있지 않을까요?"

광섭이 아저씨가 말하는 영수 형님이란 종선이의 외삼촌이자 맨하탄이라는 외국인 전용 나이트클럽의 지배인이었다. 몇 번인가 시내에서 영수 아저씨와 마주친 적이 있었는데 그때마다 화장과 향수 냄새가 짙은 아가씨를 허리에 끼고 황갈색의 두툼한 담배를 빠는 모습이 마피아 두목처럼 보였다.

"당장 낼모레면 한 지붕 덮고 살 텐데 뭐 하러 아쉬운 소리 해가며 구경을 가? 뱃속 시커먼 놈."

엄마는 도배지에 밀가루 풀로 맨하탄이라 갈겨쓰는 내 볼을 잡아당기며 긴 담배 연기를 내뿜었다. 이미 엄마의 담배 연기에는 만성이 되었지만 나는 도무지 언제 끝날지 모를 도배 작업에 있는 대로 진력이 난 터라 살그머니 자리에서 일어섰다.

"이웃사촌끼리 응원 차 가는 거지, 저 아무 흑심 없어요."

광섭이 아저씨가 입에 문 담배까지 집어 던지고 손사래를 쳐가며 아니라는 시늉을 했다.

"꼴에 저도 남자라고."

엄마의 걸쭉한 웃음소리가 새어 나오는 사랑채를 벗어나자 안채에 딸린 부엌에서 나온, 스테인리스 소반에 김치와 김이 무럭무럭 오르는 두부 접시를 담은 아빠가 마당을 가로지르고 있었다.

"하인아, 가게 가서 소주 한 병만 사 와."

아빠가 골반을 비틀어 주머니를 내 쪽으로 향했다. 주머니 속에 천 원짜리 지폐 몇 장이 보였다. 술심부름은 내가 걷고 말하기 시작하면서부터 도맡아온 당연한 임무였다. 물론 성가시지 않은 건 아니었지만 다른 집 아이들도 대개 그렇듯 소주를 사고 남은 돈으로 초콜릿이나 과자를 사 먹을 수도 있고, 고스란히 모아두었다 건담 로봇을 사는 데 보탤 수도 있었기 때문에 귀찮다고 마다할 일이 아니었다. 하지만 동네에서 유일한 슈퍼가 절교한 종선이네 집인 지금은 사정이 다르다.

"나 배 아파. 아빠가 갔다 오면 안 될까?"

슈퍼에 갔다 종선이와 마주치는 것도 싫었고, 그 집 벌이에 조금이라도 보탬이 되는 것도 탐탁지 않았다.

"아빠 할 일 많아. 도배는 아직 반도 못 했지, 그거 끝나면 장판 깔아야지, 또 니스 칠해야지, 타일 발라야지."

"언제 아빠가 그런 일 했다고 그래? 남자가 돼갖고 힘든 건 다 엄마만 시키잖아."

아빠의 쏟아질 듯 크고 짙은 눈이 아주 잠시 갈피를 잡지 못하고 흔들렸다. 어려서부터 몸이 약했다는 아빠는 조금만 힘든 일을 하면 헛구역질을 하고 식은땀을 흘렸다. 그래서 무거운 짐을 들거나 근력이 동원돼야 하는 노동엔 항상 엄마가 나섰고, 아빠는 몇 발치 뒤에서 아랫입술을 자근자근 깨물거나 발을 구르는 게 일이었다. 딱 한 번 엄마가 없을 때 마지못해 아빠가 사과 궤짝을 어깨에 짊어지고 대문에서 창고로 옮긴 적이 있었다. 하지만 예상대로 아빠는 궤짝을 내려놓자마자 새하얗게 얼굴이 질려 안방으로 직행하더니 이박삼일 꼬박 허리를 앓았다. 그 탓에 남은 세 식구는 라면으로 하루 세끼를 때워야 했다. 애당초 우리 집에서 아빠의 역할은 엄마였으니 아빠가 할 일도 엄마 몫이 되는 게 당연했다. 아빠에게 남자가 돼갖고 운운한 건 내 실수였다. 나는 터분한 마음에 아빠의 주머니에서 천 원짜리 한 장을 가져와 내 주머니로 옮겼다.

"잔돈으로 호빵 사 먹는다."

아빠의 얼굴을 보기 미안해 나는 뒤도 돌아보지 않고 쌩하니 대문을 나섰다.

"배 아프다며? 호빵 말고 활명수 사 먹어! 알았지?"

배가 아프기는 커녕 고프기만 했다. 새벽부터 방문을 긁으며 늙은이를 굶겨 죽일 셈이냐고 아빠를 협박하던 외할머니는 정작 아침상을 받자 밥그릇에 구더기가 끓는다고 상을 엎어버렸다. 방바닥에 사이좋게 뒤집힌 밥 봉분 네 개를 황망한 눈길로 바라보던 아빠는 손을 씻고 와 양푼에 깨끗한 밥을 덜어 담았다. 이미 국이며 반찬도 먹을 수 없게 되어 김치와 멸치볶음, 달걀 프라이를 넣고 비빔밥을 만들어 디밀었지만 입맛을 잃은 엄마와 나는 달걀 프라이 몇 점만 집어 먹고 정오가 훌쩍 지난 지금까지 쫄쫄 굶었던 것이다.

종선이네 슈퍼가 썩 내키는 건 아니지만 따끈하고 보드라운 호빵으로 배를 채울 생각을 하니 저절로 걸음이 빨라졌다. 소주를 사고 나면 삼백오십 원이 남을 터였다. 그거면 호빵을 세 개는 살 수 있었다. 그중 두 개는 심부름을 한 내 몫으로 남기고 한 개는 군것질 좋아하는 아빠에게 가져다줘야겠다는 생각이 들었다.

일요일이라 대낮인데도 아이들이 슈퍼 앞 공터에서 공을 차고 있었다. 축구라고 하기엔 골대가 없고 족구나 발야구라고 하기에도 그물이나 타석이 없는 이상한 경기였다. 아이들은 그저 서로의 발에 공이 오래 머물지 못하게 요리조리 발길질을 해 공을 빼돌리는 게 전부인 이 지루한 놀이에 양 볼과 귀를 꽁꽁 얼렸다. 소매로 코를 훔치며 들뛰는 아이들 틈에 종선이도 섞여 있었다. 종선이는 김장 날 이후로 학교에서 나를 봐도 먼저 고개를 돌려버렸다. 나 역시 고작 그런 일로 토라져버린 쩨쩨한 녀석에게 먼저 사과를 하고 싶지 않았다. 그래서 우린 같은 교문을 동시에 빠져나와서도 각자 걸음을 늦추거나 빨리 해 따로 돌아오곤 했다.

나는 종선이를 못 본 척하고 슈퍼 미닫이문을 열고 들어갔다. 안에는 잡다한 식료품과 아이스크림 냉장고 그리고 김이 오르는 호빵 기계가 들어차 있었다. 장구만 한 스토브 위에 보리차가 끓어 구수한 냄새로 가득했다.

"하인이구나, 뭐 줄까?"

나는 냉장고에서 소주 한 병을 꺼내 들고 와 종선이네 아줌마에게 내밀고 야채호빵 세 개를 꺼내달라고 청했다.

"금방 들어가서 아직 덜 뜨실 텐데."

아줌마가 앉아 있던 툇마루에서 끙, 하고 몸을 일으켜 빈 플라스틱 용기 하나를 들고 호빵 기계 앞으로 다가섰다.

"얘, 너도 호빵 먹을래?"

야채호빵을 플라스틱 용기에 담아 내게 건네던 아줌마가 툇마루와 붙은 방문을 향해 목소리를 높였다. 하지만 방 안에선 아무 대답도 없었고, 잠시 머뭇거리던 아줌마는 귀찮다는 듯 호빵을 꺼내던 집게로 머리를 긁적이며 방문을 비죽 열었다.

"너도 호빵 먹겠느냐고?"

방 안에 든 건 뜻밖에도 엘자였다. 길고 굽이치는 머리를 검정색 벨벳 헤어밴드로 넘겨 올린 엘자가 컴온, 아니 하인이를 쓰다듬다 창백한 낯빛으로 대답 없이 고개를 가로저었다.

"영수 놈의 자식, 바쁜 사람 구찮게 애를 맡기고 지랄이야."

엘자가 종선이네 슈퍼에 있는 까닭은 아마도 맨하탄의 지배인인 영수 삼촌 때문인 듯 했다. 방문을 도로 닫은 아줌마가 자그맣게 혀를 차며 비닐봉지에 소주와 야채호빵 세 개를 담아 잔돈 오십 원과 함께 내게 건넸다. 그걸 받아들고 가게를 막 빠져나오려는데 미닫이문을 열고 종선이가 들이닥쳤다.

"송엘자, 우리 썰매 타러 갈 건데 너도 가자!"

그 앤 마치 내가 투명 인간이라도 된 양 눈길도 주지 않고 아줌마가 그랬던 것처럼 방문을 향해 소리쳤다. 종선이는 기분 나쁘게도 엘자의 성姓이 송가라는 걸 이제 한집 살이를 할 나보다 먼저 알고 있었다. 괜한 부아가 치밀자 아빠에게 한 거짓말이 실현돼 배가 뒤틀렸다. 나는 나가려던 걸음을 틀어 더 살 물건이 있는 것처럼 과자가 순서 없이 쌓인 진열대를 천천히 들여다봤다. 보얗고 따끈한 호빵에도 흔들리지 않던 고고한 소녀가 선머슴 같은 계집애들이나 타는 썰매 따위에 넘어가지 않으리란 걸 뻔히 알면서도 어쩐지 발길이 떨어지지 않았다.

"수동이 형은 일요일만 온단 말야."

수동이 형이라면 한때 마을에서 천재로 소문났던 9수생이다. 천재 소리를 듣던 사람이 어째서 구 년째 재수를 하고 있는지 알 수 없지만 그의 일화는 그야말로 전설이나 다름없다. 할머니의 말에 따르면 수동이 형은 유치원 시절부터 주판이나 계산기 없이도 수천 수만 단위의 숫자를 곱하고 더하고 나누는 데 어려움이 없었고, 초등학교 때는 미군부대 앞에 버려진 영어 잡지를 주워 와선 단 몇 달 만에 읽고 쓰는 수준이 양코배기 못지않게 되었다고 한다. 학원 한 번 다닌 일 없이 서울의 외국어고등학교에 수석으로 입학했다는 수동이 형은 대입 시험에서 안타깝게도 답안을 밀려 써 낙방을 하곤 고향인 파주로 돌아와 매해 내년을 기약하며 늙어가고 있었다.

불운한 천재인지, 운 좋은 괴짜인지 알 수 없는 수동이 형은 매년 대입 시험이 끝난 11월 중순부터 1월 말까지 이따금 썰매장에 나와 아이들에게 스케이트를 가르쳤다. 그가 대개 일요일에 나오는 건 사실이지만 종선이의 말대로 요일이 꼭 정해진 건 아니었다. 어쨌거나 엘자가 그에게 스케이트나 썰매를 배운다고 생각하니 피식 웃음이 나왔다.

"곧 나갈게."

방 안에서 엘자의 낮고 차가운 음성이 새어 나왔다. 정말이지 믿을 수 없는 대답이었다. 엘자가 코밑이 반질반질한 동네 아이들과 어울려 썰매를 타는 모습이 상상되지 않았다. 그건 마치 광섭이 아저씨가 연미복을 입고 오케스트라를 지휘하는 것만큼이나 어울리지 않고 또 벌어질 수 없는 일이었다. 나는 귀를 의심하며 아무렇지 않은 척 크림 맛 웨하스를 들어 유통기한을 읽었다. 똑바로 보지 않아 알 수 없지만 종선이의 째진 눈이 나를 흘겨보는 것만 같아 그 애를 향한 왼쪽 귀에 솜털이 오소소 일어서는 듯했다.

"허구한 날 하인이한테 금붕어 똥처럼 붙어 다니더니 오늘은 아는 체도 안하네? 니들 싸웠냐?"

아줌마가 호빵 봉지를 뜯어 기계에 넣으며 종선에게 물었다.

"엄마가 그랬잖아. 거짓말하는 애랑 놀지 말라고."

종선이의 말에 고개를 슬쩍 돌려 보니 새빨간 귓불 위로 목에 걸어두었던 귀마개를 가져다 덮는 그 애의 옆모습이 낯설게 느껴졌다. 또래 아이들보다 몸집이 큰 종선이는 어느 사이엔가 아이와 어른의 중간쯤으로 부쩍 웃자라 있었다. 병아리나 강아지가 자라 중닭이나 중개가 되면 몸피가 늘고 털갈이를 하느라 볼썽사납게 변하는 것처럼 종선이도 안 본 사이 피부 결이 꺼칠하고 행동거지에 어딘가 불량스러운 태도가 묻어났다. 늘 푸석하게 뻗치던 녀석의 귀밑머리가 가지런히 정돈된 거며 어른처럼 허스키하게 가라앉은 목소리까지 듣고 있자니, 종선이와 다람쥐 쫓고 물장구치던 시절도 이제 다 지나갔다는 걸 새삼 깨달았다.

나는 영원히 자라지 않는 아이가 된 기분으로 종선이네 슈퍼를 나섰다. 집에서 나올 때 달음박질치던 기세는 사라지고 힘없이 털레털레 소주와 호빵이 든 봉지를 휘두르며 무거운 발길을 집 방향으로 떼었다. 배신자는 내가 아니라 엘자와 종선이었다. 조신하지 못하게 사내아이들과 섞여 썰매장이나 따라다니는 엘자, 썰매도 잘 못 타는 주제에 꼭 남자 어른이 데이트 신청하는 것처럼 엘자를 꼬드겨낸 종선이. 둘 다 꼴도 보기 싫었다.

썰매라면 단연코 종선이보다 내가 잘 탔다. 비결은 작고 실팍한 몸 때문이기도 했고 광섭이 아저씨가 만들어준 썰매 덕분이기도 했다. 몸을 작게 움츠리고 고개를 앞으로 뺀 다음 바람을 등지고 힘껏 내달리면 제아무리 중학생 형들이라도 나를 따라잡을 수 없었다. 내 썰매는 다른 아이들처럼 굵은 철사를 휘어 날을 만들지 않고 솜씨 좋은 광섭이 아저씨가 무뎌진 부엌칼을 땜질해 매단 것이라 얼음판 위를 미끄러지듯 달렸다. 스케이트처럼 폼이 나는 건 아니지만 바람을 가르며 얼음판을 내처 달릴 때면 여기저기서 부러운 탄성이 터져 나오곤 했다. 그런 내가 썰매장에 나타난다면 종선이의 표정이 어떨지는 안 봐도 알 수 있었다.

종선이의 야코를 눌러줄 절호의 기회였다. 하지만 썰매야 빌린다 쳐도 썰매장에 들어갈 입장료가 없었다. 그렇다고 아주 방법이 없는 건 아니었다. 봉지에 든 호빵과 소주를 무른다면 입장료 천 원이 확보될 터였다. 소주야 기다리다 못한 엄마가 잰 발에 뛰어나와 사갈 거였고, 돌아와서 머리 몇 대 쥐어 박히면 그만이었다. 하지만 그보다 마음이 켕기는 건 엘자 뒤꽁무니나 쫓아다니는 속 시커먼 놈으로 오해받고 싶지 않다는 거였다. 그때 문득 광섭이 아저씨의 말이 떠올랐다. '이웃사촌끼리 응원 차 가는 거지, 저 아무 흑심 없어요.' 그제야 나는 광섭이 아저씨의 심정을 이해했다. 내일모레면 엘자는 한식구가 될 터고 그런 사이끼리 굳이 내외를 하는 것도 우스운 일 아닌가. 썰매장이 어디 엘자나 종선이만의 것이었던가. 그렇게 생각하자 발걸음이 거침없이 슈퍼로 돌아섰다.

골목을 돌아서려는데 때마침 종선이가 슈퍼 미닫이문을 열고 밖으로 나왔다. 그 뒤를 따라 검은 모직코트를 걸치고 역시 검은 부츠를 신은 엘자도 나섰다. 엘자는 챙이 넓은 모자에 이번에는 새카만 선글라스까지 끼고 있었다. 선글라스는 시골에서 흔히 볼 수 있는 것도 아닌데다 지금의 계절과는 어울리지 않았다. 하지만 창백한 그 애의 피부와 대비되어 몹시 세련된 인상을 남겼다. 나는 종선이와 엘자가 시야에서 사라질 때까지 골목에 몸을 웅크리고 있다 한참만에야 살그머니 슈퍼 안으로 들어갔다. 아줌마는 껍질을 벗긴 날고구마를 썹어 먹으며 해묵은 잡지를 읽다 나를 맞았다.

"왜? 엄마가 술 모자른다디?"

한 번도 물건 값을 물러본 적이 없던 나는 입이 떨어지질 않아 고개를 푹 수그리고 머뭇거리다 간신히 입술을 뗐다.

"이거 도로 물러주시면 안 돼요? 소주는 따지도 않았고 호빵도 아직 따끈해요."

아줌마가 날고구마를 우악스럽게 한 입 베어물고는 말없이 내게 손을 내밀어 물건이 든 봉지를 채갔다.

"소주야 그렇다 쳐도 호빵은 벌써 눅눅해졌구만."

볼멘소리를 구시렁거리던 아줌마가 구백오십 원을 돌려주었다. 혹시나 한 번 산 물건을 무르는 법이 어디 있느냐며 우리 집에 전화라도 걸겠다고 하는 건 아닌지 조마조마했던 마음이 일순 녹아내렸다. 잔돈을 짤랑이며 뛰어가는 게 창피하긴 했지만 그걸 천 원짜리 지폐로 바꿔 달랄 염치가 없었다. 나는 마치 감사하기 위해 태어난 아이처럼 아줌마를 향해 함빡 웃어 보이며 이마가 무릎에 닿도록 꾸벅 인사를 하곤 슈퍼를 총알처럼 빠져나왔다.

근방에 썰매장이라면 하동에 한 곳뿐이었으므로 나는 운동화 끈을 고쳐 매고 아랫방향으로 달렸다. 모자며 장갑, 목도리도 없이 캐시밀론 점퍼에 누비바지 차림으로 허허벌판을 달리자니 칼바람이 볼을 갈기고 코와 귓불을 베어가는 것만 같았다. 연신 코밑을 훔치며 썰매장에 도착했을 때는 점퍼 소매가 말라붙은 콧물로 번들거리고 있었다. 나는 더러워진 소매를 손바닥으로 쓱쓱 문지르며 썰매장 안에 종선이 일행이 있는지부터 살폈다. 저학년 아이들 몇이 환호성을 지르며 썰매를 지칠 뿐, 종선이나 엘자, 수동이 형은 보이지 않았다. 그렇다면 종선이 일행이 있을 곳은 뻔했다. 썰매장 옆 비닐하우스였다. 썰매를 타려면 먼저 그곳에서 입장권을 끊어야 했다. 그 밖에도 비닐하우스 안에는 작은 화로 몇 개가 있어 쥐포나 쫄쫄이를 구워 먹거나 작은 오락기로 겔로그 같은 오락을 즐길 수 있었다. 나는 난로를 쬐거나 뽑기를 사먹는 아이들을 헤치고 귀 떨어져나간 책상에 앉아 담배를 피워 문 주인에게 입장권을 샀다. 썰매장 주인은 버스 회수권과 꼭 닮은 종이 입장권을 떼어주며 말없이 담배를 든 손가락으로 썰매가 쌓여 있는 비닐하우스 한편을 가리켰다. 그러나 내 눈이 가닿은 곳은 썰매가 아니라 그 곁에서 장미꽃잎처럼 붉은 입술을 샐쭉하게 내민 엘자였다.

색이 짙은 선글라스 때문에 엘자의 시선이 어디에 꽂혀 있는지 알 수 없었지만 썰매들 중 가장 반반한 놈을 고르느라 정신이 빠진 종선이의 파란색 오리털 패딩이 아닌 것만은 확실했다. 마치 연예인이나 희귀한 외국 동물 구경하듯 엘자 주위로 모여든 아이들을 무시하기라도 하듯 그 애는 굳게 팔짱을 끼고 턱을 조금 치켜들어 비닐하우스 입구 쪽으로 고개를 돌렸다.

"아, 찾았다. 여기 앉아서 구경해."

종선이가 엘자에게 건넨 건 썰매가 아니었다. 그건 낚시터에서나 볼 수 있는 작은 간이 의자였는데, 가끔 어린아이를 데리고 썰매장을 찾은 어른들이 썰매장 가장자리에 펴놓고 아이들이 다치지 않나 감시하는 용도로 비치된 것이었다. 하지만 엘자는 어쩐 일인지 종선이가 건넨 간이 의자는 받는 체도 하지 않고 콧등을 타고 흘러내리는 선글라스만 손끝으로 치켜 올렸다. 평소 옹졸하기 짝이 없던 종선이는 뜻밖에도 그런 엘자에게 화를 내거나 내민 손길을 신경질적으로 거둬들이지 않았다. 오히려 잔잔한 미소를 머금은 채 간이 의자를 내려놓고 자신의 장갑 한 짝을 벗어 엘자의 부츠를 닦기 시작했다. 밖에 비해 따뜻한 비닐하우스에서는 아이들의 머리 위로 쉬지 않고 굵은 물방울이 떨어졌다. 그러다 보니 질척거리는 흙탕물에 엘자의 검정색 부츠와 타이즈가 더러워진 거였다.

'꼴좋다, 꼬봉 새끼.'

나는 종선이를 향해 목청 돋워 하고 싶은 말을 아망스럽게 뇌까리며 보란 듯 썰매가 놓인 쪽으로 다가갔다. 엘자에게 홀려 아직 나를 발견하지 못한 종선이는 고개를 숙인 탓에 얼굴이 붉어져 있었다.

"내 귀마개 할래? 토끼털로 만든 거라 무지 따뜻해."

종선이의 목소리가 마치 구연동화를 하는 유치원 교사처럼 과장스럽게 다감해 귀가 저릴 지경이었다. 더욱 놀라운 건 종선이의 목에 걸린 스케이트였다. 나와 소원했던 사이 수동이 형에게 스케이트를 배운 게 틀림없었다. 그건 대단한 배짱이 필요한 일이었다. 물론 썰매장에서 스케이트를 타는 게 금지된 건 아니었지만 초등학생 주제에 물정 모르고 스케이트를 탔다가는 중학생 형들에게 밉보일 게 뻔했으므로 탈 줄 알아도 타지 않는 게 썰매장의 불문율이었다. 그런데 시건방지게 스케이트를 탈 셈이라니. 어이가 없어 콧방귀가 나왔다.

"모자 벗기 싫어."

종선이가 귀마개를 벗어 귀에 걸어줄 체를 하자 엘자가 당황한 듯 입을 뗐고, 곁에서 그걸 지켜보던 조무래기들이 와아, 하고 탄성을 터트렸다. 희고 가느다란 마네킹처럼 꼼짝도 않던 엘자가 움직이고 말을 할 줄 아는 평범한 인간이라는 걸 깨달은 아이들은 신기한 듯 조잘거리며 그 애 가까이로 한 걸음씩 다가섰다. 아이들의 시선이 부담스러웠는지 짧게 한숨을 내쉰 엘자는 종선이가 건넨 간이 의자를 받아 들고 비닐하우스 뒷문으로 걸음을 뗐다. 피리 부는 사나이를 따라나선 쥐 떼처럼 구경꾼과 종선이도 엘자의 꽁무니를 따라 줄을 이었다.

엉큼하기 짝이 없는 종선이의 태도도 마음에 들지 않았지만 좋다고 따라나서선 썰매장에서 유난스럽게 새침 떠는 엘자도 꼴불견이었다. 나는 종선이와 엘자 앞에서 멋지게 썰매를 지쳐 야코를 주저앉히겠다는 당초의 계획은 잊은 채 우스꽝스러운 행렬을 구경하느라 넋이 나갔다. 교회 주일학교 아이들이 한꺼번에 들이닥쳐 썰매를 고를 때까지 나는 얼빠진 꼴로 한참을 서 있었다. 겨우 정신을 차리고 썰매를 고르려 덤벼들었을 때는 고물 썰매 대여섯 개만이 도대체 무슨 맛으로 자꾸 넣는지 모를 식은 밥 속의 검정콩처럼 얄궂게 굴러다녔다. 하는 수 없이 그중 가장 나무판이 덜 썩고 철사가 적게 휜 썰매 하나를 골라 비닐하우스 밖으로 나갔다.

겨울이면 샛강의 물길을 막아 꽁꽁 얼린 썰매장은 눈알이 시릴 만큼 추웠다. 제일 먼저 눈길을 더듬어 샛강 가장자리 시멘트 둑에 간이 의자를 펴고 앉은 엘자를 찾아냈다. 곁에는 둑에 엉덩이를 걸친 종선이가 스케이트를 갈아 신고 있었다. 오늘따라 썰매장에는 스케이트를 타는 중학생 형들이 없었다. 종선이는 스케이트 끈을 바짝 동여매고 조무래기들에 둘러싸인 엘자를 그윽하게 돌아보았다. 그러곤 결심이라도 한 듯 크게 한 번 고개를 끄덕이더니 조심스럽게 일어나 두 팔을 벌려 외날이 지탱하는 몸의 균형을 잡았다. 종선이가 스케이트 타는 모습은 단짝인 나조차 한 번도 본 적이 없었다. 보나마나 엉덩방아를 찧고 말 거라는 기대를 품으며 마른침을 꿀꺽 삼켰다.

넘어져라, 넘어져라, 제발 넘어져라. 지난 김장 날 이른 첫눈을 내리게 했던 내 신통력이 다시 한번 발휘되기를 바랐지만 신기하게 종선이는 간혹 균형을 잃고 되똥거릴 뿐 꼴사납게 넘어지지는 않았다. 오히려 점점 속력이 붙더니 얼마 지나지 않아 얼음판 위를 유연하게 누비기 시작했다. 먼 하늘을 향해 고개를 조금 치켜들고 있던 엘자도 호기심이 동하는지 잠자리 눈처럼 크고 새카만 안경알을 종선이에게 맞추었다. 종선이는 당장 교복을 걸치고 이스트팩이나 잔스포츠 가방을 둘러맨다면 중학생이라 해도 손색이 없을 만치 훌쩍 커버린 채로 나를 약 올리듯 두 팔을 벌리고 커다란 원을 그려나갔다. 나는 종선이의 질주를 바라보는 엘자 곁으로 몇 걸음 더 다가갔지만 차마 아는 체를 하지 못하고 비루하기 그지없는 썰매만 만지작거렸다.

"눈이 없는 거 아냐? 아니면 개 눈을 박아 넣었거나."

"아냐, 분명 마녀일 거야. 악마대백과사전에서 본 적 있어."

"마녀는 무슨. 쟤네 엄마 술집 나가는 거 봤어. 젖도 엄청 커."

엘자를 에워싸고 있던 아이들 중 낯이 익은 둘이 작지 않은 목소리로 떠들며 시시덕거렸다. 둘 중 키가 작고 눈가에 수두 자국이 눈물처럼 얽힌 아이는 엄마 오촌 당숙의 손자 순택이었다. 종선이의 질주를 따라잡던 엘자의 검은 안경알이 두 소년을 향해 움직였다. 그러곤 그린 듯 얌전하게 꼭 다물었던 입술을 바람에 나부끼는 꽃잎처럼 자그맣게 달싹였다. 엘자의 목소리가 소년들처럼 크지 않은 탓에 무슨 말을 하는 건지 당최 알아들을 수 없었다. 하지만 표정이나 입술의 움직임으로 보아 욕이 아닌 것만은 확실했다. 정신이 올똘하던 시절, 할머니가 종종 외던 불경처럼 엘자의 입술은 쉬지 않고 나직한 말들을 조곤조곤 뱉어내더니 이내 굳게 닫혀버렸다.

"뭐라는 거야? 튀기라더니 영어로 욕하는 거 아냐?"

순택이가 기분 나쁘다는 듯 이맛살을 구기며 엄지와 검지로 콧방울을 잡고 둑에 코를 풀었다.

"틀림없이 지네 엄마 욕했다고 저주했을 거야. 아이고, 우린 죽었네. 무서워서 어쩐다?"

순택이 옆에 있던 비쩍 마르고 키가 큰 소년이 몸을 덜덜 떠는 시늉을 하곤 실실 웃었다. 놀려도 엘자가 반응을 보이지 않자 둘은 옆구리에 끼고 있던 썰매를 얼음판에 내려놓고 앞서거니 뒤서거니 얼음을 지쳤다. 이어 다른 조무래기들도 엘자의 곁에서 흩어져 제가끔 썰매를 타거나 불량 식품을 씹었다. 그 즈음 종선이는 엘자의 앞에서 가볍게 몸을 돌려 스케이트를 멈추고 펭귄처럼 뒤뚱거리며 둑 위로 올라왔다.

나는 썰매도 타지 않을 거면서 괜히 어물쩍대다 종선이나 엘자의 눈에 들어 망신을 자초하는 건 아닐까 걱정이 돼 다시 비닐하우스 쪽으로 걸음을 옮겼다. 그제야 아빠의 얼굴이 떠올랐다. 해가 샛강 너머 벌판 끄트머리에 걸린 걸 보니 족히 5시는 넘어섰을 성싶었다. 소주를 기다리던 엄마는 분명 아빠를 들볶을 테고, 걱정이 팔자인 아빠는 연기처럼 사라진 나를 걱정하며 온 동네를 이 잡듯 뒤지고 있을지 몰랐다.

"사람 살려요! 아저씨, 좀 나와보세요!"

막 비닐하우스 문손잡이를 잡았을 때 누군가의 다급한 목소리가 귓바퀴를 잡아챘다. 고개를 돌려보니 썰매장 한쪽 귀퉁이에 아이들이 새카맣게 모여 있었다. 가끔 스케이트나 썰매 날에 손을 베는 아이도 있었고, 방향을 잘못 잡아 강과 썰매장의 경계를 표시해놓은 나무 기둥에 머리를 찧는 아이도 있었다. 대개 상처가 깊지 않아 바셀린을 바르고 반창고로 덮으면 그만인 대수롭지 않은 일이라 사람을 살리라고 주인을 부르는 일은 없었다. 나는 본능적으로 비닐하우스 뒷문을 열고 난로를 쬐며 졸고 있는 주인을 들깨웠다. 등 뒤에서 아이들의 비명과 울음소리가 들렸지만 사태의 심각성을 깨닫지 못한 주인은 귀찮다는 듯 발등에 걸쳐두었던 털신을 고쳐 신고 느려터진 걸음으로 나왔다.

"왜들 그래? 쌈 붙었나?"

쑥색 항공점퍼 어깨 위로 F-16전투기처럼 커다란 비듬이 허옇게 내려앉은 주인이 뒷문을 열고 나가자마자 털신이 벗겨지는 줄도 모르고 몇 걸음 안 되는 둑길을 달렸다. 그가 손을 휘저어 썰매장 귀퉁이에 모인 아이들을 쫓아냈다. 그러자 검은 보자기를 펼쳐놓은 것 같은 깨진 얼음판이 눈에 들어왔다. 그 한가운데 썰매와 깨진 얼음판을 붙잡고 겨우 고개만 내민 순택이가 있었다. 급하게 썰매장을 빠져나가는 아이들의 발걸음과 주인의 무게를 이기지 못한 얼음판은 쩍쩍, 소리를 내며 갈라졌고 그때마다 아이들은 날카로운 비명을 지르며 서로를 부둥켜안았다.

"너, 119 불러! 빨리!"

주인이 허리띠를 풀며 비닐하우스와 가장 가까운 나를 향해 고함을 쳤다. 하지만 놀람과 두려움에 나는 선 자리에 얼어붙었다. 고작 여남은 걸음만 떼면 119 구조대를 부를 수 있는데 마치 두 발이 땅속을 파고들어 뿌리를 내린 것처럼 옴짝달싹하지 않았다. '새꺄, 빨리 전화 못 해!' 주인의 고함이 먼 기적 소리처럼 꺼져들고 있을 때쯤, 누군가 내 어깨를 밀치고 비닐하우스 안으로 뛰어들어갔다. 종선이었다. 책상 위 전화기를 향해 맹렬하게 달려가는 종선이의 뒷모습이 람보처럼, 터미네이터처럼, 주윤발처럼 믿음직하고 늠름했다.

다행히 119 구조대가 도착할 때까지 순택이는 물에 가라앉지 않았다. 입술이 가지색으로 변한 순택이가 들것에 실려 구급차로 옮겨졌고, 그걸 지켜보던 주인 역시 초죽음이 되어 다리를 풀고 주저앉았다. 119 구조대가 사라지자 곧바로 순찰차가 들이닥쳤고, 거기서 경찰관 두 명이 내려 주인을 일으켜 세운 다음 비닐하우스 쪽으로 걸어왔다. 고개를 푹 수그린 주인 뒤에서 경찰관들이 업무상 과실이며 불법 개조 따위의 알아들을 수 없는 대화를 나누는 게 들렸다. 소란을 틈타 비닐하우스 안에서 불량 식품을 훔쳐 먹던 여자아이가 주인과 맞닥뜨리자 질겁하며 도망을 쳤다. 주인이 멀건이 같은 얼굴로 책상 서랍에서 열쇠를 꺼냈다.

"내가 지금 가진 게 팔만육천 원뿐인데, 그걸로 눈 한번 감아주시면 안 되겠습니까? 이거 빚내서 차린 거예요. 아직 한 달 치 이자도 못 벌었단 말입니다."

문을 잠그던 주인이 갑자기 경찰 앞에 무릎을 꿇고 두 손을 모아 비는 시늉을 했다.

"민주경찰은 와이로 안 먹습니다. 허튼소리 그만하고 빨리 갑시다. 우리도 바빠요. 피해자 부모도 만나야 하고."

주인은 주머니에 든 지폐들을 신경질적으로 꺼내 공중에 집어 던지고 비닐하우스 문을 발로 걷어찼다. 그러곤 맥없이 문가에 서 있던 나를 험악한 눈빛으로 쏘아보더니 두툼한 손바닥을 귀까지 들어 올려 뺨을 후려쳤다. 그건 순식간에 벌어진 일이었기 때문에 누구도 말릴 틈이 없었다.

"거 뭐 하는 겁니까? 어린애한테."

주인은 내게 손찌검을 하고도 분이 풀리지 않는지 허연 입김을 내뱉으며 씨근덕거렸다. 경찰 한 명이 그의 손목에 수갑을 채우곤 입술이 터져 피 섞인 침을 흘리는 내 얼굴을 들여다봤다.

"저놈 때문에 내 신세 조지게 생겼다고요. 아까 119 말이 반반이랍디다. 쪼금만 일찍 전화를 넣었어도 칠십 프로는 살리는 건데, 저놈이 굼떠서 반반밖에 안 된답니다."

짧은 한숨을 내쉰 경찰이 양쪽에서 그의 팔짱을 끼고 강둑에 세워놓은 순찰차를 향해 타박타박 걸음을 옮겼다. 주인이 멀어지자 아직 썰매장을 떠나지 않은 아이들이 뛰어와 바닥에 나뒹구는 지폐를 줍느라 아귀다툼을 벌였다. 따귀를 맞은 왼쪽 뺨이 따끔거리고 귓속이 찡하니 아려왔다. 보통 때라면 모멸감을 느끼는 게 정상이겠지만 주인의 말이 틀리지 않았으므로 나는 대신 깊은 죄책감을 느꼈다. 만약 순택이가 죽는다면 그 책임의 절반은 내게 있었다. 종선이와 엘자를 따라 썰매장에 오는 것이 아니었다. 내가 착한 아이가 아니었기 때문에 외할머니가 치매에 걸린 것처럼 어른의 심부름을 무시한 대가 또한 혹독했다.

"가자, 양하인."

피 섞인 침이 흘러내려 낡은 운동화를 더럽히는 줄도 모르고 서 있던 내게 귀에 익은 목소리가 다가왔다.

"계속 여기 있을 거야?"

종선이가 내 점퍼 소매를 끌어당겼다. 어린애처럼 뜨거운 눈물이 볼을 타고 흘러내렸다. 아무도 없었다면 종선이의 가슴팍에 얼굴을 파묻고 엉엉 소리 내어 울고 싶은 심정이었다.

"울긴 왜 우냐?"

뚝뚝한 목소리였지만, 종선이의 눈빛은 절교를 선언하기 전

스스럼없던 시절로 돌아가 있었다. 매서운 강바람이 몰아쳤고, 나는 종선이의 등 뒤에서 바람을 그으며 엘자가 기다리고 있는 강둑으로 걸어갔다. 긴 강둑의 초입에 오줌에 젖어 김이 모락모락 오르는 바짓가랑이 사이로 고개를 파묻은 채 울고 있는 아이가 눈에 띄었다. 순택이와 함께 온 키 큰 소년이었다.

"저 계집애가 아까 우리한테 주문 같은 걸 외웠어. 순택인 죽을 거야. 어쩌면 나도. 어떡하지…… 엄마아!"

소년은 눈물과 콧물로 범벅이 된 얼굴을 치켜들고 자신을 둘러싼 또래 아이들에게 겁먹은 목소리로 더듬더듬 말했다. 그 말을 들은 아이들이 동시에 고개를 돌려 강둑 끝에 그림자처럼 서 있는 엘자를 바라보았다.

"너 우리 삼촌이 누군지 알지? 어디 가서 한 번만 더 그딴 소리하면 가만 안 둔다."

종선이가 소년을 향해 불끈 주먹을 쥐어보였다. 가뜩이나 겁을 집어먹은데다 종선이의 협박까지 들은 소년은 다시 무릎에 얼굴을 묻고 어깨를 들썩이며 흐느꼈다.

어느새 땅거미가 내려앉았다. 둑 끝에 선 엘자가 선글라스를 벗었다. 파란 그 애의 눈동자가 어스름 속에서 기묘하게 빛났다.

4

순택이는 죽지 않았다. 전화를 건 오촌 당숙의 목소리가 어찌나 짜랑짜랑한지 곁에서 무릎을 꿇고 양손을 치켜든 내게도 생생히 전해졌다. 오촌 당숙에 따르면 순택이는 이를 억세게 앙다문 탓에 앞니 두 개가 흔들리고 열 손가락과 열 발가락에 동상을 입었지만 생명에는 지장이 없다고 했다. 순택이가 무탈하다는 소식을 전해들은 엄마가 수화기를 내려놓고 긴 한숨처럼 술 냄새 섞인 트림을 깨르륵 하며 나를 노려봤다.

"하인아, 잘못했다고 빌어. 어서!"

아빠의 코치에 나는 치켜들었던 양손을 내려 한데 모으곤 파리처럼 싹싹 비는 시늉을 했다. 내가 소주를 사오지 않자 성미 급한 엄마가 다락을 뒤져 오래된 포도주를 찾아냈고 그걸로 잔뜩 취기가 올라 목부터 얼굴까지가 갓 벗겨놓은 생닭처럼 우둘투둘 시뻘겋게 달아올라 있었다.

"다시는 이런 일 없을 거예요. 정말 잘못했어요."

귀를 후비며 드렁조로 듣던 엄마가 문득 비호처럼 빠른 동작으로 자리에서 일어나 다락문을 열어젖혔다. 그러곤 아빠가 말릴 틈도 없이 파리채를 꺼내 내 등짝을 후려갈겼다. 파리채와 나 사이에 두툼한 점퍼가 끼어 있었지만 살가죽에 불똥이 튄 것처럼 따끔했다. 여름내 파리를 쫓아다니다 선선해지자 다락에 처박혔던 파리채가 오랜만에 진가를 발휘하는 순간이었다. 나는 똥파리처럼 잉잉거리며 엄마의 파리채를 피하다 신발도 신지 못한 채 사랑채로 도망을 쳤다.

"오새가 말짱한 놈이 심부름 값으로 썰매장에 가?"

사랑채 현관문 앞에 퍼더앉아 쌔근팔딱 하는 사이에도 엄마의 성난 목소리가 집요하게 문틈을 비집고 새어들었다. 사랑채에선 지독한 니스 냄새가 풍겼다. 큰방과 부엌 겸 거실로 쓰이는 공간에 민속 장판을 바르고 그 위에 니스칠을 한 탓이었다. 광섭이 아저씨가 싱크대 앞에 철퍽 주저앉아 아직 톱밥 냄새가 가시지 않은 앉은뱅이 화장대에 사포질을 하고 있었다. 화장대라면 아저씨에겐 하등 쓸모가 없는 물건인데, 저렇게 열심히 사포질을 하는 모양새를 보면 분명 눈이 까다로운 누군가에게 선물을 하기 위함일 터였다.

"싸구려 베니다 합판이 아니라 진짜 삼나무야. 어떠냐, 깔 죽이지?"

썰매장 주인에게 맞은 뺨과 파리채가 훑치고 간 등짝이 여전히 얼얼했다. 찬바람에 온종일 시달리다 따뜻한 공기를 만난 코와 귀는 옴 붙은 것처럼 근지러워 죽겠는 판에 주인이 누구인지도 모를 화장대 따위엔 관심이 없었다. 광섭이 아저씨는 콧노래를 부르며 경첩에 재봉틀 기름을 발랐다. 마치 배냇짓하는 갓난아기 들여다보듯, 아저씨의 눈빛이 포근했다. 숨결에서 분명 술 냄새가 풍겼지만 평소처럼 헌 물건들을 내리조기지도 않았고, 나를 대하는 태도도 여느 날과 달리 넌다했다.

니스 냄새에 코가 무뎌질 즈음, 광섭이 아저씨의 작업도 막바지에 다다른 듯했다. 아저씨가 빗자루로 나무 가루를 쓸어 담는 사이 나는 사랑채 현관문에 몸을 기댄 채 엘자를 생각했다. 지하에서 데려왔다는 컴온과 꼭 닮은 엘자의 개. 그리고 순택이의 사고. 그 모든 게 우연이라고 하기엔 석연치 않은 구석이 많았다. 순택이 말처럼 엘자는 마녀일까? 검은 옷에 창백한 얼굴로 정체를 알 수 없는 국물이 부글부글 끓는 가마솥에 말린 두꺼비며 천년 묵은 여우의 심장 따위를 던져넣는 그 애를 상상했다. 그리고 그 상상이 터무니없이 느껴지지 않는다는 걸 깨닫자 머리가 쭈뼛 설 정도의 깊은 한기가 몸을 파고들었다. 어쩌면 엘자를 처음만난 날, 이른 첫눈이 내린 것도 나의 저주가 아닌 그 애가 만들어낸 요변일지 몰랐다.

"광섭 씨, 안에 있어?"

내 등을 받치던 사랑채 현관문이 들썩했다. 사기 주발을 든 아빠였다. 아빠는 내게 종주먹을 들이대며 싱크대에서 손을 씻는 광섭이 아저씨에게 씽그레 미소를 지어보였다.

"형님은 주무세요?"

온종일 나 때문에 엄마에게 시달렸을 아빠가 불쌍했지만 오늘은 더 맞을 빈자리도 없었다. 얼른 몸을 일으켜 아빠의 주먹을 피했다.

"설탕물 한 그릇 마시고 눕더니 지금은 코 골아. 자기도 이거한 잔 마셔."

아빠가 현관에 신을 벗고 들어와 광섭이 아저씨에게 사기 주발을 내밀었다.

"이거 꿀물이에요?"

광섭이 아저씨가 경박스럽게 쩝쩝 소리를 내며 입맛을 다시곤 빈 주발을 수돗물에 헹궈 아빠에게 돌려주었다.

"그 여편넨 얄미워서 설탕물 타줬지만, 광섭 씨 건 진짜배기 토종꿀이야."

니스 냄새 때문인지 긴장이 풀려서인지 자꾸만 정신이 몽롱해지고 졸음이 쏟아졌다. 나는 부엌 한편에 놓인 깡통을 베고 비스듬히 몸을 눕힌 다음 아빠의 수다가 길어지지 않기만을 바랐다.

"내일 하인 엄마 출장 나간대. 이제 와서 이사 날짜를 미룰 수도 없고, 큰일이지 뭐야."

"어차피 제가 하루 제낄 생각이긴 한데, 그래도 혼자선 무린데."

집주인도 아니면서 엘자네 이사에 왜 아저씨가 일당 벌이를 포기하는지 알 수 없었다. 하지만 마음 같아선 나도 내일 학교를 결석하고 이사를 거들고 싶었다. 어쨌든 이웃사촌끼리 야박하게 굴 순 없으니까.

"그래서 말인데, 수동이한테 연락해서 내일 아르바이트 좀 하라고 하면 어떨까? 썰매장도 문 닫았겠다, 걔도 돈 궁할 거 아냐."

마을에 기운 쓸 만한 청년이 드물긴 했지만 수동이 형은 너무 비리비리하다. 기흉으로 군대까지 면제받은 약골이니 콩 한 말도 못 들게 뻔했다.

"아빠, 나 내일 학교 안 가면 안 돼? 수동이 형보다야 내가 낫지."

나는 비스듬히 뉜 몸을 일으키려다 얼핏 현기증을 느꼈다. 어찔하긴 했지만 어쩐 일인지 기분이 나쁘지는 않았다. 술에 취하면 이런 기분일 것 같았다.

"아직 입이 살았지? 어맛…… 너!"

현관 문턱에 엉덩이를 붙이고 있던 아빠가 나를 향해 무릎걸음으로 다가왔다. 뭔가 잘못된 게 틀림없었다.

"요 꼴통, 언제 또 니스 통은 엎었대."

광섭이 아저씨가 주머니에서 목장갑을 꺼내 내 머리며 목덜미를 거칠게 닦았다. 그제야 내가 베고 누웠던 게 빈 깡통이 아니라 니스 통이었고, 그게 엎질러지며 니스가 흘러나와 머리카락과 얼굴을 적셨다는 걸 깨달았다. 아빠가 안채로 뛰어가 꽁꽁 언 걸레를 가져와 문질렀지만 나는 그게 차가운지 뜨거운지도 모른 채 공중에 붕 뜬 기분으로 실실 웃기만 했다.

"형수, 안 되겠시다. 머리야 또 자라면 되는 거고."

창문과 현관문을 열어 환기를 시킨 뒤 겨우 정신을 차린 나는 광섭이 아저씨의 단호한 목소리에 사태의 심각성을 깨달았다. 아빠는 끝까지 내 머리카락을 지키려 애를 썼지만 뜨거운 물에도 석유에도 니스는 좀체 벗겨지지 않고 애꿎은 머리카락만 상해갔다.

"정말 못살아. 조금만 더 기르면 맥가이버 머리 할 수 있었는데."

식용유까지 발라봤지만 속수무책인 내 머리를 세게 한 번 쥐어박은 아빠가 연신 장알거리며 면도기를 가져왔다.

"아빠, 제발 빡빡만은 안 돼."

나는 사랑채 욕실 바닥에 고개를 수그리고 눈물을 글썽거렸다. 이제 막 보기 좋을 만큼 목덜미를 덮은 꽁지머리에 아빠가 인심 쓰듯 과산화수소를 사다 염색까지 해줬는데, 그걸 자르다니. 엄마를 닮아 작은 키에 새카만 피부 결을 감추려면 개성 있는 헤어스타일밖에 없다고 굳게 믿어왔다. 그런데 이제 난 키도 작고 새카만데다 머리까지 빡빡인, 그야말로 볼품없는 촌놈이 될 예정이었다.

"금방 자랄 거야. 그리고 후년에 중학교 들어가면 어차피 깎아야 하잖아. 그러게 누가 사고 치래?"

아빠가 내 허벅지를 세게 꼬집었다. 악, 소리가 나게 아팠지만 지은 죄가 있어 입을 꾹 다물었다. 발버둥 쳐도 소용없는 일이었다. 나는 조용히 현실을 받아들이기로 했다. 돌아오는 토요일이면 겨울방학이고 여름도 아니니 털모자로 가리면 그만이다. 어린애처럼 운다고 해결될 일이 아니었다. 이런 시련을 참아내야 종선이처럼 목소리가 굵어지는지도 몰랐다. 삭발은 이마 경계선부터 시작되었다. 면도기가 지나간 자리가 서늘했다.

"하인이는 두상이 참 납작하구나."

머리를 다 깎고 욕실 밖으로 나오자 광섭이 아저씨가 웃으며 이죽거렸다.

"이제 턱수염 나면 그 면도기는 너 가져라."

큰 인심이라도 쓰듯 광섭이 아저씨가 구릿빛 머리카락이 듬성 듬성 붙어 있는 면도기를 내밀며 알머리를 쓰다듬었다.

"형수, 수동이한테 연락했어요. 일당은 됐고, 형님 한가할 때 보일러 물이나 한번 갈아달라네."

아빠가 젖은 손을 바지 자락에 닦으며 욕실을 나왔다.

"어쩜, 고맙기도 하지."

현관 새시에 박수까지 쳐가며 호들갑을 떠는 아빠와 낯선 내 모습이 얼비쳤다. 지금껏 머리카락이 덮고 있어 몰랐는데 머리 한가운데 주사위만 한 땜통도 눈에 띄었다. 종선이나 동기가 이 꼴이 되었다면 머리가 다 자랄 때까지 외계인이라 놀려댔을 터였다. 내일부터 내 별명은 외계인이다.

아빠를 앞장세우고 안채로 걸어가며 먼 하늘을 올려다봤다. 길게 꼬리를 뺀 유성 하나가 민둥산 같은 내 머리 위로 흘러갔다. 나는 깔끔깔끔한 머리를 쓰다듬으며 우주 어디엔가 민머리가 유행인 행성이 있을 거란 상상을 했다. 어쨌거나 지구에선 촌놈이 분명했지만.

"이티가 따로 없네."

엄마는 뒤끝이 없는 편이었다. 그게 몇 안 되는 엄마의 장점이었다. 콩나물국을 주발째 들이킨 엄마가 어제 일은 까맣게 잊었는지, 킬킬거리며 내 머리를 쓰다듬었다.

"충성!"

박박 민 머리 때문에 나를 군인으로 착각한 외할머니가 자리에서 벌떡 일어나 거수경례를 붙였다.

"양하인 이병은 빨리 먹고 학교 가야지?"

아빠는 국을 끓이면 늘 내 몫은 처음부터 밥을 말아 내놓았다. 따로 주면 밥이든 국이든 둘 중 하나는 꼭 한 수저씩 남기는 나쁜 버릇을 고쳐놓으려는 계산이었다. 나는 개밥이라 불러도 이상할 것 없는 콩나물국밥을 나부룩한 입에 떠 넣으며 앞으로 살길을 도모했다.

우선은 머리를 가릴 모자가 필요했다. 집에 모자라곤 외할머니의 초콜릿색 스웨터를 풀어 아빠가 떠준 손모아장갑 달린 방울 모자뿐이었다. 특전사인 동기네 삼촌이 휴가 때마다 쓰고나오는 검은 베레모가 눈에 아른거렸지만 당장은 구할 길이 없었다. 엄마의 회색 벙거지 모자라도 빌려 쓸까 싶었지만, 내가 세수를 하고 왔을 때 엄마는 이미 회색 벙거지 모자와 함께 오토바이를 타고 시내로 출근을 한 뒤였다. 하는 수 없이 나는 손모아장갑을 시계추처럼 대롱대롱 매달고 학교에 가야 했다. 하지만 그건 망신의 서막에 불과했다. 조회 시간에 모자를 벗지 않으면 당장 나가라고 옥박지르는 담임 때문에 마지못해 알머리가 되었을 때 반 아이들이 터트린 와자한 웃음은 굴욕적이었다.

내 짐작과 달리 아이들은 나를 외계인이라 부르지 않았다. 새카만 서른일곱 개의 머리들 중 유독 노리끼리한 알머리를 발견한 음악 선생이 폭소를 터트리며 마치 달걀 같다고 놀린 다음부터 아이들은 나를 달걀귀신이라 부르기 시작했다. 나는 쉬는 시간만 되면 모자를 눌러쓰고 책상에 엎드려 성능 좋은 니스를 저주했다.

징그럽게 길고 지루한 수업이 모두 끝난 뒤 웬일인지 종선이가 집으로 돌아가지 않고 졸래졸래 나를 따라붙었다.

"오늘은 학원 안 가?"

종선이는 이 년째 주산 학원에 다녔다. 버젓이 주산 학원 가방까지 들고서 왜 하필 분주한 날 우리 집에 따라오는지, 그 검은 속셈이 궁금했다.

"다람이 새끼도 궁금하고, 고사떡도 얻어먹을까 해서."

쥐새끼라고 절교 선언까지 할 때는 언제고 지금 와서 그게 궁금하다는 건 말이 안 됐다. 더구나 고사떡이라면 천날만날 사업 말아먹는 게 취미인 제 아버지 덕분에 질리도록 먹었을 텐데.

"아빠가 쥐똥 냄새 난다고 산에 놔줬어. 고사 지낼지 안 지낼지도 모르고. 그래도 오려면 오든지."

말끝이 흐려졌다. 종선이가 우리 집을 제집처럼 드나든 게 하루 이틀도 아닌데 군이 이런저런 핑계를 둘러대며 돌려보내는 일이 부자연스러웠다. 종선이도 딱히 대꾸할 말이 없는지 학원 가방을 흔들며 어정어정 내 뒤를 따랐다.

집 앞에 도착하자 조잡한 음색의 〈엘리제를 위하여〉가 들렸다. 우리 집 바깥마당에서 용달차 한 대가 짐을 비우고 후진을 하는 중이었다.

"오늘 엘자네 이사 오는 날이구나?"

영수 아저씨를 통해 벌써부터 이사 소식을 전해 들었을 종선이가 마치 전혀 몰랐다는 말투로 어색하게 물었다.

"그냥 서 있어도 부러질 것 같은 허리로 무슨 짐을 듭니까? 제발 물러서 있어요. 그게 도와주는 겁니다."

대문간에 들어서자 새신랑처럼 말쑥하게 차려입은 광섭이 아저씨가 스텔라 아줌마의 손에서 왕골로 만든 반짇고리를 빼앗듯 채 갔다. 아저씨는 스텔라 아줌마를 좋아하는 게 확실했다. 사 년 전 시내 뷔페 홀에서 치러진 외할머니의 칠순 잔치에는 목 늘어난 티셔츠와 반바지 차림으로 나타나더니, 오늘처럼 먼지 구덩이에서 굴러야 하는 이삿날엔 어쩌자고 새하얀 와이셔츠에 신사 바지를 입었을까? 광섭이 아저씨가 스텔라 아줌마에게 정신이 팔린 사이 수동이 형 혼자 가스통을 옮기며 죽는 소리를 쳤다.

"형, 마르크스 가치론에 따르면 형은 철저하게 잉여가치만 추구하는 속물이에요. 제발 같이 좀 합시다! 네?"

유식한 수동이 형이 목에 핏대를 세워가며 가스통과 씨름을 하다, 처참히 지고 말았다. 문지방에 걸려 고꾸라진 수동이 형이 엥겔스나 피히테 같은 외국인 이름을 들먹이며 광섭이 아저씨를 나무랐지만 욕실 거울 앞에서 무스를 바르느라 여념이 없는 아저씨는 묵묵부답이었다.

"자기, 맞선 보러 나왔어? 하루 종일 꽃단장하기 바쁘니, 이 짐을 언제 다 옮기려고 그래?"

수동이 형과 가스통을 일으킨 아빠가 보다 못해 욕실로 뛰어들어가 광섭이 아저씨를 끌어냈다.

"내가 무슨 꽃단장은 했다고 그래요? 형수도 참……."

그 꼴을 멀뚱하게 서서 바라보던 나는 문득 종선이가 사라졌다는 걸 깨달았다. 그러고 보니 엘자도 눈에 띄지 않았다. 벨벳 홈드레스 차림으로 종이 상자에서 앙증맞은 마트료시카를 꺼내 닦는 스텔라 아줌마 곁에도, 틀니를 뽑아 캐스터네츠처럼 딱딱 소리를 내는 외할머니 곁에도 둘의 모습은 보이지 않았다. 나는 민머리가 최대한 드러나지 않게 모자를 고쳐 쓰고 사라진 둘을 찾아 집 안을 뒤졌다.

"하인이 녀석, 문어 다리에 사족을 못 쓰네."

뒤꼍에서 종선이의 걸걸한 목소리가 들렸다. 내가 언제 문어 다리를 좋아했단 말인가? 혹시 엘자 앞에서 내 험담을 늘어놓는 게 아닌가 싶었다. 나는 뒤꼍으로 통하는 함석 문을 힘껏 열어젖히고 상황 파악에 나섰다. 종선이는 감나무 아래에서 레이스 양산으로 엘자에게 그늘을 만들어주고 있었다. 갑작스런 나의 출현에 몹시 놀란 종선이가 뒤늦게 양산을 접어 등 뒤로 숨겼지만 이미 볼썽사나운 꼴이 내 눈에 사진처럼 각인된 뒤였다.

"쟤도 하인이야."

종선이가 엘자의 귀에 소곤거리며 내 눈치를 살폈다. 양산이 사라지자 내리쬐는 햇빛 때문에 얼굴을 찌푸린 엘자가 슬몃 눈길을 끌어다 내 얼굴에 놓았다.

"야, 한종선! 내가 언제 문어 다리에 사족을 못 썼어?"

아무리 엘자에게 홀렸다고 해도 친구를 팔아 관심은 끄는 건 잘못된 일이다. 수동이 형이 있었다면 더 거창한 말로 종선이를 나무랐겠지만, 말주변이 없는 나로서는 이게 최선이었다.

"누가 너더러 문어 다리 좋아한대? 양하인 말고 개하인 얘기 했지."

화끈 얼굴이 달아올랐다. 엘자의 개, 하인이 컴온의 무덤 곁에서 마른 문어 다리를 질겅질겅 씹고 있는 게 보였다.

"너희 둘, 이름이 같구나."

처음으로, 엘자가 내게 말을 걸었다. 자신이 키우는 애완견과 이름이 같다는, 모욕적이라면 모욕적인 그 말을 들으면서도 나는 이상하게 귓불이 화끈거리며 가슴이 두근대 말을 이어가지 못했다.

"하인아, 그럼 못써! 발 더러워지잖아."

문어 다리를 자근거리던 개하인이 컴온의 무덤께를 앞발로 팠다. 엘자가 한 손에 쥔 목줄을 끌어당기자 개하인의 앞발이 허공을 더듬었다. 아무리 다시 봐도 컴온에 비해 털이 조금 깨끗하고 풍성할 뿐, 둘은 같은 개라 해도 믿을 만치 닮아 있었다.

"컴온, 이리 온."

나도 모르게 개하인을 향해 컴온이라 불러버리고 말았다.

"못 들었냐? 컴온이 아니라 하인이라잖아."

어느새 자신의 본분인 양산 시종으로 돌아간 종선이가 못마땅하다는 말투로 나를 향해 얄밉게 쏘아붙였다. 하지만 놀랍게도 개하인은 컴온이라는 나의 부름에 살랑살랑 꼬리를 저으며 초롱초롱한 눈망울로 알은체를 하더니 반갑게 '알알!' 짖어댔다.

"하인, 씻 다운 플리즈."

엘자가 목줄을 바짝 감아쥐고 개하인에게 나직이 뭔가를 명령하자, 어찌 된 영문인지 놈은 바짝 주눅 든 표정으로 흙바닥에 배를 붙이고 주저앉았다. 순택이에게 걸었던 주문처럼 개하인에게도 복종하지 않으면, 다시 지하로 돌려보내겠다는 말을 한 걸까? 그게 사실이라면 오늘 내게 달걀귀신이라는 별명을 붙인 음악 선생에게 같은 주문을 외워주고 싶었다.

"니들 뒤꼍에서 뭐해? 일 거들지 않구."

아빠의 새된 목소리가 함석 담장을 넘어왔다.

"하인이는 여기 묶어놓고 우리 나가자."

종선이가 내 눈치를 살펴가며 예의 들척지근한 목소리로 엘자에게 말했다.

"추울 텐데."

엘자의 말 한마디에 종선이가 얼른 양산 손잡이를 겨드랑이에 끼고 점퍼의 지퍼를 내렸다. 간신배 같은 놈. 그런 놈에게 질 수 없었다. 양산을 주체하느라 몸이 둔한 종선이에 비해 홑몸인 내 동작이 훨씬 빨랐다. 지난가을 사서 아직 보풀도 일지 않은 새 코트였다. 아깝지만 나는 그걸 개하인 곁에 깔아주고 세모꼴로 변한 종선이의 눈을 피해 모른 척 까치밥만 남은 감나무를 올려다봤다.

"고마워."

엘자의 그 메마른 목소리 한 자락에 어쩐지 입가가 근질근질했다. 나는 입아귀가 부들부들 떨리도록 어금니를 꼭 깨물고 원인을 알 수 없는 간지럼을 참아냈다. 부루퉁한 표정의 종선이가 개하인을 감나무 둥치에 묶었다. 그리고 엘자가 앞장 서 걷자, 내 쪽은 쳐다보지도 않고 안마당으로 뚫린 함석 문을 나섰다.

나는 꼼짝 않고 서서 그들의 발소리가 멀어지기를 기다렸다. 뒤꼍에서 꼭 확인할 게 있었기 때문이었다. 더는 발소리가 들리지 않자, 나는 소리 나지 않게 조심스레 함석 문을 닫은 다음 컴온의 무덤으로 다가갔다. 곁에서 염치없는 개하인이 내 코트에 폴짝 뛰어 올라 몸을 동그랗게 말았다.

"네 정체가 뭔지 확인해야겠어."

분명 개하인은 컴온이라는 내 호명에 반응을 했다. 컴온의 무덤이 비어 있다면 개하인은 진짜 컴온일지 몰랐다. 나는 장작더미 아래서 길고 납작한 돌 하나를 주워 컴온의 무덤을 파기 시작했다.

한겨울 꽁꽁 언 땅은 쉽게 속살을 배주지 않았다. 하지만 겉흙이 벗겨지고 감잎과 컴온의 살로 기름진 검은 흙이 나오자 훨씬 작업이 수월해지며 속도가 붙었다. 그렇게 한 뼘쯤 파고들었을 때, 돌 끝에 뭔가가 걸렸다. 희고 단단한 것. 나는 손끝으로 흙을 걷어내고 그 뭔가를 끄집어냈다. 내 주먹보다 조금 크고 동그스름한 그것의 정체는 두 개의 눈구멍과 콧구멍이 뻥 뚫린 두개골이었다. 나는 히뜩 놀라 흙 속의 다른 뼛조각 위로 두개골을 던져넣었다. 그러곤 정신을 가다듬어 노곤한 듯 내리깔은 눈꺼풀의 개하인과 흙 속의 두개골을 번갈아 바라보았다. 역시 컴온과 이 녀석은 다른 개일까? 나는 주먹을 쥐어 개하인의 머리께에 가까이 대보았다. 몸집이 작은 개하인의 머리통은 내 주먹보다 작거나 비슷한 크기로 보였다. 그에 비해 흙 속의 두개골은 중개 정도의 머리통으로 보였다. 흙 속의 두개골을 개하인에 가져다 붙이면 가분수 꼴을 면치 못할 터였다. 흙 속에는 통닭 두세 마리 분은 충분히 됨직한 흰 뼈가 새카만 흙 속에 희끗희끗 뒤섞여 있었다.

나는 용기를 내어 나무 삭정이를 가져다 뼛조각을 조금 헤집어보았다. 그리고 그 뼛조각들 중에 갓난아기 주먹만 한 두개골과, 어른 주먹 두 개를 한데 붙여놓은 것만 한 두개골이 뒤섞여 있다는 걸 알게 되었다. 흙 속에 든 건 뼈만이 아니었다. 깨진 구슬과 조각난 플라스틱 못난이 인형, 녹슨 반지도 눈에 띄었다. 대체 이 두개골들의 정체는 무엇일까. 그리고 구슬과 인형, 반지의 주인은 누구란 말인가. 해답을 알 리 없는 개하인이 자신의 다리 사이에 코를 묻고 몸을 옹송그렸다.

"양하인! 아빠 말 안 들려?"

아빠의 목소리가 두 하인을 일으켜 세웠다. 귀를 쫑긋 세우고 몸을 일으킨 개하인이 돌아서는 나를 향해 다시 한번 '알알' 짖어 댔다.

5

"어쩜 저렇게 입맛이 고급인지 몰라요. 쟤 때문에 짜장 한 그릇을 먹어도 우정 삼선으로 시켜야 하고, 아부래기를 볶아도 다마네기는 못 넣는다니까. 어디 먹성만 까다롭나? 옷을 사주면 이건 우라가 울었네, 저건 시보리가 너무 쬐네. 시집살이도 된 시집살이야."

할 수만 있다면 아빠를, 빈 그릇 대신 철가방에 담아 영빈관으로 보내버리고 싶었다. 아빠는 삼선짜장에 내 험담을 듬뿍 섞어 비벼주곤 자신 몫의 짬뽕을 젓가락에 감았다. 아빠야말로 뭐든 까다로운 사람이다. 남들은 오징어 맛으로 먹는 짬뽕에 꼭 오징어를 빼달라 주문하고, 단무지 대신 오이피클을 당당히 요구했다. 처음엔 중국집에 오이피클이 어딨냐며 무안을 주던 영빈관 주인아저씨도, 단골집을 바꿔버리겠다는 아빠의 협박에 못 이겨 언젠가부터 단무지 대신 오이피클을 보내줬다. 아침부터 서두른 탓에 면도를 하지 못해 코밑이 거뭇거뭇한 아빠가 오이피클을 아삭 깨물며 내 볼을 꼬집었다.

여보란 듯 내 험담을 늘어놓는 것도 듣기 싫었지만 나는 아빠,

아니 정확히는 이 동네 사람들의 말투가 창피했다. 아부래기나 다마네기야 다른 지방에서도 쓸 법했지만, 멀쩡한 지명이나 사람 이름까지도 편한 대로 지어 부르는 게 이 동네 사람들이었다. 이를 테면, 사목리는 사뭉니, 텃골은 턱꿀, 하인이네는 희안이네, 남현이네는 라면네 같은 것이다. 생전 남의 농사일에 간섭이 많았던 외할아버지의 별명이 농업 박사였던 탓에 이웃들은 내 이름을 부르는 대신 '농업 박사네 희안이'로 칭했다.

"가만있어 봐요, 내가 앞접시 가져올 테니."

아직 짐 정리가 덜 된 사랑채 대신 안채 마루에 둘러앉아 상도 없이 중국음식을 후룩거리다 보니 국물이나 소스가 얼굴과 옷으로 튀는 건 당연했다. 깨알보다 작은 짬뽕 국물 한 방울이 스텔라 아줌마의 손등에 튀자, 광섭이 아저씨가 벌떡 일어나 부엌으로 향했다.

"아저씨, 올 때 가위도 가져오세요."

객식구 주제에 엘자 옆에서 한자리 차지하고 있던 종선이가 무릎을 세우고 부엌 쪽에 소리쳤다. 하지만 광섭이 아저씨는 앞접시 한 쌍만 들고 부엌에서 돌아와 하나는 스텔라 아줌마에게, 다른 하나는 엘자에게 내밀었다. 아저씨의 손톱 밑에 새카만 때가 가느다랗게 배어 있었다.

"내가 니 하인이냐? 필요하면 니가 가져와."

광섭이 아저씨가 눈을 부라리며 종선이를 윽박질렀다. 하는 수 없이 자리에서 일어난 종선이가 부엌으로 향했고, 이번엔 광섭이 아저씨가 '올 때 물 좀!' 하고 심부름을 시켰다. 그러나 종선이 역시 달랑 가위만 들고 자리에 돌아왔고, 그걸로 엘자의 짜장면을 숭덩숭덩 잘라주었다. 물은 목마른 사람이 가져오게 마련이었다. 스텔라 아줌마가 맵다는 듯, 입가에 손부채질을 하자 광섭이 아저씨가 끙, 하고 몸을 일으켜 다시 부엌으로 갔고, 곧이어 엘자가 빈 단무지 접시에 젓가락을 가져가자 종선이가 번개처럼 일어나 아저씨의 뒤를 따랐다. 둘은 들어간 순서대로 보리차와 김치를 각각 내왔고 이어 휴지를 가지러 안방에, 요구르트와 행주를 가지러 다시 부엌에, 경쟁하듯 빈 그릇을 들어 나르느라 안마당을 뛰어 다녔다.

"이쁜 게 벼슬이네."

아빠가 녹말 이쑤시개로 앞니를 후비며 둘이 벌이는 꼴불견을 비아냥거렸다. 어쩐 일로 정신이 돌아와 우동 한 그릇을 얌전히 비운 외할머니 역시 혀를 찼다.

"옛날에 우리 시어머니 말씀하시길, 시아버지가 바람나서 시앗 머리끄덩이 잡으러 갔다가 돌아앉은 시앗 얼굴이 하도 꽃처럼 고와서 궁둥이만 들썩 해주고 왔다 하셨지. 얼굴 반반한 기집은 열 밑천 타고나는 법이야."

그때 밑천 없이 태어난 엄마가 대문간에 들어섰다.

"지금이 몇 신데 아직도 마당이 구더기 밑살이야?"

마루에 걸린 벽시계를 보니 3시였다. 예상보다 엄마가 빨리 돌아온 탓에, 화들짝 놀란 아빠가 외할머니 등 뒤로 몸을 숨겼다.

"이 뱃대에 바람 든 년! 남의 서방 끼고 사니 천하를 다 얻은 거 같냐? 어디 이래도?"

하필 그때, 외할머니의 노망이 발동했다. 외할머니는 느닷없이 몸을 돌려 아빠의 사타구니를 우악스럽게 쥐어짰다.

"아이고, 나 죽네!"

아빠가 사색이 되어 외할머니의 손등을 꼬집고 비틀어 겨우 떼어놓곤 마룻바닥에 고꾸라져 바동거렸다. 참 이상한 일이었다. 외할머니가 방금 말한 대로라면 아빠를 여자 취급한 것인데 정작 혼구멍을 낼 때는 남자의 급소를 공격했다. 아빠가 입에 달고 사는 말처럼 사위 망신시키려 작정이라도 한 듯 보였다.

"하인아, 할머니 모시고 방에 들어가 있어. 우리 스텔라 씨 못 볼 꼴 보셨다."

광섭이 아저씨가 엄살 부리는 아빠의 엉덩이를 발로 툭툭 차며 스텔라 아줌마의 눈치를 살폈다. 스텔라 아줌마는 억지 설정의 일일연속극 시청하듯, 아빠와 외할머니를 무심한 눈길로 바라보았다.

"광섭이 말대로 하인이는 할머니 모시고 이사 끝날 때까지 방에 들어가 있어. 그리고 수동이는 가스부터 연결해. 광섭이 넌 나랑 장롱 센타 좀 맞추자. 종선이도 놀지 말고 빈 박스 접어서 한쪽에 착착 쌓아놔. 밥값은 해야 할 거 아냐? 당신은 막걸리 좀 사다놓고."

역시 엄마였다. 다 마신 식혜 사발 속 삭은 밥풀처럼 제각각 흩어져 겉돌던 사람들이 엄마의 지시에 몸을 움직였다. 그런데 하필이면 가장 골치 아프면서도 생색조차 낼 수 없는 외할머니 수발이 내 차지가 될 줄이야. 나는 아직 화가 가라앉지 않아 아빠를 향해 연신 헛발질을 해대는 외할머니를 끌어안다시피 해 건넌방으로 향했다. 마당 한편에서 빈 박스를 접으며 엘자를 핼끔대는 종선이가 뭐가 좋은지 연신 작은 눈을 감실거리며 밉살스럽게 나를 배웅했다.

"내가 저년의 정체를 반드시 캐고야 말 것이다. 방뎅이 살랑거리며 걷는 폼은 영락없이 기집인데 좀 전에 사타구니를 주물러보니 이만 한 살덩이가 잡히더라. 니 생각엔 기집 같냐? 사내 같냐?"

외할머니의 입에서 달그락 사탕 굴리는 소리가 들렸다. 외할머니는 수틀리는 일이 생기면 틀니를 혀로 들어 올려 다시 맞추는 습관이 있었다.

"글쎄, 나도 아빠가 여잔지 남잔지 분간이 안 될 때가 많아."

무슨 일인지 밖에서 광섭이 아저씨와 아빠의 왜자한 웃음소리가 새어 들어왔다. 도대체 무슨 일이기에 저렇게 창자가 쏟아지게 웃어 젖히는지 궁금해서 죽을 지경이었지만 외할머니만 두고 마당에 나갔다간 엘자가 보는 앞에서 엄마에게 쥐어박히기 십상이었다. 우울한 마음에 리모콘으로 텔레비전을 켰지만, 아직 정규방송이 시작되기 전이었다.

"니 아버지가 뭐라고 해도 절대로 그년한테 엄마라고 부르

면 안 돼. 그랬다간 그날로 엄만 보따리 싸서 집 나갈 거야. 알았
어?"

외할머니가 요강은 품에 안고 이불 위에 쪼그려 앉아 몸을 부
르르 떨었다. 누런 오줌이 내복 바지를 적시고 하얀 이불 홑청으
로 흘렀다. 겨우 두 명이 나란히 누워 있기도 바듯한 공간에서 오
줌은 다음 표적인 나를 향해 집요하게 달려들었다. 화가 치솟아
모자 속의 알머리가 따끔거렸다.

"엄마! 엄마!"

영양제를 비롯해 여러 가지 약을 먹는 외할머니의 오줌은 유
난히 샛노랗고 냄새도 지독했다. 나는 오줌을 피해 자리에서 일
어나 방문을 열어젖히고 엄마를 불렀다. 엄마가 없을 땐 마지못
해 아빠가 변소 치레를 했지만, 오늘처럼 엄마가 집에 있는 날엔
엄마를 불러야 했다.

"방금 그년한테 엄마라고 했냐?"

외할머니가 철버덕철버덕 오줌을 밟고 걸어와 내 어깨를 뒤흔
들었다.

"엄마, 빨리 좀 와 봐!"

칠순을 넘긴 외할머니는 작달막한 키에 앙상한 체구지만 노망
이 발동할 때면 성난 싸움소처럼 힘이 세졌다. 엄마가 방문을 연
건 할머니의 손아귀에 휘둘리던 내가 젖은 이불 위로 나동그라
졌을 때였다.

엄마는 내게 세숫대야에 뜨거운 물을 받아 오라 시키곤 말없

이 외할머니의 변소 치레를 했다. 이불을 마루로 끌어내고 젖은 내복을 벗기는 엄마의 뒷모습이 어쩐지 서글퍼 보였다. 그 와중에도 외할머니는 엄마를 끌어안고 '여보, 영감'을 연발하며 통곡했다. 금세 마루에는 지린내 나는 빨랫감이 한 무더기나 쌓였다. 세숫대야의 물로 몸을 씻고 새 내복으로 갈아입은 외할머니가 엄마의 품에서 어린애처럼 흐느꼈다.

"이 솜이불을 어쩔 거야? 빨 수나 있어? 빤다 쳐도 요즘 날씨에 마르기는 해? 저 노인네 때문에 내가 제 명에 못 살고 죽지."

때마침 막걸리를 사들고 돌아온 아빠가 마루에 쌓인 빨랫감을 보곤 울먹이는 목소리로 짜증을 냈다. 엄마가 할머니를 밀어내고 마루로 나가 아빠와 팽팽히 대치했다.

"엄마 듣는데 자꾸 그런 소리 할래? 당신은 늙으면 안 그럴 줄 알아?"

"난 그런 걸로 아들 며느리 고생 안 시킬 거야. 차라리 나가 죽지!"

순간, 엄마의 손이 휙 치솟았다 잠시 머뭇거리곤 다시 내려왔다. 그러자 아빠가 귀까지 새빨개져 울음을 터트리고 말았다. 마당에서 이삿짐을 나르던 사람들도 작업을 멈추고 멀뚱하게 서서 부부 싸움을 구경했다. 엘자의 눈길이 부모님을 떠나 내게 닿았다. 이마가 서늘했다. 할머니와 실랑이를 벌이느라 털모자가 벗겨진 줄도 몰랐던 거였다. 나는 얼른 건넌방으로 들어가 방문을 닫아버렸다. 엘자의 눈길도, 부모님의 다툼도 바로 쳐다보기 힘들었기 때문이었다.

방 안엔 마치 아무 일 없었다는 듯, 새끼고양이처럼 몸을 작게 웅크린 외할머니가 새 이불을 덮고 잠이 들어 있었다. 그 곁에 쪼 그리고 앉으니 옅은 아기 분 냄새가 났다. 벌어진 외할머니의 입 술 사이로 잇몸에서 떨어져 나온 틀니가 물려 있었다.

"장모는 사위 불알을 쥐어뜯지 않나, 여편네는 서방을 종 부리 듯 하지 않나. 나는 무슨 낙으로 살란 말야? 이렇겐 못 살아. 저 노인네를 양로원으로 보내든지, 나를 이 집구석에서 내보내든지 당신이 알아서 해!"

아빠의 악 쓰는 소리에 외할머니가 초승달처럼 가느다랗게 눈 을 떴다.

"또 다투냐?"

달그락, 틀니 맞추는 소리가 들리더니 나직한 외할머니의 목 소리가 이어졌다. 다시 정신이 돌아온 모양이었다. 나는 대답 없 이 고개만 끄덕였다.

"니 에미는 서방 귀한 줄을 몰라서 젬병이야. 물 좀 다오."

머리맡 주전자에서 물 한 잔을 따라 외할머니에게 내밀었다.

"너 손이 차구나. 이리 와서 몸 좀 녹여."

컵에 담긴 물을 남김없이 마신 할머니가 내 손을 끌어다 이불 밑에 넣었다. 메주도 없는 방인데 이불 새에서 뜬내가 났다.

"할머니, 노망 안 나면 안 될까? 나 창피해 죽겠어."

노망난 외할머니에 부모님의 불화, 한 올 없는 알머리까지 온 갓 부끄럼을 이웃에 공개한 지금, 나는 하동 썰매장으로 달려가 얼음물에 몸을 처박고 싶은 심정이었다. 외할머니가 머리를 함함하게 매만지며 들릴락 말락 한숨을 쉬었다.

"자고 일어나면 한 살씩 젊어지는 약은 없냐? 그런 약이 있으면 다음 달엔 내가 니 애비 대신 살림도 하고, 또 다음 달엔 우리 하인이 동무도 해줄 수 있고, 봄이 오면 아장아장 걷다, 여름쯤엔 싹도 없이 사라져버릴 텐데."

광섭이 아저씨가 '형님이 이해하세요. 내가 형수면 진즉에 보따리 쌌어' 하며 싸움 중재에 나섰다. 어느샌가 나는 온탕에 몸을 담그듯 천천히 외할머니의 이불 속으로 파고들었다.

"난 자고 일어나면 한 살씩 나이 먹는 약이 있었으면 좋겠어. 그러면 몇 년씩 기다리지 않아도 며칠 만에 광섭이 아저씨처럼 키도 크고, 수동이 형처럼 똑똑해지고, 또 콧수염이랑 알통도 나올 텐데."

외할머니의 팔을 베고 눕자, 산란했던 마음이 가라앉고 눈앞이 수리수리해졌다. 솔곤한 몸이 이내 까부라졌다. 어젯밤 삭발 소동 때문에 잠을 설친 탓도 있지만 어려서부터 외할머니의 팔에 고개만 대면 잠이 쏟아지는 이상한 버릇이 있었다. 외할머니의 따스한 숨결이 귓불과 이마에서 느껴졌다. 이렇게 다정하고 온화한 본모습을 자주 볼 수 없다는 게 못내 아쉬웠다. 나는 할머니의 팔에 얼굴을 비비대며 잠에 빠져들었다.

차가운 손이 내 뺨을 도닥였다. 어리마리한 정신에 눈을 떴을 때 방 안은 컴컴했다.

"할머니는 어디 가고 너 혼자 있어?"

아빠였다. 그러고 보니 내 머리를 받친 건 외할머니의 팔이 아닌 목침이었다.

아빠가 전등 스위치를 올리자, 눈이 부셔 고개를 바로 들 수 없었다. 아주 잠깐 눈을 붙였다고 생각했는데 밤인 모양이었다.

"몰라, 마당에 안 계셔?"

아빠가 철퍼덕 방바닥에 주저앉았다. 뭔가 불길했다.

"정말 죽어라, 죽어라 한다. 어쩌자고 엄동설한에 집까지 나가!"

엄마, 광섭이 아저씨, 수동이 형, 종선이 그리고 스텔라 아줌마와 엘자까지 건넌방 앞으로 모여들었다. 그들에게서 풍기는 구수한 시루떡 냄새와 터분한 막걸리 냄새가 외할머니가 남기고 간 아기 분 냄새를 몰아냈다.

엘자가 이사 온 날, 외할머니는 집을 나갔다. 이사를 마친 사람들이 사랑채에 모여 고사를 지내는 사이 벌어진 일이었다. 엄마와 광섭이 삼촌은 오토바이를 타고 할머니를 찾아 나섰고, 아빠는 수동이 형과 자전거를 타고 경찰서에 실종 신고를 하러 갔다.

"많이 놀랐겠구나. 캐모마일 차란다."

외할머니 방문 앞에 쪼그리고 앉아 부처님, 예수님, 성모마리아님, 그리고 알라신께 기도를 하고 있던 내게 스텔라 아줌마가 화려한 꽃무늬 찻잔을 내밀었다. 잔에 든 차에선 은은한 꽃향과

농익은 사과 향이 풍겼다. 발그스름한 차를 한 모금 들이켜자, 얼었던 몸과 마음이 녹았다. 그리고 녹아내린 물은 아무리 두 눈을 부릅뜨고 참아보려 해도 비죽비죽 흘러나와 부석해진 얼굴을 적셨다.

"종선이랑 엘자는요?"

외할머니를 잃어버린 와중에도 엘자와 종선이를 찾는 내가 한심했다. 더군다나 엘자를 먼저 떠올렸으면서도 스텔라 아줌마에게 속내를 들킬게 염려스러워 종선이 이름부터 댄 것도 부끄러웠다.

"엘자가 좀 아파. 그래서 종선이가 삼촌을 부르러 갔단다."

어디가 아픈지 묻고 싶었지만, 차마 입이 떨어지지 않았다. 나는 단 몇 시간 만에 폭삭 늙어버려 세상사 포기하고 죽을 날만 기다리는 노인이 돼버린 것 같았다. 마치 내가 잠든 틈에 외할머니가 '나이를 먹는 약'을 입에 털어 넣고 떠나버린 건 아닌가 싶었다. 하지만 나는 키가 크지도, 똑똑해지지도, 알통이 나오거나 수염이 돋지도 않은 채 그저 청승맞은 애늙은이가 되어 세상 모든 신 앞에 두 손을 비빌 뿐이었다.

바깥마당에서 낮은 자동차 엔진음이 들렸다.

"지배인님 오셨나 보다. 우리 병원 다녀올 동안 혼자 있어도 괜찮겠니?"

혼자 남는 게 두려웠지만, 언제 외할머니가 돌아올지 모르니 집을 비우고 아줌마를 따라나설 순 없었다. 나는 미지근해진 찻

잔에서 입술을 떼고 고개를 끄덕여 보였다. 대문간에 들어선 영수 아저씨는 말끔한 감색 정장에 무스를 발라 쓸어 넘겼는지 매끈한 올백머리였다. 넥타이 대신 목을 감싼 호피무늬 스카프와 멀리서 봐도 광이 번쩍번쩍 나는 구두를 신은 영수 아저씨가 스텔라 아줌마와 함께 사랑채로 들어갔다. 그리고 잠시 후, 엘자가 스텔라 아줌마의 부축을 받으며 영수 아저씨를 따라나섰다. 탁, 탁. 차 문을 닫는 두 번의 소리가 들리고 영수 아저씨의 검정색 그랜저가 바깥마당을 빠져나갔다.

집에 홀로 남은 건 처음이었다. 올빼미 울음소리가 멀리서 들려왔고, 괘종시계가 9시를 뎅뎅, 알렸다. 마당 빨랫줄엔 외할머니가 적신 목화솜 이불이 꾸덕꾸덕 말라가며 지린내를 풍겼다. 수꿀한 밤이었다.

6

엘자는 영수 아저씨의 등에 업혀 자정이 넘어서야 돌아왔다. 그 뒤를 따라 축 처진 어깨의 아빠가, 외할머니를 찾지 못한 엄마와 광섭이 삼촌이 근심 어린 표정으로 들어섰다. 돌아오지 않은 사람은 외할머니뿐이었다. 부모님은 말없이 안방으로 들어가 요도 펴지 않은 채 아무렇게나 몸을 뉘고 잠이 들었다.

이튿날, 몸져누운 아빠를 대신해 엄마가 삶은 달걀 다섯 알과

우유로 아침상을 차렸다. 골이 아픈지 한복 대님으로 머리를 동여맨 아빠가 마지못해 자리에서 일어나 앉아 삶은 달걀을 깠다.

"경찰이 오늘부터 행려사망자 확인하러 다니래. 멀쩡히 걸어 나간 양반을 왜 죽었다고 단정해? 썩을 놈들."

행려사망자가 무슨 뜻인지는 정확히 알 수 없었지만, 사망이란 단어가 들어가는 걸로 봐서 경찰은 이미 외할머니가 죽었거나 오래지 않아 죽을 걸로 짐작하는 모양이었다. 하지만 외할머니는 이제 겨우 칠순을 넘겼을 뿐이었다. 돌아가시기는 너무 일렀다. 동기네 할머니는 우리 외할머니의 귀가 포대자루만 해서 증손주까지 너끈히 업어주고 갈 거라고 했다. 뭐든 옳은 소리만 하는 동기네 할머니가 한 말이니 틀림없을 거였다.

"수동이한테 전단지 만들어달라고 부탁했고, 천년회랑 해병대 전우회에 전화 넣어놨어. 곧 무슨 소식이 있겠지."

엄마가 자리에서 일어나 가죽점퍼를 걸쳤다.

"빈속으로 나가려고? 달걀이라도 먹고 나가."

아빠가 방금 깐 달걀을 엄마에게 내밀었지만 금방이라도 울음을 터트릴 듯 침울한 표정의 엄마는 대답 없이 방문을 열었다.

정신이 온전치 못한 외할머니를 놓친 건 내 탓이었다. 그때 주책없이 잠이 들지만 않았다면 지금쯤 외할머니는 내 옆에서 틀니를 달그락거리며 유황 냄새 나는 방귀를 뀌고 있을 거였다.

"니 외할머니 호락호락한 양반 아냐. 지금쯤 어디 식당이라도 찾아 들어가서 밥 내놓으라고 고래고래 소리치실 거다."

아빠가 두루마리 휴지를 풀어 코끝에 맺힌 맑은 콧물을 닦아
낸 후, 퉁퉁 부은 눈으로 나를 쓸쓸히 바라보았다. 그러곤 마다하
는 나를 윽박질러 삶은 달걀 두 알을 먹이고, 우유를 마시게 한
뒤 힘겹게 자리에서 일어나 옷걸이를 뒤졌다.

"코트는 어디다 벗어놨어?"

아차, 코트를 깜빡했다. 어제 개하인에게 깔아준 걸 지금껏 까
맣게 잊고 있었다. 아빠가 장롱을 여는 사이 나는 뒤꼍으로 날 듯
뛰어갔다. 그러나 감나무 아래엔 개하인도, 내 코트도 없었다.

"양하인, 학교 안 갈 거야?"

아빠의 목소리가 조급한 마음을 더욱 옥쵔다. 개하인을 데리
러 온 엘자가 내 코트를 가져간 게 틀림없었다. 나는 뒤꼍을 나와
사랑채로 향했다. 그러곤 아주 조심스럽게 섀시 문을 열고 엘자
네가 쓰는 왼쪽 큰방을 쳐다보았다.

"거기서 뭐 하나?"

오른쪽 작은방에서 광섭이 아저씨 목소리가 들렸다. 엘자네
방을 훔쳐보는 건 나뿐이 아닌 모양이었다.

"아, 놀라라. 아저씨, 엘자 일어났어요?"

나는 무릎걸음으로 광섭이 아저씨에게 다가가 소곤거렸다.

"그건 왜 궁금한데?"

겨우 코빼기만 보일 정도로 열렸던 문틈이 얼굴이 드러날 만
큼 벌어졌다.

"엘자한테 물어볼 게 있어서요."

내복 바람의 광섭이 아저씨가 눈을 비비고 방문가에 바짝 다가앉았다.

"스텔라 씨는 3시쯤 화장실 다녀오는 거 같았고, 엘자가 6시쯤에 밭은기침을 다섯 번 했어. 스텔라 씬 6시 반에 재채기 한 번 하고. 너 오기 전엔 개도 한 번 짖었다. 근데 아직 방문 밖으론 안 나오고 있어."

아저씬 어떻게 그런 시시콜콜한 소리까지 엿들을 수 있는 걸까. 밤새 잠도 안 자고 엘자네 방에서 들려오는 소리만 엿들었을 광섭이 아저씨 눈이 쑥 들어가 있었다. 엘자에게 내 코트를 돌려받아야 했지만, 이른 시간에 다짜고짜 방문을 열어젖힐 순 없었다. 집에서 8시 전에는 나가야 지각을 면할 텐데 큰일이었다. 내이름을 부르는 아빠의 목소리가 마당을 가로질러 귓바퀴를 비틀었다. 하지만 개하인에게 깔아주려고 코트를 흙바닥에 깔았던게 발각되면 가뜩이나 매섭게 날 선 아빠에게 된통 꾸지람을 들을 게 뻔했다. 기다리다 지각하나, 꾸중 듣다 지각하나 이미 지각은 기정사실이었다. 그런데 광섭이 아저씨의 야광 손목시계가 8시 정각을 가리키던 순간, 엘자네 방문이 배꼼 열렸다. 그리고 방문 틈으로 내 체크무늬 코트가 천천히 밀려 나왔다. 코트를미는 손은 분명 엘자 같았는데, 희고 여린 살결 위로 붉은 수포가드문드문 솟아 있었다. 간밤에 몸이 아팠다는 게 수두 같은 거였을까? 뒤늦게나마 안부를 묻고 싶었지만, 아빠의 잔소리를 피해지각을 면하는 게 더 급했다.

가까스로 수업 종소리와 함께 학교에 도착했다. 교탁 바로 아래 자리인 탓에 담임이 허리를 숙여 내 볼을 꼬집었다. 뒷자리에 앉은 녀석이 내 등을 쿡쿡 찔렀다. 돌아보니 녀석이 손가락으로 맨 뒷자리에 앉은 종선이를 가리키며 쪽지를 전달했다. '할머니는 돌아오셨어? 엘자는 아직도 많이 아파? 왜 늦었어?'

"성교육 비디오 감상이다. 다들 시청각실로 이동."

성교육이란 말에 사내아이들 몇이 소리를 낮추어 키득거렸다. 수업 시작종이 울렸다. 가방을 책상 고리에 걸어놓고 교실을 빠져나오자마자 종선이가 옆에 붙었다.

"할머니는? 엘자는? 말 좀 해봐."

나는 고개를 가로저었다. 외할머니의 행방에 대해서도 아는 바가 없었고, 엘자에 대해서도 손등에 빨간 물집이 잡혔다는 것 외엔 아무런 정보가 없었다. 일 년 동안 험하게 신었던 실내화 앞코가 벌어져 속도 없이 벙긋벙긋 웃는 것처럼 보였다.

"모른다는 거야, 뭐야?"

요즘 들어 부쩍 종선이나 광섭이 아저씨가 우리 집 일에 과도하게 간섭하는 게 마뜩치 않았다.

"아, 몰라! 알면 어련히 말하려고."

시청각실에 들어서자 양호 선생이 커튼을 내리고 불을 끈 뒤, 비디오를 틀었다. '1장: 우리의 몸(이차성징과 사춘기)'라는 제목이 흐르고 의사 가운을 걸친 아줌마가 하반신이 벗겨진 마네킹 앞에 섰다. 고환, 음경, 음순, 질 따위의 단어가 나올 때마다 침을 삼키는 소리가 꼴깍, 하고 이어졌다. 비디오에 집중하지 못하는 학생은 종선이와 나뿐인 듯했다. 종선이는 주머니에서 볼펜을 꺼내 제 손바닥에 글씨를 써 눈앞에 들이댔다.

'옥선이 이모부가 기차역에서 너희 할머니 봤대.'

비디오는 첫 몽정과 월경을 겪은 소년 소녀가 얼룩진 팬티를 들고 신대륙을 발견한 것처럼 놀라고 있었다. 종선이에게 볼펜을 뺏어 '그래서?' 하고 재빨리 갈겨썼다.

'잠깐 표 사고 돌아보니까 감쪽같이 사라졌더래.'

일단 돌아가셨을지 모른다는 불안은 해소된 셈이었다. 하지만 여전히 외할머니의 행방은 묘연했다. 다시 우울해졌다.

'엘자는 좀 어때?'

종선이가 잠시 머뭇거리다 빈틈이 얼마 남지 않은 손바닥에 글씨를 썼다.

'수두 같아.'

성교육비디오는 '2장: 아름다운 성(임신과 출산)' 편으로 넘어갔다. 〈경찰청 사람들〉에서 금은방 강도로 출연한 적이 있던 재연 배우가 상대 여배우의 이마에 입을 맞추고 이불을 뒤집어썼다. 누군가 휘익, 휘파람을 불자 양호 선생이 지시봉으로 탕탕, 칠판을 내리쳤다.

'그거 옮는 거지?'

수두가 전염병이었던가. 생각해보니 지금껏 수두를 앓은 적이 없었다. 2학년 때 같은 반 아이들이 줄줄이 수두에 걸려 장기 결석을 했던 게 떠올랐다. 외할머니가 수두를 호되게 앓으면 곰보가 된다는 말을 한 적도 있었다. 엘자의 찹쌀떡처럼 뽀얀 얼굴이 곰보 자국으로 뒤덮이는 상상이 생생하게 그려졌다. 어쩌면 늘 선글라스나 모자로 가려져 몰랐을 뿐, 엘자의 얼굴엔 이미 굵은 흉터나 주근깨가 자리 잡고 있는지도 몰랐다. 그러지 않고서야 미운 곳이라곤 한 군데도 없는 얼굴을 가릴 리 없었다.

성교육 비디오는 작년 이맘때 보았던 것과 별반 다르지 않았다. 만화와 인형극 대신 배우와 마네킹이 등장한다는 게 좀 색달랐고, 마지막 장면엔 웬 외국 여자가 그다지 힘들지 않게 아기를 쑥 낳아 가슴에 끌어안고 씨익 웃었던 게 인상 깊었다. 양호 선생님은 비디오를 끄고 전등을 켠 다음 사랑에는 책임이 따르므로 우리처럼 벌이도 없고 반찬 투정이나 하는 조무래기들은 신경 꺼도 좋다는 요지의 설명을 지나치게 길게 늘어놓았다.

간절히 혼자 있고 싶었지만 틈만 나면 급우들과 담임이 나를 달걀귀신이라 놀렸고, 종선이는 쉬는 시간마다 내 자리로 뛰어와 우리 집안 사정을 캤다. 종선이의 집요함은 화장실조차 혼자 가게 내버려두지 않았다. 내 인내심이 바닥을 드러낼 즈음 수업은 끝이 났다. 하지만 학교도 나를 곱게 집으로 돌려보내주지 않았다. 종례가 끝나자 담임의 지시에 따라 우리는 책상을 뒤로 밀고 비질을 한 다음 사물함에서 각자의 이름이 엉성하게 새겨진 손걸레를 꺼내와 교실 바닥에 왁스나 양초를 문질러 닦았다.

잽싸게 내 옆자리를 꿰찬 종선이가 입술로 '엘'자를 만들다 말고 납종이처럼 구겨진 내 얼굴을 쳐다보곤 입을 다물었다. 그러곤 손에 쥔 양초로 교실 바닥에 자그맣게 '자'자를 썼다. 나는 외할머니의 이름을 쓰려고 했지만, 도통 박이라는 성씨 외에 기억나는 게 없었다. 하는 수 없이 마을 사람들이 부르던 대로 '당춘네'라 흘겨 쓰곤 그 위를 조심스레 걸레질했다.

강 건너 당촌에서 열일곱 살에 시집왔다는 외할머니는 엄마위로 아들 형제를 두었지만, 큰 외삼촌은 어릴 때 홍역으로, 둘째 외삼촌은 군대에서 사고로 잃었다고 했다. 그리고 내가 태어날 무렵에 위암으로 외할아버지까지 여의자, 집 안에 음기가 강해 사내가 남아나지 않는 거라며 부엌에 고추 모양의 숫돌을 주워다놓고 치성을 드렸다.

자신을 사내에서 제외한 데 대한 심통일까. 아빠는 그 숫돌을 몹시도 싫어했다. 외할머니에게 총기가 남아 있던 시절엔 어쩔 수 없이 숫돌에 행주질을 하고 정화수도 부어놓았지만, 지난여름부터는 오이지 누름돌로 용도를 변경했다. 그러고는 엄마가 오이지 맛이 왜 이 모양이냐 타박할 때마다 '그놈의 숫돌을 오이지 짱돌로 썼더니 지린내가 나는 것'이라며 투덜거렸다. 하지만난 숫돌이 싫지 않았다. 가끔 심부름 때문에 헛간에 들렀을 때, 그 군내 나는 숫돌과 마주치면 외할머니가 말짱했던 시절이 떠올라 마음이 푸근해졌다. 집에 돌아가면 아빠 몰래 깨끗한 행주를 가져다 숫돌을 닦아야겠다는 생각이 들었다.

집에 돌아왔을 때 숫돌은 이미 반질반질하게 닦여 부엌 찬장

한 칸을 차지하고 있었다. 하룻밤 새 눈그늘이 길게 늘어진 아빠가 숫돌 앞에 정화수를 떠놓고 뭔가를 중얼대다 나를 맞았다.

"옥선이네 이모부가 할머니 봤다며?"

아빠는 오늘도 면도를 하지 않았는지 턱 밑에 꼬불꼬불한 수염이 철수세미처럼 엉겨 있었다.

"아침에 역전도 가보고 금촌부터 서울까지 역이란 역엔 다 전화해봤는데 모르겠대. 칠십대 할머니가 어디 한둘이냐고."

외할머니의 옷장에서 사라진 옷은 가슴에 나비가 새겨진 청보라색 스웨터와 남색 고무줄 바지였다. 외출하는 일이 거의 없는 외할머니는 겨우내 옷걸이에 걸어놓았던 진회색 반코트에 털신을 신었을 텐데, 그런 차림은 시내에서 하루 수십 명도 더 마주치는 할머니들의 흔해빠진 패션이었다.

"손 씻고 밥 먹자. 엘자도 너 오면 먹는다고 기다렸어."

아빠의 말에서 엘자라는 이름만 통통 튀어 올라 가슴에 물수제비를 뜨는 것만 같았다. 그런데 아빠는 엘자가 수두 같은 병에 걸린 줄 모르는 걸까. 안다면 깔끔한 성격의 아빠가 겸상을 권할 리 없을 터였다.

"아빠, 엘자 괜찮아? 어제 아팠다던데."

"아까 스텔라 씨 출근할 때 물어보니까 이제 괜찮대. 열감기였나 봐."

수두라고 생각한 것이 말로만 듣던 열꽃인지 몰랐다.

상을 차리다 말고 아빠는 마당 장독대로 가 동치미 독을 열더니 실한 동치미 무 다섯 개를 골라 채반에 올려 그늘로 옮겼다. 외할머니가 살림에 간섭하던 때에는 겨울마다 동치미 무를 몇 개 골라 저렇게 겨우내 얼려서 말렸다. 수도 없이 얼고 마르기를 반복한 동치미 무는 봄쯤 되면 스펀지처럼 속에 구멍이 숭숭 뚫리는데 그걸 고추장과 들기름을 넣어 볶으면 영락없이 고기 맛이 났다. 전에는 불결한 음식이라며 쳐다도 안 보던 아빠지만, 외할머니가 떠나자 별스럽고도 딴맛이 그리워진 것이리라.

외할머니나 엄마가 없었으므로 우리는 부엌 한편에 상을 차려 놓고 점심을 먹었다. 모자나 선글라스를 쓰지 않은 엘자의 얼굴은 처음이었다. 상상했던 것과 달리 엘자는 손등이 조금 울긋불긋할 뿐, 얼굴은 티 없이 말갰다. 길게 땋아 내린 머릿단이 탐스러웠고, 어린애답지 않게 도톰한 귓불에 작은 금 귀걸이까지 달고 있는 게 창백한 얼굴과 잘 어울렸다. 엘자는 제 몫의 밥을 절반 가까이 덜어내고도 미역국만 깨작거렸다.

"느이 개 말야. 죽은 우리 집 발바리랑 똑 닮았어."

좁은 부엌이 불편해서일까, 아니면 외할머니를 놓친 죄책감 때문일까. 아빠는 궁상맞게 쪼그리고 앉아 국에 만 밥을 욱여넣으며 엘자에게 말을 붙였다.

"하인이요?"

"그래. 하인이. 하필 개 이름이 사람 이름이랑 같을 게 뭐람."

"할아버지 이름에서 따왔어요."

하인, 내 이름이 그렇게 흔했던가? 보통 남의집살이하는 일꾼을 하인이라 부르지만 내 이름은 클 하叚자에 어질 인존자를 썼다. 마을에서도 전교에서도 하인은 오직 나 혼자뿐인데 다른 하인이 존재한다는 게 신기했다. 그것도 개하인과 할아버지 하인이라니.

"느이 할아버진 뭐 하는 분이셨어?"

아빠가 궁금한 게 참 많은 사람이라 다행이었다. 하지만 아빠가 묻지 않았더라면 내가 참지 못하고 물었을 질문이었다.

"자작이셨대요."

자작? 자기 잔에 술 채우는 자작이 직업이라고?

"자작? 술 따라 마시는 것도 직업이야?"

간만에 아빠와 생각이 통했다.

"공작, 백작 다음에 자작이요. 헝가리에서 태어나셨대요."

무안해진 아빠와 내가 말없이 국과 밥을 비웠다.

엘자가 비운 그릇을 개수대에 가져다놓고 예의 바르게 인사를 한 뒤 사랑채로 돌아갔다. 설거지는 내게 맡기고 아빠는 찬장에서 숫돌을 꺼내 행주질을 치며 구시렁거렸다.

"고 계집애, 은근히 집안 자랑하네. 우린 뭐 자랑하려면 그 정도 없을까 봐? 느이 증조할아버지는 왜정 때 순사였고, 작은 아버지도 면서기까지 했어. 그리고 너도 알지? 안양 고모할머니 중학교 교감인 거."

자작과 일제강점기 순사 중 어느 쪽이 더 존경받는 지위인지는 모르겠지만, 아빠는 콧방귀를 펑펑 뀌며 티끌 하나 없이 반드르르한 숫돌에 입김까지 불어 닦고 또 닦았다.

"아빠, 컴온 감나무 밑에 묻은 거 맞아?"

팔꿈치까지 끌어 올린 티셔츠 자락이 자꾸만 밀려 내려와 앞니로 잡아당기며 아빠에게 물었다. 겁이 많은 아빠에게 죽은 컴온이 모포와 함께 감쪽같이 사라지고 크고 작은 동물 해골만 굴러다닌다고 했다간, 죽을 때까지 뒤꼍엔 가지 않을 테니 최대한 말을 골라 사용해야 했다.

"너도 같이 묻었잖아. 근데 참 신기하지 않니? 컴온 죽어서 쥐가 더 극성일 줄 알았더니 그렇지도 않잖아. 쥐약은 괜히 놔서 애먼 개만 잡았나 봐."

아빠는 아무것도 모르는 눈치였다. 그러고 보니 컴온이 죽은 뒤부터 쥐들의 기세가 외려 한풀 꺾이긴 했다. 어쩌면 애초에 공생 관계라 생각했던 것과 달리 쥐는 영리한 컴온의 애완동물이자 비상식량이었는지 모른다. 그렇게 생각하는 편이 쥐와 개의 평화협정조약보다 훨씬 그럴 듯했다. 언젠가 컴온의 밥그릇에 새카맣게 쥐떼가 몰려들어 사료를 훔쳐 먹는 걸 본 적이 있었는데, 컴온은 그걸 뻔히 지켜보면서도 컹컹 짖거나 덤벼들어 쫓아낼 체를 하지 않았다. 확실히 의뭉스런 녀석이었다.

설거지를 마쳤을 때, 아빠는 어느 결에 반코트를 걸치고 마당에 나와 소매에 비죽 삐쳐 나온 실밥을 앞니로 끊고 있었다.

"저녁은 동기네 할머니가 차려주실 거야. 할머니 돌아오실지 모르니까 집에 딱 붙어 있어."

"아빠, 어디 가?"

"손 놓고 있으면 뭐해? 수동이랑 시내에서 전단지 뿌리기로 했어."

손목시계를 흘끔 본 아빠가 늦었는지 종종거리며 대문을 빠져 나갔다.

아직 해가 중천인데 딱히 할 일이 없었다. 방학이 코앞이니 숙 제도 없었고, 종선이도 주산 학원에 갔을 거고, 엘자는 사랑채에 들어가 바스락 소리도 없었다. 부모님은 어째서 동생을 낳지 않 은 걸까. 이럴 때 동생이라도 있었으면 덜 허전했을 텐데. 나는 안방에 들어가 모자를 벗어 팽개치고 벌렁 드러누웠다가 문득 오래전 아빠가 그랬던 것처럼 조심스럽게 문갑 서랍을 열어보기 로 했다. 서랍 안에는 잡다한 영수증과 인주 그리고 가죽 도장 지 갑이 들어 있었다. 내 기억이 맞다면 그 도장 지갑 안에는 도장이 없다. 나는 아빠가 없는 걸 재차 확인한 다음, 도장 지갑을 열었 다. 지갑 안에 든 건 립스틱이었다.

내가 갓 초등학교에 입학했을 때, 아빠와 엄마가 크게 다툰 일 이 있었다. 완도에 사는 아빠의 숙부가 질 좋은 김을 한 상자 보 낸 게 사단이었다. 오랜만에 가족들 앞에서 어깨가 으쓱해진 아 빠는 김의 다양한 효능과 자연산 김의 희소성에 대해 장광설을 늘어놓으며 한창 신이 나 있었다. 웬일인지 엄마도 기분 좋게 마 른 김에 맥주를 마셨고, 나도 아빠가 작게 잘라주는 김을 납죽납 죽 받아먹으며 캐득거렸다. 그때 외할머니가 흥을 깼다. 우편배

달부에게 소포를 받은 건 자신인데, 사위가 이렇다 저렇다 말도 없이 소포를 챙겨 방으로 들어가 세 식구만 단란하게 김을 뜯어 먹는 꼴이 못마땅했으리라. 게다가 너저분한 꼴을 못 보는 외할머니는 '저, 저, 저, 저 김 뿌시래기는 어쩔 거야?' 하며 걸레를 들고 나타나 털썩 김 상자를 치우고 김 가루를 몰아냈다.

물론 그때 아빠가 '여자한테 김이 그렇게 좋대요. 걸레질일랑 제가 할 테니, 어머니는 걱정 마시고 이것 좀 드셔보세요' 했으면 좋았겠지만 그럴 리 없었다. 아빠는 엉덩이를 폴딱거리며 이 집 안에서 가장인 자신이 얼마나 푸대접받고 있는지를 가슴을 쥐어뜯으며 하늘과 땅에 고했다. 물론 외할머니도 가만있지는 않았다. 가장이란 작자가 결혼한 지 십 년이 되도록 어째서 십 원 한 장 벌어올 줄 모르며, 쌀독에 꽃이 피는지 장독에 버짐이 앉는지도 모르고 허구한 날 연속극에 빠져 사느냐 쏘아붙였다. 그러자 아빠는 데릴사위라면 누구나 한 번쯤 예외 없이 해봤을 '겉보리 서 말만 있어도 처가살이는 안 했을 겁니다'란 대사를 남기고 방을 뛰쳐나갔다.

그날 밤, 아빠와 엄마의 2차전이 벌어졌다. 아빠는 엄마에게 분가를 안 하면 당장 이혼하겠다 협박했고, 엄마는 외할머니 말씀 그른 게 뭐가 있냐며 속 좁은 아빠를 나무랐다. 그러다 아빠가 술 담배를 끊지 못하는 엄마의 의지박약까지 트집 잡자, 엄마는 어린애 코밑이 징개똥구멍이 되도록 병원 한 번 데려가는 법이 없었다고 아빠를 무책임한 보육자로 몰아세웠다. 새벽녘까지 싸

움은 계속됐고, 나는 건넌방에서 이불을 뒤집어쓴 채 이번에야
말로 부모님이 이혼을 할지 모른다는 불안에 싸움의 빌미를 제
공한 외할머니를 원망했다.

부모님을 화해시킨 건, 뜻밖에도 동기네 고모부였다. 이튿날
오후, 동기네 할머니가 해쓱한 얼굴로 집에 찾아와 외할머니에
게 동기 고모 소식을 전했던 것이다. 동기 고모는 마을 최고 미녀
로 꼽혔는데, 서울의 어느 여대에 입학하자마자 학교 앞 은행에
서 근무하던 말쑥한 청년과 사귀다 졸업도 하기 전에 시집을 가
버렸다. 그런데 건실한 줄만 알았던 동기 고모부가 몇 해 전부터
슬슬 본색을 드러내 손찌검을 하더니 최근엔 노름까지 하다 큰
빚을 졌고 빚쟁이에 쫓겨 집을 나온 동기 고모가 어젯밤 어린 딸
을 등에 업고 친정에 돌아와 앓아누웠다는 거였다. 동기네 할머
니는 당춘네 사위만 한 사람이 세상천지에 어디 있냐며, 얌전하
고 살림도 곧잘 돕는 아빠를 추켜세웠다. 그제야 마음이 조금 풀
린 외할머니는 안방 문을 슬쩍 열곤 '아범아, 동기네 김 한 톳 줘
도 될까? 내가 자랑 좀 했더니 입맛을 다시네' 하며 화해를 청했
다. 아빠도 퉁퉁 부은 눈으로 '그 집 입이 몇인데 한 톳으로 돼요?
세 톳 드리세요' 하며 화해를 받아들였다. 마음이 풀린 외할머니
는 아빠 몰래 가게에 전화를 걸어 오늘은 못 이기는 척 통닭 한
마리 튀겨서 서방 몸보신 좀 시켜주라며 엄마를 타일렀다.

외할머니의 코치대로 엄마는 6시도 안 돼서 통닭 한 마리와
크라운 맥주 다섯 병을 사 들고 집에 돌아왔다. 그러곤 찬바람이

쌩하게 도는 안방에 들어가 아빠의 입에 닭다리 하나를 물려주며 부부 싸움에 종지부를 찍었다.

그날 새벽, 나는 요의를 느끼고 잠에서 깼다. 그리고 어슴푸레한 새벽빛이 새어드는 방 한구석에서 빨간 립스틱을 정성껏 바르는 아빠를 보았다. 아빠는 윗입술과 아랫입술을 맞비비며 도취된 표정으로 손거울을 들여다보고 있었다. 나는 자리에서 벌떡 일어나 그런 건 여자들이나 바르는 거라고 소리치고 싶었지만, 어쩐지 그랬다간 아빠가 영영 이 집을 떠나 돌아오지 않을지 모른다는 불길한 예감이 들었다.

립스틱은 손가락 반 마디만큼도 남지 않았다. 오 년 동안 아빠가 울고 화낸 숫자만큼 발랐다고 계산하면 적당한 길이였다. 아빠는 여자가 되고 싶은 걸까. 성교육 비디오에 나온 소녀처럼 자신도 언젠가 시간이 흐르면 젖멍울이 잡히고 한 달에 한 번 팬티에 빨간 얼룩을 만들어내게 될 거라 믿는 건 아닐까. 내게 동생이 없는 것도 아빠의 그런 믿음 때문은 아닐까 염려스러웠다.

나는 다시 도장 지갑에 립스틱을 넣고 지퍼를 닫은 뒤 서랍 깊숙이 밀어 넣었다. 그러곤 문갑에 몸을 기대앉아 마주 보이는 방문 위 액자를 바라보았다. 액자 속엔 수십 장의 사진이 촘촘하게 꽂혀 있었는데 제일 오른쪽 아래에 군복을 입은 아빠의 모습도 자리를 차지하고 있었다. 그 곁엔 죽은 둘째 외삼촌이 삽 한 자루를 들고 다른 한 팔을 아빠의 어깨에 두르고 있었다. 외삼촌은 아빠의 후임병이었다고 했다. 아빠처럼 힘없고 엄살도 심한 남자가 군대에 다녀왔다는 사실이 믿기지 않았지만, 사진 속 아빠는 마치 지금의 내 생각을 꿰뚫어보고 반박이라도 하듯 살구만 한 알통을 드러내며 씨익 웃고 있었다.

해거름, 동기네 할머니가 두 살배기 외손녀를 등에 업고 찾아왔다. 동기네 할머니는 쌀을 씻어 밥을 안치고, 고등어에 우거지와 된장을 넣고 주물러 자박하게 끓인 다음 간장독을 열고 두부만 한 시커먼 덩어리를 꺼냈다.

"당춘네가 묵장아찌를 참 좋아했지."

간장에 담가 까만 물이 든 도토리묵을 가늘게 채 썬 동기네 할머니가 설탕과 깨소금, 미원, 약간의 참기름을 넣고 조물조물 무친 다음 부엌 한편에서 쪼그리고 지켜보던 내 입에 한 가닥 넣어주었다.

"너무 짜요."

짜다 못해 씁쓰름한 맛까지 나는 장아찌를 차마 뱉지 못하고 숨을 참은 채 꿀꺽 삼켜버렸다.

"싱거우면 너무 많이 먹으니까 부러 짜게 해야 여럿이 오래 먹지. 안 그러냐?"

도토리묵이라면 싱겁게 무쳐도 젓가락이 많이 가는 반찬이 아니었다. 동기네 할머니가 오만상을 찌푸린 내 얼굴을 보고 싱긋 웃곤 등 뒤에서 두 다리를 뻗대며 찜부럭 부리는 손녀를 얼렀다.

"밥 먹게 곁방살이하는 애도 불러오너라."

나는 아무리 침을 삼켜도 짠맛이 가시지 않는 혀를 빼물고 사랑채로 건너갔다. 엘자네 방문 앞은 조용했다. 나는 방문을 벌컥 열까 하다, 예의 바른 어린이라면 이런 상황에서 노크를 해야 한다고 배운 걸 퍼뜩 떠올렸다. 노크란 건 화장실 앞에서만 하게 될 줄 알았는데, 괜히 점잔을 빼는 것 같아 쑥스러웠다. 두 번 방문을 두드리자 알알, 개하인 짖는 소리가 들리더니 문손잡이가 돌아갔다. 방문이 열리고 전등도 켜지 않은 어두운 방에서 엘자의 희디흰 얼굴이 불쑥 나타났다.

"동기네 할머니가 밥 먹으러 오래."

엘자의 코와 눈가가 붉었다.

"난 됐어. 엄마 오시면 같이 먹기로 했거든."

잠시 머뭇거리던 엘자가 방문을 닫아버렸다. 방 안에서 자그맣게 코를 훌쩍이는 소리가 들렸다. 울고 있었던 게 틀림없었다. 빡빡이가 된 것도, 외할머니를 잃어버린 것도, 세상 모든 시름을 혼자 짊어진 것도 난데, 어째서 엘자가 울고 있는 걸까. 내가 아는 여자는 모두 강했다. 멀리서 찾을 것도 없이 김치 한 접시로 소주 세 병은 너끈히 해치우는 엄마가 그렇고, 한겨울에 세상 무서운 줄 모르고 집을 뛰쳐나간 외할머니가 그렇지 않은가. 학교도 안 다니며 개와 노닥거리는 엘자에게 무슨 고민이 있고 시름이 있단 말인가. 나는 여자답지 않게 나약해 빠진 엘자를 이해할 수 없었다.

동기네 할머니는 공기에 소복이 밥을 퍼 담고, 반듯하게 썬 김과 고등어조림, 묵장아찌를 소반에 받쳐 들고 외할머니 방으로 들어갔다.

"어디서든 굶지나 마소."

내가 밥을 먹는 동안 동기네 할머니는 자꾸 울었다. 그럴 때마다 내가 숟가락을 내려놓자, '여자는 늙으면 아래는 점점 마르고 우에만 재우 젖는 게다' 알쏭달쏭한 말을 하며 내 손에 숟가락을 쥐어주었다.

"이따 부모님 오시거든 발랑 누워 있지 말고, 밥이랑 반찬 꺼내서 진지 차려드리고 다리도 주물러드려야 한다. 응?"

설거지를 마친 동기네 할머니가 코맹맹이 목소리로 몇 번이나 당부를 하고 지척지척 집으로 돌아갔다. 10시가 조금 넘자 영수 삼촌이 스텔라 아줌마를 집까지 바래다주었고, 12시쯤 되어서야 부모님과 광섭이 아저씨가 대문을 넘었다. 추위에 입술이 새파랗게 질린 아빠는 몸을 후들후들 떨며 이불 속으로 기어들었고, 엄마는 마당에서 광섭이 아저씨와 두런두런 이야기를 나누며 담배를 피웠다. 동기네 할머니가 시킨 대로 쟁반에 밥과 반찬을 담아 안방으로 들였지만, 아빠는 이미 얕게 코를 골며 잠이 든 뒤였고, 엄마는 입맛이 쓰다고 고개를 가로저었다. 하는 수 없이 밥솥에 밥을 엎어놓고 반찬은 다시 냉장고에 넣었다.

어디선가 외할머니의 밭은기침 소리가 들리는 것 같아 귀를 종긋 세웠지만, 먼 들판에서 들려오는 바람 소리일 뿐이었다. 부엌 문턱에 기대 서 있자니 앙칼진 바람 소리에 섞여 아름답고도 구슬픈 노랫가락이 들렸다. 스텔라 아줌마의 목소리였다. 어디선가 들어본 적이 있는 멜로디였지만 제목은 기억나지 않았다.

　마녀의 검고 긴 머리칼 같은 찬바람 한 가닥이 목덜미를 휘감았다. 눈에서 턱 사이로 찝찌름한 물길이 트이자, 유통기한 지난 사이다가 가득 차오르는 것처럼 콧속이 맵고 쌉싸래했다. 열세 살을 열흘 앞둔 날이었다.

7

　보름날 아침, 아빠는 무리하게 호두를 깨다 어금니 반을 잃었다. 평소 엄살이 심한 아빠는 이가 시리다며 귀밝이술도 마다했고, 질긴 묵나물과 찰밥도 앞니로 자근거려 두 눈을 질끈 감고 약 넘기듯 삼켰다. 하지만 어찌 된 영문인지 사나흘쯤 지나자 반 토막 난 어금니로 마른오징어도 뜯고, 찬물도 꿀떡꿀떡 잘 마시게 됐다.

　"치과 가면 수십만 원 금방 깨져. 몽은주사 맞는 것도 무섭고. 허전하지만 그런대로 살 만하네."

　아빠의 떨어져나간 어금니 한 조각처럼, 외할머니의 부재도 허전하지만 살 만한 구멍으로 남았다. 엄마는 성수기를 맞아 쉴 틈 없이 보일러 수리를 다녔고, 매일 소주 한 병씩을 비웠다. 아빠는 아침드라마를 보며 며칠 전 태어난 옥선이 이모 아들에게 줄 파랑색 털모자를 떴다. 광섭이 아저씨는 영수 아저씨 대신 매일 밤 스텔라 아줌마의 퇴근 도우미를 자청했다. 그리고 나는 엘자와 종선이 그리고 동기와 옥선이까지 합세한 과외 팀의 일원이 되어 일주일에 두 번 수동이 형에게 들볶였다.

얼마 전, 하루 종일 종선이와 만화책을 보며 시시덕거리는 걸 보다 못한 아빠가 수동이 형을 찾아가 노는 처지에 두당 삼만 원만 받고 동네 열등생들을 모아 공부 좀 가르쳐보는 게 어떻겠느냐, 제안을 했다. 수동이 형은 10수를 준비하기에 앞서 소일거리로 두당 삼만 원이면 그리 나쁜 조건은 아니라 생각했는지 앉은 자리에서 아빠의 제안을 수락했단다.

"다른 애들한텐 비밀인데 너는 공짜야. 수동이 그 꽁생원이 무슨 재주로 애들을 모으겠어? 다 발 넓은 내가 사바사바해서 그나마 네 명이라도 한 팀 만든 거지. 따지고 보면 공짜도 아냐. 인센티브 받은 거라고. 이래봬도 아빠, 능력 있는 남자야."

아빠는 능력 있는 남자답게 근사한 털모자를 완성했다. 그걸 받으러 온 옥선이 이모가 점심까지 눌러앉아 생무를 아작아작 씹어 먹더니 아무렇지 않게 아빠 앞에서 가슴을 내놓고 아기에게 젖을 물렸다.

"아저씨, 오늘은 뭐 맛난 거 해줄 거야?"

옥선이 이모의 탐스런 젖을 흘끔거리며 밀린 방학 일기를 쓰던 나는 오늘이 수요일임을 깨달았다. 공짜를 좋아하는 아빠는 요즘 능글맞게 생긴 프라이팬 영업 사원을 집으로 불러들여 매주 수요일마다 요리 강좌를 가장한 프라이팬 판매에 열을 올리고 있었다. '만능 미스터 쿠커'라는 이름의 전기 코드 달린 프라이팬은 무려 백한 가지 요리를 쉽고 간편하게 만들 수 있었는데, 영업 사원은 아빠가 열 명에게 그걸 팔면 한 개를 공짜로 주거나 한 개 값에 해당하는 현금을 지불했다. 그 맛에 아빠는 일주일에 한 번 안방에 신문지를 펼쳐놓고 '만능 미스터 쿠커'로 파전을 부치거나 엉성한 모양의 피자를 구워 내느라 바빴다. 그때마다 동네 아줌마들이 우리 집에 몰려들어 심심파적 요리 구경과 주전부리를 즐겼다.

"우리 만능 미스터 쿠커로는 갈비찜도 누워서 떡 먹기야."

영업 사원에게 영수증만 내밀면 재료비까지 조달받는 터라, 아빠는 명절에나 해먹을까 말까 한 소갈비찜까지 시도할 모양이었다. 어떻게든 나도 한 점 얻어먹고 싶었지만, 곧 엘자와 과외를 받으러 가야 했다. 먹성 좋은 동네 아줌마들이 내 몫을 남겨둘 리 만무했다. 아쉽지만 남은 국물에 밥이라도 비벼 먹을 수 있는 행운을 기대하며 엘자네 방문을 두드렸다. 손잡이가 스르륵 돌아갔다. 열린 방문 사이로 보석처럼 새파란 엘자의 눈동자가 쩨무룩하게 나를 바라보았다. 그 애의 등 뒤로 아직 옅은 삼나무 향이 남아 있는 화장대가 눈에 들어왔다. 조금만 더 키가 컸더라면 엘자의 책상이나 인형, 앙증맞은 열쇠가 달린 일기장 같은 것도 보일 법했지만 아직은 무리였다. 내가 목을 빼고 엘자네 방을 들여다보는 게 마뜩지 않았던지 개하인이 앞니를 옹등그리다 캉캉 짖었다.

"캄 다운, 굿 보이. 아이 럽 하인."

알아들을 수 있는 건 오직 아이 러브 하인뿐이었다. 방문을 열고 나와 개하인의 머리를 쓰다듬으며 한 말이니 상대가 내가 아닌 건 확실했지만, 어쩐지 귀뺨이 화끈거렸다. 방문을 닫으려는 엘자에게 개하인이 귀를 뒤로 젖히고 발판에 오줌까지 지려가며 비굴하게 사랑을 구걸했다. 똥개 주제에 개하인은 한국말을 못 알아들었다. 엘자만 이 자리에 없었다면 귓구멍에 버터를 바른 똥개 하인에게 몇 마디 할 줄 모르는 영어를 동원해 갓뎀 도그, 라 소리쳤을지 몰랐다.

"늦었어."

나는 컴온의 좀비이거나 환생일 거라 추측되는 개하인의 애정 공세가 꼴 보기 싫어 엘자를 재촉했다. 엘자가 손끝을 입술에 가져다대고 쪽 소리 나게 뽀뽀를 한 다음 개하인에게 흔들었다.

"개를 왜 방에서 길러? 더럽게."

또 괜한 말을 해버렸다.

요즘 나는 엘자에게 마음에도 없는 소리를 자주 늘어놨다. 이를테면 반 그릇도 안 되는 밥을 젓가락으로 여남은 알씩 집어 먹는 걸 보곤 '병아리 모이 쪼냐'며 비아냥거렸고, 묶거나 틀어 올리지 않아 치렁치렁 늘어진 머리 모양을 보곤 '전설의 고향에 나오는 처녀 귀신이 따로 없네' 이죽거렸다. 그렇다고 옥선이처럼 보시기에 담은 밥을 국이나 찌개에 첨벙 말아 게 눈 감추듯 먹어 치우거나 귀가 드러날 지경으로 바짝 깎은 단발머리가 보기 좋다는 건 아니었다. 그런 소소한 생트집이라도 잡지 않으면 몇날 며칠 엘자에게 말 한마디 붙이지 못할 게 틀림없었다.

"우리 하인이가 너보다 자주 씻을걸."

대거리할 게 없었다. 나는 엘자처럼 좋은 냄새를 풍기지도 않았고, 겨울 한 철이 다 지나야 겨우 한 번 세탁하는 모직 코트와 캐시미론 점퍼가 겨우살이의 전부로 늘 꾀죄죄한 꼬락서니였기 때문이었다.

엘자와 나는 나란히 걷는 법이 없었다. 늘 내가 두어 걸음 앞서 보조 가방을 휘두르며 걸었고, 엘자가 그 뒤를 사뿐사뿐 따랐다. 종선이네 슈퍼 앞에 도착해 '나와라, 한종선!' 외치는 동안에 엘자가 내 걸음을 추월했지만, 곧 종선이와 합류해 성큼성큼 걷다 보면 다시 뒤처지기 마련이었다. 그럴 때면 엘자에게 양산을 받쳐주지 못해 안달이 난 종선이가 걸음을 맞추려고 괜히 운동화 끈을 고쳐 묶고, 빈 논에서 나락을 주워 먹는 꿩 무리를 향해 돌팔매질을 하는 통에 고작 십 분 거리를 이십 분 넘게 걸어야 할 때도 드물지 않았다. 그렇게 힘들여 도착한 수동이 형의 공부방은 늘 먼지와 먼지를 좋아하는 벌레들이 그득했다.

"책보다 책벌레가 더 많네. 와, 저건 노랭이 아냐?"

우리보다 먼저 공부방에 도착한 옥선이가 손끝으로 책벌레를 눌러 죽였다.

"그건 책벌레가 아니라 먼지다듬이란 거야. 그리고 노랭이가 뭐야, 노래기겠지."

노랭이건 노래기건 어째서 인간이 사는 방에 이토록 많은 발을 가진 벌레들이 함께 먹고 자는지 이해할 수 없었다. 수동이 형은 벽을 타고 천정을 향해 기어오르는 노래기를 참고서로 때려 잡곤 아무 일 없었다는 듯이 책장을 넘겼다. 꼴찌로 도착한 동기가 얼굴로 달려드는 독일 바퀴벌레에 기함하며 옥선이 옆에 고꾸라졌다.

수강생이 다 모이자 수동이 형이 엉덩이로 불개미 떼의 행렬을 끊고 앉아 종선이에게 까딱까딱 손가락을 흔들었다. 형은 매일 쪽지 시험을 보고 틀린 수대로 얼굴에 하트 모양 스티커를 붙여 망신을 주었다. 책상 대용으로 쓰는 교자상 위에 빨간 비가 쏟아지는 종선이의 시험지가 보였다.

"종선이는 스무 문제 중에 세 개 맞았으니까 형이 열일곱 번 사랑해주면 맞지?"

수동이 형이 종선이의 양 볼에 연지처럼 스티커를 붙이곤 웃음을 참을 수 없다는 듯 입술을 파들파들 떨었다. 다음 차례는 나였다.

"너희 같은 사이를 뭐라고 하는지 아느뇨? 수어지교라 부른단다. 물과 고기처럼 떨어질 수 없는 친구 사이란 뜻이지. 누가 절친 아니랄까 봐 점수도 똑같아?"

수동이 형이 짓궂게도 눈두덩과 입술에 집중적으로 빨간 하트를 몰아붙이는 바람에 분포가 고른 종선이보다 내 꼴이 훨씬 우스꽝스러워졌다. 상 모서리에 앉아 꼽등이 부대와 일전을 치르던 동기는 얼굴에 빨간 하트 열두 개를 매달았고, 그걸 보고 킥킥 대던 옥선이도 이마 한가운데 일렬종대로 빨간 하트를 붙였다.

얼굴이 말쑥한 사람은 엘자, 혼자였다. 우리들과 달리 엘자는 영어를 배웠다. 종선으로부터 수동이 형이 마을에서 유일하게 영어를 자유롭게 구사하는 도시 유학파란 소식을 들은 엘자는 지난겨울, 그를 만나기 위해 썰매장까지 찾아갔다고 했다. 그러다 이번에 아빠가 과외를 권유하자, 한 달에 이만 원이나 더 내가며 영어를 배우는 중이었다. 책받침 뒷면에 인쇄된 알파벳도 다 외우지 못하는 우리들로선 공책 맨 앞 장에 필기체로 자신의 이름을 멋들어지게 쓸 줄 아는 엘자가 어른처럼 느껴졌다. 실제로 엘자는 우리보다 한 살이 많았다. 몸이 약해 한 학년을 휴학했다는 엘자는 도시에서 공부를 해서인지, 아니면 겨우 한 해 차이지만 우리보다 머리가 굵어서인지 쪽지 시험을 보면 늘 백 점을 맞았다.

"창피한 줄 알아 이놈들아. 선행학습도 아니고, 지난 학기 복습인데 점수가 왜 이 모양이야? 엘자 보기 부끄럽지도 않냐?"

차라리 이럴 땐 엘자가 우리 같은 성적 불량아거나 한국말은 일절 못 알아듣는 외국인이면 좋겠다는 생각이 들었다. 수동이 형이 책장에서 거미줄을 걷어내고 갱지를 꺼내왔다.

"엘자는 투 부정사 페이지 펴고, 동기랑 옥선이는 지난 시간에 배운 선대칭 도형 쪽지 시험, 거기, 말년 병장 둘은 받아쓰기."

말년 병장으로 호명된 건 나와 종선이었다. 군 면제라 말년 병장은 구경도 못 했을 텐데, 단지 굼뜨다는 이유만으로 아직 초등학생인 우리에게 얼토당토않은 별명을 붙인 수동이 형이 얄미웠다.

"엘자는 조곤조곤 잘도 가르쳐주면서 왜 우린 맨날 쪽지 시험만 봐요?"

평소 되바라진 성격으로 덩치가 산만 한 제 오빠들도 한 손에 쥐고 흔드는 옥선이가 수동이 형을 향해 지르퉁하게 내질렀다.

"레벨 테스트야. 레벨 테스트 유 노우?"

우리가 못 알아들을 걸 뻔히 알면서 수동이 형이 얄기죽댔다.

갱지를 짚고 선 옥선이의 연필 끝이 뭉개졌다. 세 명의 오빠들 때문일까, 옥선이는 괄괄한 성격의 왈패였다. 간혹 사내아이들과 시비가 붙으면 보통 계집애들처럼 울음을 터트리거나 머리끄덩이를 잡는 게 아니라 주먹부터 날렸는데, 나 역시 옥선이의 손에 코피가 두세 번 터진 적이 있었다. 그런 옥선이가 눈을 허옇게 치뜨고 앉아, 수동이 형에게 독수업을 받는 엘자를 노려봤다. 저러다 괜한 불똥이 엘자에게 튈까 겁이 나 가슴이 아짜아짜했다.

"저런 튀기 기지배가 뭐 좋다고 선생님까지 차별 대우해요? 나 집에 갈래!"

옥선이가 얼굴에 붙은 빨간 하트를 떼어내고 벌떡 일어섰다. 화가 나면 옥선이는 볼부터 귀 근처까지 세계지도처럼 불규칙한 형태의 핏기가 올라왔다. 수동이 형이 손에 쥐고 있던 빨간색 볼펜을 손가락 새에 놓고 돌리며 픽, 헛웃음을 지었다. 그러나 엘자는 웃지도 울지도 않았다. 그 애는 싸늘하게 식은 표정으로 두 눈을 곤추세우곤 지난번 자신을 놀린 순택이 패거리에게 그랬던 것처럼 알아들을 수 없는 주문을 외웠다.

"이게 지금 어디서 약을 팔고 있어? 왜? 나도 순택이처럼 물에 담갔다 빼려고? 그랬단 봐, 아주 씹어 먹어버릴 테니까."

옥선이의 얼룩진 볼 위로 힘살이 실그러지게 움직거렸다. 문득 이를 앙다문 옥선이가 고개를 숙여 나를 내려다봤다. 그 눈길이 평소처럼 매섭지는 않았지만 나는 못 본 척 고개를 숙이고 앞으로 돌아갈 사태를 주시했다.

엘자는 옥선이의 협박에 조금도 주눅 들지 않고 주문을 외웠다. 옥선이가 제 분에 못 이겨 주먹을 움켜쥐고 덤벼들 체를 하자 종선이가 펄쩍 나서 옥선이를 밖으로 끌어냈다. '놔, 놓으란 말야. 너랑 하인이도 똑같아! 엘자 년 때문에 과외하러 오는 거 맞잖아.' 요란스런 옥선이의 목소리가 한참이나 방문 앞을 떠나지 않았다.

옥선이의 분탕질에도 실실 웃어가며 방관만 하던 수동이 형이 엘자의 주문을 유심히 듣더니 퍽 놀란 듯 두 눈을 동그랗게 떴다. 어느새 엘자는 고요한 표정이 되어 참고서에 시선을 박았다.

"너, 헝가리어도 할 줄 아는 구나?"

수동이 형이 엘자를 경이로운 눈으로 바라보는 동안, 종선이는 쌍코피가 터져 돌아왔다.

"아, 깡패 같은 기지배."

자세히 들여다보니 눈 밑에 파르스름한 멍도 퍼지고 있었다.

"뭐 하러 따라가서 매를 맞고 오냐? 어차피 제 발로 다시 찾아올 텐데. 두고 봐라."

그건 수동이 형이 몰라서 하는 말이었다. 옥선이 성격에 다시 공부방을 찾아오는 일은 없을 거였다. 오히려 담 하나를 두고 이웃한 동기까지 선동해 과외를 끊고 동네 아이들에게 엘자의 험담을 늘어놓을지도 몰랐다. 하지만 무엇보다 가장 걱정인 건 옥선이었다. 엘자의 주문이 이번에도 통한다면 조만간 옥선이는 큰 화를 입게 될지 몰랐다. 사실 옥선이 말이 틀린 건 없었다. 수동이 형은 유독 엘자를 편애했고, 우린 짜장면에 달려오는 군만두처럼 옹색하게 몰려 앉아 꿀밤이나 쥐어 박히며 쪽지 시험을 보다 집으로 돌아가는 엑스트라 신세였다. 그렇다곤 해도 엘자를 튀기라 부른 걸 역성들 수 없었다. 더구나 종선와 나를 한데 싸잡아 엘자의 추종자로 모는 건 달걀귀신이니 외계인 같은 별명보다 더 부끄럽기도 했다.

쪽지 시험을 망치고 집에 돌아오며 나는 엘자의 주문이 옥선이 턱에 뾰루지로 솟거나, 얼음판에서 미끄러져 무릎이나 왕창까지는 앙갚음 정도에서 끝나주기를 바랐다. 만약 그보다 큰일이 벌어진다면 엘자가 마녀란 걸 증명하는 셈이 될까 봐 걱정스러웠다.

콧구멍을 휴지로 틀어막은 종선이는 집으로 돌아가는 내내 말이 없었다. 녀석은 땅만 바라보며 묵묵히 걷다 슈퍼 앞에 다다르자 인사도 없이 쌩하니 사라졌다. 어쩌면 녀석과 엘자는 내게 화가 나 있는지도 몰랐다. 종선이가 옥선이와 대적하는 동안, 나는 입 한 번 벙긋 못 하고 눈치만 살피지 않았던가. 친구라면, 이웃 사촌이라면 마땅히 나서야 할 자리에 몸을 사린 게 후회됐다. 하지만 그 순간 엘자의 역성을 들었다면 수동이 형이나 종선이로부터 엘자를 좋아하는 게 아니냐는 터무니없는 의혹을 샀을 거였고, 옥선이 편에 섰더라면 엘자의 심기를 거슬러 무시무시한 저주를 옴팡 뒤집어쓸 수도 있었다.

"양하인."

종선이네 슈퍼 앞을 지나 골목에 접어들었을 무렵, 엘자가 나를 불렀다. 같은 집에 살며 같은 선생에게 과외를 받지만 엘자가 나를 부르는 일은 극히 드물었다. 주술에 걸린 마리오네트처럼 엘자의 목소리 한 마디에 걸음이 멈췄다.

"나 좀 도와줘."

돌아보니 엘자는 양산을 놓친 채 식은땀에 푹 젖어 가쁜 숨을 몰아쉬고 있었다. 그 와중에도 나는 주위를 돌아보며 누군가 나를 지켜보는 건 아닌지 확인한 뒤 엘자에게 뛰어갔다. 수동이 형 방에 장갑을 흘리고 왔는지, 엘자는 맨손으로 내 점퍼 소매를 꼭 쥐었다. 그 애의 손등에 지난번 보았던 빨간 수포가 도도록 올라와 있었다.

"너 왜 그래?"

곧 쓰러질 것처럼 휘청이던 엘자가 내 어깨에 몸을 기대왔다.

"미안한데 양산 좀 받쳐줄래?"

나는 종선이처럼 계집애에게 양산이나 받쳐주는 엘자의 하인이 아니었다. 하지만 양산을 걷어낸 지금, 엘자의 목덜미며 얼굴까지 울긋불긋 변해가는 게 뻔히 보이는데 모른 척할 수는 없었다. 나는 다시 한번 주위를 돌아보며 행인이 없는 걸 확인한 뒤 엘자의 손에서 양산을 가져왔다.

"고마워."

엘자가 몸을 가누려 내게 팔짱을 끼었다. 그러자 웬일인지 딸꾹질이 나기 시작했다. 걸을 때마다 엘자의 가냘픈 어깨가 따스한 봄바람처럼 내 겨드랑이를 간지를 때면 딸꾹질은 더욱 요란해졌다. 언젠가 광섭이 아저씨가 미군부대 일을 봐주고 씨레이션을 얻어온 적이 있었다. 씨레이션 속에는 침샘이 새큰거릴 정도로 다디단 쿠키와 퍽퍽한 크래커, 케첩에 볶은 쇠고기, 암내가 풍기는 굵은 국수 등이 들어 있었는데 그중 가장 마음에 들었던 건 진짜 초콜릿 맛이 나는 코코아였다. 그때 나는 세상에서 그것보다 더 맛있는 음식은 없을 거라 생각하며 코코아를 아끼고 아껴 핥듯 털어 마셨다. 엘자가 내게 몸을 기대고 걷는 지금 이 순간, 어째서 그때 마셨던 코코아 냄새가 코끝을 스치는지 알 수 없었다. 함께 걸을 수 있는 시간을 좀 더 마디게 쓰고 싶었지만 그러기에 엘자는 너무나 지쳐 보였다. 그 애의 옆얼굴이 눈이 부실 지경으로 빛났다. 그 빛이 너무나 찬란해, 나는 차마 그 애를 바로 보지 못했다.

"송엘자!"

집 바깥마당에 들어설 즈음, 수동이 형이 성큼성큼 달려와 엘자를 불렀다. 바로 그 순간, 신기하게도 딸꾹질이 멈췄다. 나는 엘자를 밀쳐내고 그 애 손에 양산을 쥐어주었다. 엘자를 끌어안다시피 걷는 나를 수동이 형이 봤다고 생각하니 고개를 들 수 없었다.

"장갑을 놓고 가면 어떡해? 이런, 발진이 심하네."

수동이 형이 엘자의 손등을 들여다보며 미간을 구겼다.

"괜찮아요. 장갑 가져다주셔서 고맙습니다."

엘자는 전혀 괜찮아 보이지 않는 얼굴로 수동이 형에게 꾸벅 고개를 숙였다.

"혹시 피가 급하면 내 거라도."

피가 급하다는 건 무슨 뜻일까. 곰곰 생각해봐도 추측하기 힘든 대화였다. 수동이 형과 엘자는 나로선 도무지 알아들을 수 없는 대화를 영어를 섞어가며 잠시 나누고 헤어졌다.

"양하인, 나 좀 보자."

멋쩍은 표정으로 곁에 서 있다, 엘자를 따라 집으로 들어가려는데 수동이 형이 나를 불러 세웠다. 혹시 엘자와 팔짱을 낀 일로 나를 놀려먹으려는 속셈이 아닌지 염려스러웠다. 나는 엘자가 대문으로 완전히 들어서는 걸 확인한 다음 수동이 형에게 다가섰다. 농사를 작파한 지 오래라 마당 한편에 풀썩 주저앉아 썩고 있는 경운기에 수동이 형이 몸을 기대고 서서 먼 산을 바라봤다.

"왜요?"

수동이 형의 눈치를 살폈지만 도수가 높은 안경 너머의 눈동자가 뭘 말하고 싶어 하는지 가늠할 수 없었다.

"네가 엘자의 하인이 돼야겠다."

농담인 줄 알았지만 수동이 형의 표정은 진지했다.

"제가 왜요? 오늘만 해도 얼마나 창피했다고요."

수동이 형이 새끼손가락으로 한쪽 귀를 거칠게 후비며 같은 쪽 입아귀를 보기 흉하게 치켜 올렸다.

"엘자는 햇빛을 쬐면 안 돼. 방금 봤지? 고작 일이십 분 해 좀 쬤다고 피부가 빨갛게 달아오르고 물집까지 잡혔잖아."

엘자의 피부를 성나게 한 것이 고작 햇볕이었다니. 알레르기 같은 걸까.

"그건 개 사정이고요. 왜 하필 제가 하인 노릇을 해요?"

햇볕조차 맘껏 쬐지 못하는 엘자가 가여웠지만, 덥석 수동이 형의 제안을 받아들이는 게 너무 속 보이는 것 같아 토를 달았다.

"왜긴, 네 이름이 하인이잖아. 하인이래봤자 별거 없어. 가방 들어주고 양산 씌워주는 게 다니까. 싫으면 하는 수 없지. 애들한테 너랑 엘자가 팔짱 꼈다고 귀띔하는 수밖에."

수동이 형이 싱긋 웃으며 내 볼을 꼬집었다. 사람들 앞에서 계집애한테 양산을 들어주는 게 애들한테 엘자와 팔짱 낀 사실이 들통나는 것보다 더 부끄러울 것 같았다. 하지만 엘자의 하인이 되어 내가 받치는 양산 아래서 그 애가 마음 편히 걷는 모습을 지

110

켜보고 싶은 마음이 부끄러움보다 강했다.

"생각 좀 해보고요. 대신 놀리기 없기예요. 다 형이 시킨 일이니까."

수동이 형이 내 머리를 거칠게 쓰다듬으며 웃었다.

"형, 뭐 하나 물어봐도 돼요?"

집에 가려고 경운기에서 엉덩이를 떼었던 수동이 형에게 그간 궁금했던 걸 묻기로 했다.

"뭐가 궁금한데?"

"형은 천잰데 왜 자꾸 대학에 떨어져요? 사실 다 헛소문이죠?"

"글쎄, 이름대로 사나? 너는 하인이라 엘자의 하인이 됐고, 난 수동秀童이라 어려서만 빼어났는지도 모르지."

한때 빼어난 아이였던 수동이 형이 내 어깨를 툭툭 두드리곤 걸어온 길로 되돌아갔다. 형의 등 뒤로 엘자를 할퀴고 간 햇볕 한 줌이 쓸쓸히 그를 배웅했다.

8

아니나 다를까 엘자는 그 이튿날, 병원 신세를 졌다.

나는 탐구생활을 푸는 척, 바닥에 배를 깔고 엎드려 대문 여닫는 소리에 귀를 쫑긋 세웠다. 암만 생각해도 엘자의 병은 수상했다. 햇볕을 쬐면 피부가 덴 것처럼 빨개지는 건 알레르기라 쳐도, 피가 급하면 자기 것이라도 가져가란 수동이 형의 말은 좀처럼 이해하기 힘들었다. 이상한 건 그것뿐이 아니었다. 엘자는 마늘을 몹시 싫어했다. 그래서 김치는 일절 입에 대지 않았고, 다진 마늘이 많이 들어간 나물은 반드시 털거나 물에 씻어 먹었다. 어제저녁, 내 몫으로 아빠가 남겨놓은 갈비찜 서너 점을 엘자에게 양보했지만 그 앤 젓가락으로 고기를 뒤적이다 마늘이 든 걸 확인하곤 맨밥에 마른 김으로 저녁을 때웠다. 나 역시 파나 마늘, 양파 같은 건 입에 맞지 않았지만 그 정도로 유난을 떨 만큼은 아니었다.

햇볕을 무서워하고 마늘은 입에 대지 않는다. 게다가 피가 급하기까지 하다면. 인정하고 싶지 않지만 유일하게 머릿속에 떠오르는 건 드라큘라뿐이었다. 모든 증세가 엘자를 드라큘라로 몰아가고 있는 상황에 다른 건 생각나지 않았다. 그게 사실이라면 나는 앞으로 더욱 엘자의 충실한 하인이 되어야 할 거였다. 그렇지 않았다간 목덜미에 송곳니 자국이 난 채 개하인처럼 목줄을 걸고 영원히 엘자 곁에서 종살이를 해야 할지 몰랐다. 엘자의 비밀을 아는 사람은 극히 드물 터였다. 고작해야 스텔라 아줌마와 눈치 빠른 수동이 형, 그리고 나 정도가 아닐까. 병원에 갔다는 것도 실은 모두 거짓말이고, 정기적으로 어딘가에서 주린 배를 채우고 오는지 몰랐다.

"옥선이 팔 부러진 거 아니?"

쿵쾅, 대문 닫는 소리가 나기에 엘자인 줄 알았더니 아빠였다.

시장에서 돌아온 아빠가 코미디 프로그램의 떠버리 거지처럼 요란스럽게 뛰어 들어와 비보를 전했다.

"웃으면 안 되는데 자꾸 웃음이 나네."

외투를 벗고 벽거울 앞에서 머플러를 풀며 눈에 힘을 줘 쌍꺼풀을 만들던 아빠가 폭소를 터트렸다.

"웃지만 말고 말 좀 해봐. 어쩌다 부러졌는데?"

아빠 말에 따르면 옥선이는 어젯밤 이모 방에 몰래 숨어 들어가 양 눈에 쌍꺼풀 테이프를 붙이고 얼굴을 뽀얗게 화장한 다음, 옷장을 뒤져 이모의 가죽 장갑과 검정 스타킹을 훔쳐 신고 양산까지 덮어썼다고 했다. 옥선이가 한밤에 패션쇼를 즐기는지 알 리 없는 옥선이 이모는 아기를 재우느라 늦은 밤까지 마당을 서성이다 방문을 열었다. 그런데 난데없이 어둠 속에서 새하얀 얼굴에 동동 떠오르자 귀신 아니면 도깨비일 거라 지레짐작하고는 마당으로 뛰어나가 지게 작대기를 주워 옥선이를 흠씬 두들겨 팼다는 거였다.

"옥선이 엄마가 좀 자린고비야? 택시비 아까워서 그 꼴을 한 애를 데리고 마을버스 기다렸다 타고 나갔다지 뭐야."

우려가 현실이 되었다. 엘자는 드라큘라인 동시에 마녀인 것 같았다. 어제 엘자가 내린 저주를 옥선이는 끝내 피하지 못했다.

"아빤 사람 팔이 부러졌다는데 웃음이 나와?"

거울 앞에서 코에 박힌 피지를 짜던 아빠가 능글맞게 웃으며 내 쪽으로 다가와 납작 엎드렸다.

"너, 옥선이 좋아하는구나? 맞지?"

그런 일은 하늘과 땅이 뒤바뀐대도 있을 수 없었다. 귀한 외아들한테 어쩌자고 그런 선머슴 같은 계집애를 찍어 붙인단 말인가. 나는 신경질적으로 탐구생활을 덮어버렸다.

"절대, 네버."

요즘 수동이 형이 엘자에게 영어를 가르치는 걸 유심히 훔쳐 듣다, '네버'라는 단어를 알게 되었다. 좀 더 극적인 순간에 멋지게 썼으면 좋으련만, 아쉬웠다.

"부끄러울 거 없어. 아빠도 네 나이 때 짝사랑하던 애가 있었으니까."

아빠가 짝사랑하던 애가 여자였을까, 남자였을까? 불경스러운 생각이었지만 아빠의 짝사랑 대상이 궁금했다.

"고백은 해봤어?"

작은 실마리라도 찾아볼까 싶어 아빠에게 물었다.

"걘 어디서나 반짝반짝 빛났어. 아무리 눈을 비비고 다시 봐도, 정말 은가루를 뒤집어쓴 것 같았지. 그래서 난 걔가 사람이 아닌 줄 알았어. 밥도 안 먹고 똥도 안 싸고 방구도 안 뀌는. 사람이 아닌데 어떻게 고백을 해. 그냥 혼자 좋아하다 말았지."

나란히 누운 아빠가 꿈꾸는 듯한 표정이 되어 천장을 눈길로 더듬었다.

"그러니까 옥선이는 아니라고. 걘 밥도 많이 먹고 똥도 잘 싸고 방구도 뿡뿡 뀐단 말야. 빛 같은 게 날 리 없잖아."

엘자가 떠올랐다. 사람이 아닌 아이. 밥을 먹긴 하지만 새 모이 정도의 양이고, 먹는 게 없으니 똥을 쌀 리도 방귀를 뀔 리도 없다. 그리고 엘자에게선 눈을 바로 뜨기 힘들 지경으로 빛이 났다. 사금파리처럼 창백한 피부가 그랬고, 은하수처럼 길고 부드러운 머릿결이 그랬다. 늘 검은 옷과 모자, 선글라스로 가리고 있지만 난 그 안에 찬란하게 빛나는 엘자의 진짜 모습을 알고 있었다. 아빠의 말대로라면 나는 엘자를 짝사랑하는 걸지도 몰랐다. 첫사랑이자 짝사랑의 대상이 보통의 여자애가 아닌 마녀이자 드라큘라라고 생각하니 나 자신이 가여워졌다. 그 애와 정식으로 교제를 하거나 만에 하나 결혼이라도 하려면 영원불사의 흡혈귀로 다시 태어나는 수밖에 없었다. 그 전에 엘자는 사람이 아니니 고백조차 쉽지 않을 거였다.

"엘자 왔나 보다."

대문 밖에서 자동차 엔진음이 들렸다. 아빠가 먼저 자리에서 일어나 머리를 매만지고 마루로 나갔다. 나도 옷매무시를 고치고 혹시나 코가 흘러 허옇게 말라붙진 않았나 확인한 뒤, 아빠를 따라나섰다.

엘자는 스텔라 아줌마의 부축을 받으며 집으로 들어섰다. 대문 밖에서 택시비를 치르는 광섭이 아저씨가 보였다.

"애는 괜찮아요? 많이 아파 보이네."

아빠가 슬리퍼를 찍찍 끌고 마당에 나가 스텔라 아줌마를 위로했다.

"걱정 끼쳐드려 죄송합니다."

스텔라 아줌마가 손갓을 만들어 엘자의 얼굴을 가리고 사랑채로 들어갔다. 뒤늦게 대문간으로 들어선 광섭이 아저씨가 근심스런 표정으로 둘을 바라보았다.

"무슨 병인데 자꾸 병원을 들락거려?"

궁금한 건 못 참는 아빠와 아빠를 닮은 내가 광섭이 아저씨를 에워쌌다.

"큰 병은 아닌가 봐요. 주사 몇 대 맞고 약만 받아왔어요. 근데 엘자 쟤 보통이 아니에요. 굵은 주삿바늘이 팔뚝에 쑥쑥 꽂히는데도 앗 소리 한번 안 지릅디다."

사랑채에서 방문 열리는 소리가 들리자 광섭이 아저씨가 검지를 세워 입술에 가져다대고 조용히 하란 시늉을 했다. 뭔가 쩗고 까부를 만한 뉴스를 기대했던 아빠는 건질 게 없어지자 시큰둥해져 안방으로 들어갔다.

엘자가 앓아누웠다고 생각하니 그 애의 정체나 사랑 타령도 모두 부질없게 느껴졌다. 나는 종선이네나 놀러가기로 마음먹고, 사랑채 앞에서 안절부절 못하는 광섭이 아저씨를 지나쳐 집을 나섰다. 얼마 전 종선이네 집에 들어온 8비트 컴퓨터에는 〈너구리〉란 게임이 깔려 있어 동네 아이들을 흥분시켰다. 〈너구리〉는 아무리 봐도 너구리라기보다 다람쥐로 보이는 토실한 동물이 미로를 헤매며 사과나 포도 따위의 과일을 주워 먹으면 점수가 올라가는 게임이었다. 컴퓨터가 있는 집은 동네에서 종선이네가 유일했으므로 슈퍼 앞은 문전성시를 이뤘다. 물론 나는 그 틈에 끼어 가위바위보를 할 필요가 없었다. 지금쯤 종선이가 엘자의 소식을 목이 빠지게 기다리고 있을 테니, 입만 가져가면 어렵지 않게 컴퓨터를 독점할 수 있을 터였다. 하지만 슈퍼 앞을 점령한 건 아이들이 아닌 천년회 회원들이었다.

천년회란, 천년만년 건강하게 살아보자는 취지로 마을 중년 네 명이 의기투합해 만든 친목회였다. 취지는 근사했지만 회원들의 면면은 한심하기 이를 데 없었다. 먼저 회장인 종선이네 아빠는 진동 귀후비개나 전자동 등긁이같이 쓸모없는 발명품을 만들어 사업을 벌였다 말아먹는 게 취미인 백수건달이었고, 부회장인 동기네 큰아버지는 사냥꾼들이 밀렵한 동물을 고압으로 달여 엑기스로 만들어 파는 무허가 건강원을 운영했다. 총무인 흔탁이 아저씨는 마흔이 넘도록 상투를 틀지 못한 노총각이었는데, 늘 고약한 암내를 풍기며 동네 처녀들을 희롱하는 게 낙인 무뢰한이었다. 마지막으로 유일하게 직함이 없는 경규 아저씨는 서너 해 전 부인과 이혼을 하고 팔순 노모에게 얹혀사는 졸때기였다. 그들은 저마다 양동이와 뜰채, 삽 따위를 들고 슈퍼 앞 공터를 서성거리며 입맛을 다셨다.

천년회가 하는 일은 슈퍼 앞 평상에 모여 앉아 도색잡지를 돌려보거나 정력에 좋다는 음식을 걸근대는 것뿐이었는데 작년 여름, 컴온이 죽었다는 소문을 듣자마자 토치램프를 들고 달려온 것도 바로 그들이었다.

"형수, 아직 멀었습니까?"

추워서인지 같은 자리를 맴돌며 종종거리던 부회장이 슈퍼에 대고 기어들어가는 소리로 물었다.

"이 오라질 인간들아, 니들이 잡아왔으면 니들이 도리를 해얄 거 아냐?"

슈퍼 문이 펄쩍 열리고 시뻘겋게 얼굴이 달아오른 종선이네 아줌마가 삿대질을 하며 걸어 나왔다. 아줌마의 앞치마 자락에 진흙이 번져 있었다.

"여보, 애들 보는데 말 좀 삼가지. 내 체면도 있잖아."

종선이네 아줌마의 뻗치는 기세에 주눅이 바짝 든 회장이 목을 움츠리고 비는 듯한 자세를 취했다. 전답을 모두 팔아 사업 밑천으로 날려버린 아저씨는 언젠가부터 가족을 책임지는 아줌마에게 꽉 잡혀 살았다.

"자식 눈 무서운 줄 아는 사람이 한겨울에 개구리 사냥을 해와?"

알 만했다. 작년 이맘때도 비슷한 소동이 있었으니까.

천년회는 겨울만 되면 군부대 아래의 얕은 저수지를 찾아가 동면 중인 개구리를 한 양동이씩 잡아왔다. 물론 그들은 한심한 사람들이 대개 그렇듯 지나치게 겁이 많아서 그걸 튀김이나 볶음으로 차려내는 일은 동기네 아줌마 몫으로 미뤘다.

"나 혼자 좋자고 하는 짓인가? 올해만 봐줘라, 응?"

동기네 아줌마가 슬리퍼를 벗어 천년회에게 집어 던지는 것을 지켜보다, 나는 슬그머니 슈퍼 안으로 들어왔다. 가게에 달린 부엌 쪽에서 그웩, 그웩 개구리 울음소리가 들렸다. 툇마루에는 밀가루와 카레 가루 봉지가 나동그라져 있고, 그 곁에 아줌마의 분노를 대변하듯 잘 벼린 과도 한 자루가 희번덕 빛을 냈다. 나는 신을 벗고 툇마루에 올라가 방문을 열었다.

종선이는 어두운 방 안에서 오로지 컴퓨터 모니터의 빛에 의지해 게임 중이었다. 개구리 때문인지 다른 아이들은 눈에 띄지 않았다. 나는 인사도 없이 아랫목에 깔아놓은 밍크 이불을 파고들어 손을 녹였다. 종선이의 손이 빨라지자 모니터 속 너구리가 애벌레를 피해 다니며 파인애플을 냉큼 집어 먹고 신나게 내달렸다.

"엘자는?"

그건 마치 종선이가 아닌, 게임 속 너구리가 내게 거는 말 같았다. 그도 그럴 것이 종선이의 뒷모습은 조금도 흐트러짐이 없었고, 너구리 혼자 새로운 과일을 찾아 발발거리고 뛰어다닐 뿐이었다.

"나도 겜 한 판만."

우리는 서로가 뭘 원하는지 너무나 잘 알고 있었다. 종선이가 원하는 건 엘자의 안부였고, 내가 원하는 건 〈너구리〉 한 판이었다. 종선이가 자판에서 손을 떼지 않고 엉덩이를 들썩해 게임을 인계했다. 나는 밍크 이불에서 빠져나와 두 개 남은 파인애플을 공략했다.

"아침 먹고 병원 갔다 방금 돌아왔어."

원하는 걸 얻었으니 대가를 지불해야 했다. 종선이가 어려운 산수 문제라도 풀듯 손으로 턱을 괴고 체리를 주워 먹는 너구리를 응시했다.

"엘자한테 잘해줘라."

겨우 체리 세 개를 먹었을 뿐인데, 종선이의 그 말에 손이 멈춰 애벌레에게 당하고 말았다.

"왜 잘해줘야 되는데?"

바닥에 곤두박질친 너구리는 곧 부활했지만, 좀체 흥이 나지 않았다.

"여자잖아. 몸도 약하고."

차마 앞으로 엘자의 하인이 되어 양산을 받쳐주고 가방을 대신 들어주기로 했단 말은 꺼내지 못했다. 그새 너구리가 다시 한번 애벌레에게 튕겨나가 게임이 종료되었다. 읽을 줄은 모르지만 게임이 끝났다는 뜻의 글씨가 모니터에 떴다. 하지만 나도 종선이도 여전히 게임 중인 것처럼 빈 모니터에서 눈을 떼지 못했다. 그 애의 얼굴을 똑바로 바라보는 일이 쑥스럽게 느껴졌다.

"알았어. 네 부탁이니까 들어줄게."

마지못해 수락한 것처럼 대답했지만, 종선이는 이미 내 의중을 눈치챈 것 같았다. 옥선이나 다른 계집애를 부탁했다면 끝까지 핏대를 세워가며 마다했을 일인데 너무도 순순히 받아들인 게 영 어색했다.

"니들도 깨구리 덴뿌라 먹을래?"

방으로 카레 향 섞인 튀김 냄새와 종선이네 아줌마 목소리가 한데 섞여 스며들었다.

"너 먹을래?"

종선이가 컴퓨터를 끄며 내게 물었다. 개구리 튀김엔 조금도 입맛이 동하지 않았지만 이 어색한 분위기를 벗어나려면 뭔가 다른 것에 눈을 돌려야 할 것 같았다.

"난 먹어볼 건데, 넌?"

이런 분위기에 게임을 이어가기가 머쓱했던지 종선이도 고개를 끄덕이곤 방문을 열었다.

문밖 쪽마루에선 이미 튀김 판이 벌어졌다. 커다란 양푼엔 튀김 반죽과 새카만 개구리들이 뒤엉켜 있었는데, 녀석들이 빠져나와 가게를 쑥대밭으로 만들지 못하도록 양푼 입구는 도마로 막아놓았다. 아줌마는 아빠에게 산 만능 미스터 쿠커에 식용유를 넉넉히 붓고, 도마를 슬쩍 밀어 입구까지 기어 올라온 개구리 한 마리를 기름에 떨어뜨렸다. 빠끔 열린 슈퍼 문밖에선 네 쌍의 눈동자가 뙤록거리며 진척 상황을 면밀히 살폈다.

차마 눈 뜨고 보기 힘든 광경이 벌어졌다. 개구리는 내장이나 대가리를 발라내지 않고 통째로 튀겼는데, 살았을 적엔 몸이 검적검적하던 것이 다 튀겨진 후엔 발그족족하게 변했다. 끓는 기름에서 바르작거리던 개구리들은 불과 이삼 초를 넘기지 못하고 빳빳하게 뻐드러졌다. 생긴 것답지 않게 꽤나 고소한 냄새가 풍겼다. 튀김 반죽으로 양손을 다 쓸 수 없게 된 아줌마는 감기가 들었는지 입을 비틀어가며 코를 삼켰다. 그렇지 않아도 개구리의 까만 눈을 보고 있자니 입맛이 뚝 떨어졌는데, 튀겨낸 개구리 마릿수가 느는 동안 튀김옷 위로 아줌마의 콧물과 땀이 뚝뚝 떨어지는 걸 지켜보자니 먹어보겠다고 객기를 부린 게 후회됐다.

쟁반이 개구리 튀김으로 소복해지자 회장이 번들거리는 대머리를 들이밀며 슈퍼 문을 열었다. 그다음엔 직급 순으로 부회장과 총무, 경규 아저씨까지 줄줄이 비엔나처럼 회장을 뒤따랐는데 하나같이 얼굴엔 개기름이 흘렀다.

"종선 아빠, 다 먹고 기름 한 방울 없이 싹 치워놔야 해. 설렁설렁 대충 여며놓으면 내년엔 국물도 없을 줄 알아!"

종선이 아줌마가 일회용 비닐장갑을 벗어 던지고는 비대한 팔을 휘휘 돌리며 방 안으로 들어가버렸다. 그제야 활기를 찾은 천년회는 젓가락도 없이 개구리 튀김 하나씩을 집어 들고 건배하듯 서로의 튀김과 맞부딪친 뒤 입에 쏙 집어넣었다. 개구리가 그리 크지 않은 덕에 튀김은 앞니로 끊을 것 없는 한입거리였다. 총무가 방문을 힐끔거리며 냉장고에서 막걸리 한 병을 꺼내와 종이컵에 따라 돌렸다.

"니들도 하나씩 먹어봐. 보기엔 이래도 아주 얕은맛이 있단다. 남자한텐 이거만 한 게 없어."

작년 여름에도 천년회는 우리에게 이 비슷한 말을 한 적이 있었다. 조금 다르다면 그땐 개구리 튀김이 아니라 도롱뇽 알이었다는 것뿐이다. 얇은 막에 감싸인 도롱뇽 알을 마치 뜨거운 미음 삼키듯 진저리를 쳐가며 후루룩대던 그들은 얼마 지나지 않아 마을회관 화장실로 줄행랑을 쳤다.

"별거 아니네, 뭐."

내가 지난여름을 회상하는 사이, 종선이가 개구리 튀김을 우적거리고 있었다. 녀석의 입술 사이로 배꼼 나온 입 벌린 개구리가 하반신을 잃어갔다. 이로서 종선이는 확실히 어른 대열에 들어섰다. 코밑이 가뭇가뭇하고 목소리가 굵어진데다, 제법 야무진 알통이 얇은 티셔츠를 들어 올린 녀석은 극한의 관문인 정력식품까지 섭렵하며 이제 코흘리개 시절과는 영영 안녕을 고하게 되었다.

"자, 너도 먹어봐."

종선이가 내게도 개구리 튀김 하나를 건넸다. 녀석에게 질 수는 없었다. 다른 이차성징이야 좀 늦을 수도 있지만, 이까짓 개구리 튀김 정도에 꽁무니를 뺀다는 건 남자답지 못한 행동이었다. 그런데 종선이가 건넨 튀김은 하필 다른 것에 비해 몸집이 크고 유난히 시뻘겠다. 나는 입술을 배쭉거리며 먹어볼 체를 해봤지만 도통 입이 열리질 않았다.

"못 삼키겠으면, 이거랑 같이 쭈욱 들이켜 봐."

총무가 내게 막걸리를 반쯤 채운 종이컵을 넘겼다. 정신없이 개구리 튀김을 주워 삼키던 천년회 멤버들이 나를 바라보며 다른 동물의 죽음을 조용히 기다리는 하이에나처럼 눈을 빛냈다.

마지못해 개구리 튀김을 이 사이에 밀어 넣었다. 바삭한 튀김옷, 그리고 푹 삶은 영계백숙처럼 이 사이에서 보드랍게 뭉그러지는 살점. 개구리의 두 동강난 몸에서 씁쓰름한 액체가 흘러나와 혀를 적셨다. 피일까, 똥일까, 그도 아니면 한 맺힌 눈물일까. 나는 혀를 놀려 개구리 살점을 어금니로 옮긴 다음 아귀에 힘을 주었다. 오도독, 뼈가 아스러지고 살점이 사방으로 튀었다. 더 이상 개구리 튀김을 음미하고 싶은 마음이 없었다. 나는 씹기를 중단하고 살점들을 삼켜보려 애썼지만 목구멍이 열리지 않았다. 하는 수 없이 막걸리 한 모금을 입안에 털어 넣고 알약 먹듯 고개를 뒤로 젖혀 닫힌 목구멍을 열었다. 그러곤 남은 반 조각마저 같은 방식으로 삼킨 뒤 다시 막걸리로 입을 가셨다.

"캬, 그 엄마에 그 아들이네."

총무가 엄지손가락을 치켜들었다. 그는 냉장고에서 사이다 한 병을 꺼내더니 남은 막걸리에 섞어 빈 잔을 채워주었다.

"그만 멕여. 취할라."

그렇게 말하면서도 회장은 때 긴 손으로 개구리 튀김 하나를 집어 내 턱 아래 받치곤 잔을 비우자마자 입안에 우겨넣어 주었다. 사이다와 섞인 막걸리는 달콤하고 부드러웠다. 지난번 니스에 취했을 때와는 사뭇 다른 취기가 얼얼하게 배를 덥혔다. 기억이 드문드문하긴 하지만 나는 천년회와 섞여 술과 튀김을 쉬지 않고 먹었던 것 같았다. 종선이가 내 손목을 비틀며 몇 차례 말려보았지만 취기가 잔뜩 오른 나는 아픈 것도 느끼지 못하고 연신 술과 튀김을 감각 없는 혀에 말아 남겼다.

"야, 이 잡놈들아!"

누군가 내 목덜미를 낚아챘다. 그 와중에도 나는 마지막 개구리 튀김을 부회장에게 빼앗긴 게 서러워 징징 짰다.

"엇, 현숙이다!"

현숙이라면 엄마 이름이었다. 나는 고개를 돌려 거칠게 내 목덜미를 흔드는 손의 주인을 확인했다. 엄마는 잔뜩 화가 났는지, 아니면 어디서 술을 한잔 걸쳤는지 초저녁부터 얼굴이 벌겠다.

"이놈의 구멍가게 오늘 내가 다 때려 빠뿔라!"

엄마는 기름이 흥건한 쟁반을 번쩍 들어 바닥에 내동댕이쳤다. 쟁반이 시멘트 바닥에 떨어지며 굉음과 함께 플라스틱 살점을 이리저리 튕겨내자, 방 안에 있던 종선이네 아줌마가 뛰어나왔다. 아줌마는 누구의 편에 서야 할지 잠시 망설이는 듯 매서운 눈초리로 엄마와 천년회를 노려보았다. 그러다 술에 취해 해롱대는 나를 발견하곤 전후 사정을 가늠했는지 단통에 회장의 멱살을 틀어쥐었다.

"노느니 가마니나 짤 것이지, 왜 언네한테 술을 멕여서 남우세를 사냐? 이 버러지 같은 인간아!"

종선이네 아줌마의 억센 손길에 휘둘리던 회장이 억울하다는 듯 발을 굴렀다.

"나는 안주만 먹이고, 술은 흔탁이가 먹였는데 왜 나한테만 이래? 여보, 나 못 믿어? 나 한판수야."

"누가 아니래? 허구한 날 한판에 들어먹어서 한판수지."

그날의 마지막 기억은 엄마의 어깨에 짐짝처럼 실려 슈퍼를 나오며 광섭이 아저씨가 그랬던 것처럼 〈성냥 공장 아가씨〉를 열창했던 거였다. 그러자 엄마가 철썩 철썩 소리 나게 내 볼기짝을 후려갈겼고 나는 답례라도 하듯 엄마의 등짝에 채 삭지 않은 개구리 살점과 시척지근한 막걸리를 토해냈다. 이제 당당히 어른이 되었으니 고추나 겨드랑이에 털이 났을지도 몰랐다. 그렇게 생각해서인지 사타구니가 근지러웠다.

"이놈 자식, 하다하다 에미 등짝에 오줌까지 싸?"

다시 한번 볼기짝이 따끔했다. 엄마의 등짝에서 쓰디쓴 어른들의 냄새가 풍겼다.

9

정신을 차렸을 때, 나는 여전히 어린아이에 머물러 있었다. 겨드랑이에 손을 넣어 봤지만 실보무라지만 만져졌다.

"종선이네 가서 잘못했습니다, 사과하고 소금 받아와."

가뜩이나 지끈거리는 머리에 아빠가 침 바른 군밤을 먹였다. 이부자리를 떨치고 일어나자 눈앞이 어찔하고 속이 뒤틀렸다. 소화되지 않은 개구리들이 위장을 발판 삼아 다시 뛰어오르는 건 아닌가 싶었다.

"아빠, 물."

위장을 물로 채우면 개구리들이 잠잠해질지도 몰랐다.

"어쩜, 넌 하나부터 열까지 니 엄마랑 그렇게 판박이냐? 니가 떠 마셔!"

맞다, 엄마. 어제저녁 엄마의 어깨에 실려 집으로 돌아온 게 어렴풋이 기억났다. 엄마 얘기가 나오자 어디선가 벼락 따귀가 날아올까 겁이 나 나도 모르게 몸이 움찔했다.

"엄마 화 많이 났지?"

아빠가 걸레질을 하느라 엉덩이를 들썩이며 피식, 헛웃음을 터트렸다.

"건넌방 치워놓으라더라. 너 주라고."

건넌방은 외할머니가 집을 나간 후 줄곧 비어 있었다.

"나중에 할머니 돌아오면 어쩌라고 내가 그 방을 써."

아빠가 방바닥에 엉덩이를 내려놓고 앉아 더러워진 걸레를 뒤집었다.

"어린애가 무슨 걱정이 그렇게 많아. 빨리 씻고 소금이나 받아와."

떨어져나간 어금니가 허전한지 아빠의 혀가 꺼진 볼을 볼록하게 들어올렸다. 하지만 어금니는 다시 돌아오지 않을 거였다. 그 허전한 공간을 완전히 잊을 때쯤 아빠는 아말감으로 때운 새로운 어금니를 얻게 될지 몰랐다. 그건 삼십팔 년을 군말 없이 먹여 살려준 어금니에 대한 배신이다.

나는 내복 바람으로 마루에 나가 건넌방을 마주 보았다. 당장이라도 방문이 열리고 그 안에서 외할머니가 걸어 나와 똥 묻은 속바지를 깃발처럼 흔들 것 같았다. 하지만 방문은 내가 다가가 문고리를 돌릴 때까지 꼼짝도 하지 않았다. 방문을 열자 외할머니의 체취 섞인 묵은 공기가 나를 맞았다. 늘 이부자리가 펼쳐 있던 자리에 거뭇하게 눌어붙은 장판만이 똥 지린 자국처럼 남아 있었다. 그 자리를 보자 문득, 오른쪽 엉덩이가 욱신거리는 것 같았다.

　유치원에 다니던 시절, 오른쪽 엉덩이에 종기가 난 적이 있었다. 작은 뾰루지에서 시작된 종기는 내 보동보동한 엉덩이에 깊은 뿌리를 내리고 자라더니 곧 앉지도 서지도 못할 지경으로 성이 나버렸다. 시난고난하던 병증을 견디다 못해 시내 소아과를 찾아갔을 때, 턱살이 늘어진 늙은 의사가 알코올 솜으로 엉덩이를 문지르곤 다짜고짜 종기를 짜기 시작했다. 나는 종기로 사람이 죽을 수 있다는 걸 그때 처음 알았다. 그의 손길이 아주 살짝 스쳤을 뿐인데도 뜨거운 불티가 살점으로 파고들어 전신을 휘젓는 것처럼 에고 아리고 쓰라렸다. 나는 초인적인 힘으로 등허리를 누른 늙은 의사의 손을 떨쳐냈다. 의사는 어린이의 눈물을 받아먹고 사는 고약한 늪지 괴물처럼 눈을 무섭게 부라린 뒤 양 팔을 뒤로 꺾어 나를 간단히 제압했다. 하지만 그렇게 호락호락 당할 내가 아니었다. 있는 힘을 다해 사지를 뒤틀고 목젖이 발사될 지경으로 고래고래 비명을 지르며 목숨을 부지하기 위해 도지개를 틀었다. 당황한 아빠가 입을 틀어막아 보았지만 내 발길질은 이미 늙은 의사의 늘어진 턱을 어퍼컷해 다운시킨 뒤였다. 나는 알궁둥이인 채로 진료실을 빠져나와 나를 죽일 뻔한 늙은 의사와 아들을 사지로 몰아넣은 아빠를 저주하며 혼자 집으로 돌아왔다.

그날 외할머니는 코를 댓발 흘리며 제 분에 못 이겨 흐느끼는 나를 건넌방으로 데려갔다. 그러곤 젖은 수건으로 얼굴을 닦아주고 경대를 한참이나 뒤져 창호지에 싸놓은 가무스름한 찰흙 같은 걸 꺼냈다. 외할머니는 그걸 요 밑에 깔아놓고 틀니를 빼더니 종기가 난 자리를 혀로 가만가만 핥았다. 외할머니의 따뜻하고 부드러운 혀가 땡땡하게 뭉친 종기에 닿자 신기하게도 통증이 점점 수그러들었다.

"지금 뭐 하시는 거예요?"

숨이 턱까지 차오른 아빠가 건넌방 문을 열고 불쑥 들어와 어이가 없다는 듯 입을 벌리고 손부채질을 하며 눈동자를 굴렸다.

"보면 모르냐? 독 빼는 거지. 종기가 났으면 고약부터 붙여 볼 것이지, 너는 애비가 돼갖고 자식 생살 쨀 생각을 먼저 하냐?"

아빠에게 몇 마디 쪼아 박은 외할머니는 다시 종기를 핥았다.

"비위생적이니까 그러는 거죠. 쟤 때문에 날탕 친 것도 분한테 장모님까지 왜 이러세요. 그러다 침독 오르면 어쩌시게요?"

아빠가 징얼거리거나 말거나 외할머니는 요 아래 묻어두었던 가무스름한 찰흙을 꺼내 종기 난 자리에 붙였다.

"같잖고 되잖게 콩팔칠팔할 정신 있으면 언네 건사나 잘해. 오죽 개절치 않게 애를 키우면 어린 살에 종기가 다 나누."

외할머니의 승리였다.

며칠 후 외할머니는 내 엉덩이에서 찰흙 같은 가무스름한 약과 함께 누런 뿌리가 매달린 종기를 뽑아냈다. '옴포동이 내 새끼. 낭중에 또 나거들랑 병원 따라가지 말고 약방 가서 이명래 고약 주세요, 하면 되느니라. 알겠냐?' 근이 빠져나가 오목한 자국이 남은 내 엉덩이를 도닥거리는 외할머니의 손길이 가칫했다.

"양하인, 소금 받아 오라는 거 농담 아냐. 이따 과외 갔다 오면서 종선이네 들러야 해. 아빤 꼭지가 새파란 놈이 고주망태되는 꼴 다시는 못 봐."

아빠의 목소리를 듣자, 잠시 잊고 있던 두통과 메스꺼움이 동시에 밀려들었다. 나는 오른쪽 엉덩이를 손바닥으로 문지르며 말끔하게 정리된 건넌방을 일별하고 욕실로 향했다. 욕실 한편에 놓인 붉은색 고무 대야 안에 시큼한 토사물 냄새와 지린내가 풍기는 엄마의 점퍼가 담겨 있었다. 혹시 엄마의 어깨에 대롱대롱 매달려 집에 들어오는 꼴을 엘자가 목격한 건 아닌가, 뒤늦게 걱정이 되었다.

역시 천년회 회원들은 질이 나빴다. 나는 아무리 나이 먹고 할 일이 없어도 그런 저질 친목회 따위는 결성하지 않겠다고 다짐하며 구역질을 참고 이를 닦았다. 세수까지 마치고 나자 한결 머리와 배 속이 가뿐해진 느낌이었다.

"너 두들기고 기운 남으면 노랑태 패서 해장국 좀 끓일까 했는데, 마침 뚝 떨어졌더라. 그냥 라면이나 먹어."

부엌에 아침도, 그렇다고 점심도 아닌 어중간한 끼니가 차려졌다.

"엘자는?"

아빠가 소매를 끌어내려 양은 냄비 손잡이를 감싸 쥐고 상 위에 내렸다.

"어저께 광섭 씨가 어디서 구관조를 데려왔는데, 거기 푹 빠져서 꼼짝도 안 하네. 남 걱정 말고 너나 먹어, 인마."

삼중 코팅 만능 미스터 쿠커로 끓이지 않은 탓일까, 설익은 라면이 입안에서 뼈처럼 아작아작 씹혔다. 뜨거운 국물이 들어가자 뱃속의 개구리들이 동시에 기절을 했는지, 속이 잠잠해졌다. 나는 김치도 없이 라면 한 냄비를 뚝딱 비우고 일어나 어떻게 하면 엘자와 엘자의 구관조를 구경할 수 있을지 고민했다. 도통 엘자와 나 사이엔 용무가 생기질 않았다. 같은 걸 배우지 않으니 뭘 물을 수도 없었고, 사내아이가 아니니 함께 공터에 나가 공을 찰수도 없었다. 그렇다고 체면 구겨지게 계집아이와 한 방에 마주 앉아 인형놀이를 할 수도 없는 노릇 아닌가.

"할머니 계셨으면 가을에 파종하려고 놔둔 건데, 사 먹는 게 더 싸게 멕히지 싶어. 구관조 모이 하게 엘자네나 갖다주고 와."

역시 아빠는 일제강점기 순사와 면서기, 중학교 교감을 줄줄이 배출한 명문 남원 양씨 가문의 22대손이었다. 나는 만세, 하며 팔이라도 번쩍 치켜들고 싶었지만 비실비실 새어나오는 웃음을 주워 삼키며 비닐봉지에 든 차조 한 되를 넘겨받았다.

사랑채 섀시 문 앞에서 우선 복장 점검에 들어갔다. 티셔츠 옷 깃은 단정한지, 손톱과 콧구멍의 위생 상태는 봐줄 만한지, 모자는 삐뚤어지지 않았는지, 마지막으로 손바닥을 끌어다 입에 대고 입냄새를 확인했다. 상태가 특A급이라 할 수는 없었지만 그럭저럭 봐줄 만한 정도였다.

"엘……."

섀시 문을 열고 막 엘자의 이름을 부르려는 그때, 기괴한 웃음소리가 문틈으로 새어나왔다.

"아하하하, 아하하! 아아하, 하하하하!"

그건 정말이지 선량한 인간들에게 몹쓸 저주를 퍼붓고 나무 빗자루에 올라타 먼 하늘로 날아가는 마녀의 웃음소리라고밖에 생각되지 않았다. 이왕 종선이네 가서 소금을 얻어 오기로 했으니, 이참에 한 번 더 오줌을 지릴까 어쩔까 고민하던 찰나, 엘자의 목소리가 들렸다.

"자꾸 울지만 말고 따라해봐. 안녕하세요? 안, 녕, 하, 세, 요?"

"아하하하하, 하하하하!"

웃음소리는 엘자의 것이 아니었다. 그렇다면 광섭이 아저씨가 가져왔다는 구관조가 저 웃음소리의 정체란 말인가. 구관조는 말을 하는 새라던데, 어째서 엘자의 구관조는 저런 흉악한 웃음소리를 내는 걸까. 잔망스러웠다. 일단 심부름을 온 이상 그냥 돌아갈 수는 없었다.

"송엘자, 문 좀 열어봐."

목소리를 큼큼, 가다듬고 엘자의 방문을 노크했다. 캉캉, 개하인이 몇 번 짖고 나자 방문이 열렸다.

"하인이구나. 벌써 과외 가려고?"

엘자가 웃고 있었다. 한 번도 그 애의 웃는 얼굴을 본 적 없는 나는, 마치 왕자로 분장한 거지 소년처럼 얼빠진 표정으로 왕궁 구경하듯 엘자를 쳐다봤다. 그런 나를 의식했는지 엘자가 얼른 얼굴에서 미소를 지웠다.

"구관조 들였다며? 아빠가 모이 좀 갖다주래서."

차조가 든 비닐봉지를 엘자에게 내밀었다. 그 애의 발치에서 개하인이 나를 보곤 반갑다는 듯 꼬리를 살래살래 흔들었다.

"들어와서 구경할래?"

엘자가 어쩐 일로 내게 방을 허락했다. 암만 생각해도 양하인, 오늘 계 탔다.

나는 어정쩡하게 서서 잠시 고민하는 척했지만 엘자가 먹고 자는 방이 궁금해서 안달이 날 지경이었다.

"별것도 아닌 것 갖고."

나는 부러 관심 없는 척하다 엘자의 방문이 닫히기 전에 냉큼 방 안으로 들어갔다.

이삿날 눈여겨보지 않아 몰랐는데, 엘자네 살림살이는 예상 외로 호화스러웠다. 수동이 형과 광섭이 아저씨가 고생해 날라

온 커다란 침대가 한쪽 벽면을 가득 채웠고, 그 맞은편엔 휘황한 자개로 장식된 장롱과 같은 문양의 장식장이 있었다. 책상이 없는 대신 방 한가운데에는 백합을 형상화한 원목 테이블이 있었는데 그 위에 검은 천을 덮은 새장이 보였다. 그 방에서 가장 초라한 세간은 광섭이 아저씨가 만든 삼나무 화장대뿐이었다.

"저게 구관조야?"

나는 처음 타는 기차에 잔뜩 주눅 든 시골 영감처럼, 고풍스러운 세간에 기가 눌려 간신히 엘자에게 말을 걸었다.

"얘만 보면 하인이가 하도 짖어서 가려놨어. 한번 볼래?"

엘자가 발레리나처럼 우아한 걸음으로 테이블에 다가가 검은 천을 벗겨냈다. 구관조가 말하는 새라는 건 어디선가 주워들어 알고 있었지만 어떻게 생겼는지 전혀 몰랐던 나는 놈의 실체에 적잖은 충격을 받았다. 막연히 말을 하는 새니 앵무새와 사촌지간이겠거니 생각했는데 막상 구관조는 까마귀 사촌에 더 가까웠다. 몸집도 중닭 정도로 컸고, 깃털도 볼따구니를 제외하곤 온통 새까맸다. 어디 한구석 예쁘거나 귀여운 데가 없는 저런 흉물을 광섭이 아저씨는 어쩌자고 엘자에게 가져다줬는지 이해할 수 없었다.

"아하하핫! 아하하하하!"

아까 들었던 기분 나쁜 웃음소리는 역시 구관조의 것이었다.

"따라해봐. 안, 녕, 하, 세, 요?"

엘자가 야무진 목소리로 구관조에게 말을 가르쳤지만 돌아오는 건 소름끼치는 웃음소리뿐이었다. 개하인도 그 웃음소리가 귀에 거슬리는지 침대 위에서 몸을 낮추고 자지러지게 짖어댔다.

"개하인, 시끄러!"

영어만 알아듣는 놈에게 한국말로 소리쳐봤자 아무 소용없다는 걸 알고 있었지만 자갈 튀는 소리처럼 요란한 개하인의 목청을 견디기 힘들었다.

"시끄러! 개하인, 시끄러!"

하늘에 맹세컨대, 그 순간 나는 분명 입술을 꾹 다물고 개하인에게 다가가는 엘자의 뒷모습을 몰래 훔쳐보고 있었다. 나도, 엘자도, 개하인도 아니라면 '시끄러! 개하인, 시끄러!'라 소리칠 만한 건 구관조뿐이었다. 구관조는 그 사실을 증명이라도 하듯 다시 한번 나를 향해 날래게 부리를 놀리며 똑똑한 발음으로 '개하인, 시끄러!'라 지껄였다.

"방금 너도 들었어?"

엘자가 구관조와 나를 번갈아 바라보며 물었다. 구관조의 깜찍스런 행동에 기가 넘어간 개하인이 입에 거품을 물고 안광을 쏘며 새장으로 달려들었다. 과연 지하에서 돌아온 녀석다웠다. 안 되겠다 싶었는지 엘자가 다시 검은 천을 가져다 새장을 덮었지만 개하인의 서슬은 여전히 시퍼렜다.

"하인이가 질투하나 봐. 여기 두고 나가면 분명 아수라장이 될 텐데. 어쩌지?"

개하인과 구관조를 한데 두는 건 안채에서 요리 연구 중인 아빠를 고문하는 것이나 다름없었다. 그렇다고 새장을 들고 수동이 형네까지 걸어갈 수는 없었다. 오늘부터 엘자의 하인이 되기로 수동이 형과 종선이에게 약속했으니 양산과 두 개의 가방을 들어야 하는데 거기에 새장까지 보태는 건 무리였다. 새파란 눈의 혼혈 소녀와 그녀에게 양산을 받쳐 든 키 작은 소년만 해도 우스꽝스러운데 '개하인, 시끄러!' 하고 소리 지르는 새장까지 안고 걷는다는 건 피에로 복장에 북을 짊어지고 걷는 꼴이나 다름없었다.

"그래서 말인데, 하인이를 데려가면 어떨까? 밖에 나가면 아주 얌전해지거든."

엘자가 나보다 영리하단 걸 잠시 잊고 있었다. 새장보다는 개목줄을 끄는 게 그나마 창피를 면하는 길이었다. 잡아먹을 듯 새장을 향해 돌진하는 개하인을 보고 있자니 엘자의 청을 거절할 수 없을 것 같았다.

공부방에 갈 시간이 되자 엘자는 한사코 마다했지만, 나는 그 애에게 개하인의 목줄만 넘기고 양산과 가방을 가져왔다.

"네 손등 말야, 아직도 물집 투성이잖아. 수동이 형이 너 다 나을 때까지 도와주랬어. 참말이야."

나답지 않게 진짜야, 정말이야도 아닌 참말이야, 라는 표현까지 동원해가며 엘자에게 알랑대는 꼴이 그토록 비웃던 종선의 알랑방귀와 별반 다를 것 없었다. 하지만 엘자와 나란히 걸으며 그 애의 옆모습을 흘끔거릴 수 있는 금쪽같은 기회를 독차지했다고 생각하니 그깟 자존심 따윈 개하인의 먹이로 던져줘도 아쉬울 것 없었다.

"어쭈, 옥선이는 어쩌고 엘자한테 붙었어? 바람둥이 같은 녀석."

막 대문을 빠져나오려는데 뜨개질 바구니를 옆에 낀 아빠가 따라나섰다.

"수동이 형이 도와주랬단 말야. 그리고 아빠 왜 자꾸 옥선이랑 나를 엮어?"

공들여 드라이하고 스프레이까지 한 아빠의 앞머리는 추수를 앞둔 벼 이삭처럼 둥글게 말려 있었다.

"짜식, 부끄러워하긴."

아빠가 살랑살랑 엉덩이를 흔들며 우리를 앞질러 바깥마당까지 걸어 나갔다가, 퍼뜩 뭔가 생각났는지 가던 길을 되돌아왔다.

"근데, 너 키 가져가야지?"

요즘 같은 시대에 오줌 한 번 잘못 쌌다고 키 들고 소금 얻으러 다니는 아이가 어디 있단 말인가? 소금을 받아 오라기에 그저 짓궂은 농담인 줄만 알았는데, 아빠는 정말 대문 옆 창고로 뛰어가 살이 미어진 키 하나를 들고 나왔다.

"키는 왜?"

엘자는 어젯밤 소동을 전혀 모르는 모양이었다. 이렇게 된 이상 끝까지 숨기는 수밖에 없었다.

"키 몰라? 곡식 까부를 때 쓰는 건데."

시치미를 뚝 떼고 아빠에게서 키를 넘겨받았다.

"오줌싸개도 쓰는 거고."

아빠가 결정타를 날리곤 도망치듯 옥선이 이모네 쪽으로 걸음을 옮겼다. 이럴 땐 망령 난 척 아빠의 입에 파스라도 붙여주고 싶었다.

"너 오줌 쌌어?"

오줌 싼 걸 인정하면 다시는 엘자 앞에 고개를 들지 못할 것 같았다. 기껏 어른이 되려고 개구리 튀김과 막걸리까지 마셨는데, 이렇게 주저앉을 수는 없었다.

"이건 비밀인데, 어제 종선이가 실례를 했어. 걔네 집에 키가 없대서 빌려주는 거야. 녀석, 어른인 척하지만 아직 멀었다니까."

미안하다, 한종선. 나는 손이 모자라 키를 머리에 쓰고 죄책감에 고개를 수그렸다. 타박타박, 걸음마다 종선이를 향한 죄책감이 발자국에 고였다. 하지만 어쩔 수 없었다. 막걸리를 마시게 된 것도 따지고 보면 종선이 탓이 컸으니까. 종선이네 집에 컴퓨터만 없었더라면, 걔네 아빠가 개구리만 잡아 오지 않았더라면, 그걸 녀석이 권하지만 않았더라면 시금털털한 막걸리 따윌 마실리 없다.

밖에 나오면 얌전해진다는 엘자의 말과 달리 개하인은 질주 본능에 몸이 달아 있었다. 달리고는 싶은데 목줄을 채워놨으니, 마음이 급한 녀석은 앞다리를 치켜들고 두 발로 강중거리며 앞서 걸었다. 하지만 엘자의 가녀린 팔은 오랜만에 쐬는 콧바람에

신이 난 개하인을 당해내지 못했다. 개하인의 몸부림에 엘자가 되똥거리자 양산을 받치기도 힘들었다. 가죽 장갑과 검은 모자로 중무장을 했지만 방어할 틈 없이 양산 밖 햇볕에 몸이 노출될 때면 엘자는 낮은 비명을 지르며 몸을 움츠렸다. 이대로 가다간 흡혈귀인 엘자가 햇볕에 불타 한 줌 재로 변해버리는 건 아닐까 겁이 났다.

"그거 이리 줘."

개하인에게 시달리느라 지친 표정의 엘자가 기꺼운 표정으로 내게 목줄을 내밀었다.

"괜찮겠어? 가방에다 하인이에다 키까지 쓰고."

물론 괜찮지 않았다. 엘자에게 개하인의 목줄을 넘겨받는 순간, 가슴이 짜르르하고 온몸의 관절이 삐걱대는 동시에 소름이 빽빽이 돋아났다. 게다가 지난번 함께 걸었을 때처럼 딸꾹질까지 나와 겨우 삼키느라 볼썽사납게 끼룩대야 했다. 특이할 만한 거라곤 엘자의 장갑 낀 손이 아주 잠시, 눈 깜짝할 사이 내 손에 포개졌다는 것뿐인데 어째서 몸이 주인을 배신하고 제멋대로 노는지 알 수 없었다. 혹시 엘자가 내게 마법이라도 건 걸까. 삼장법사가 오공이 머리에 금고아를 씌워 꼼짝 못하게 했던 것처럼, 엘자 역시 제멋대로 나를 부리기 위해 맘속으로 주문이라도 외웠는지 모른다.

"키 주고 와."

엘자가 슈퍼 앞에서 걸음을 멈췄다. 나중 일이야 어떻게 되든,

일단 아까 내뱉은 거짓말부터 수습해야 했다. 나는 엘자에게 양산과 개하인을 맡기고 슈퍼로 뛰어 들어갔다. 어젯밤 사건 때문인지 슈퍼 안 쪽마루 위에는 아줌마 대신 천년회 회장이 앉아 있었다. 회장은 왼쪽 눈에 안대를 차고 있었는데, 그 아래로 파르족족한 멍이 엷게 번져 있었다.

"살아서 만나다니, 기쁘다!"

어제의 동지를 만난 것처럼 나를 보자 반색을 하며 악수를 청했다.

"저도요. 그보다 아저씨, 이것 좀 맡아주세요."

밖에서 엘자가 기다리고 있으니 객쩍은 수다를 오래 이어갈 수 없었다. 나는 머리에서 키를 벗어 아저씨에게 내밀었다.

"현숙이가 소금 받아오래?"

전장에서 겨우 목숨만 부지한 패잔병처럼 파리한 낯빛의 아저씨가 애처롭다는 듯 나를 눈길로 쓰다듬으며 키를 받았다.

"너 오줌 쌌구나?"

연속극처럼 절묘한 순간에 종선이가 방문을 열었다. 요즘 종선이는 악역을 전담하고 있었다. 하지만 모든 연속극의 결말이 그렇듯, 착한 주인공이 사랑도 성공도 쟁취하는 법이었다. 녀석이 더 입을 놀리기 전에 나는 꾸벅 인사를 하고 슈퍼를 빠져나와 다시 엘자의 충실한 하인이 되었다. 뒤따라 온 종선이가 고개를 돌리고 어깨를 들썩였다. 내가 녀석이었어도 웃지 않곤 못 배길 꼬락서니였다. 개하인이 쉬지 않고 얄쭉거리는 통에 겨드랑이에

긴 가방은 자꾸 흘러내렸고, 추위에 곱아든 손은 양산을 지탱하기 위해 파들파들 떨렸다. 하지만 종선이는 내게 짐을 나누자는 말도 없이 엘자의 옆에 바짝 붙어 서서 빙글빙글 웃기만 했다.

"발라드 좋아해? 이승환 신곡인데 들어볼래?"

종선이는 가방에서 카세트 라디오를 꺼내더니, 이어폰을 연결해 엘자의 왼쪽 귀에 꽂아주었다. 다른 한쪽은 자신은 오른쪽 귀에 낀 종선이가 작동 단추를 눌렀다. 녀석의 급작스런 행동에 놀란 기색이던 엘자가 잠시 후, 음악이 나오는지 차분한 표정이 되었다. 종선이가 불량배처럼 바지 주머니에 양손을 찌르고 건들거리며 어깨로 리듬을 탔다.

옳거니, 드디어 종선이의 꿍꿍이가 드러났다. 엘자에게 잘해주라고 한 건 다 이유가 있었다. 내가 엘자의 짐꾼이 되면 자연히 그 애와 나란히 걸을 수 있게 되고, 지금처럼 한 이어폰으로 같은 음악을 감상할 기회도 얻는 거였다. 악역 전문인 녀석은 어려서부터 이랬다. 과자를 사면 나보다 백 원쯤 제 돈을 더 보탠 다음, 꼭 먹을 때 가서 더 낸 유세를 했다. 산도에서 홀랑 크림만 발라먹고 퍽퍽한 과자는 내게 넘기던 못된 버르장머리를 진작 고쳐놓지 못한 게 천추의 한이 되었다.

"다음 곡 짱 좋아. 지난주 가요톱텐 1위 곡이야."

내가 들뛰는 개하인과 흘러내리는 가방 사이에서 고군분투하는 동안 종선이는 휘파람까지 불어가며 한껏 신이 나 있었다. 녀석이 볼륨을 올리느라 카세트 라디오를 꺼내 움직거리자, 엘자가 이어폰을 놓치지 않으려 종선이 쪽으로 몸을 바짝 가져갔다. 그러자 종선이의 귓불이 닭 볏처럼 붉어졌다. 이미 겪은 나는 녀석의 증상을 짐작할 수 있었다. 분명 가슴이 짜르르하고 온몸의 관절이 뻣뻣이 굳은데다 소름까지 돋고 있을 터였다. 이제 딸꾹질만 남았다.

"양하인은 엘자 보조로 취직했나 보네."

마음속으로 딸꾹질 카운트다운을 하고 있을 때, 귀에 익은 목소리가 톡 튀어 나왔다. 옥선이었다. 비록 오른팔에 깁스를 했지만 옥선이는 수동이 형의 말대로 공부방에 돌아왔다. 딸꾹, 종선이와 내가 동시에 딸꾹질을 했다.

"다신 안 올 거 같더니 웬일이야? 딸꾹."

엊그제 옥선이에게 흠씬 두들겨 맞아 시르죽은 종선이 대신 내가 나섰다. 엘자에게 험한 말을 퍼붓고 뛰쳐나갈 땐 언제고 어째서 다시 돌아온 걸까. 밸도 없는 계집애.

"나도 이만 원 더 내고 영어 배우려고 왔다. 왜, 떫어? 떫으면 뱉어."

옥선이가 시퉁하게 돋워 내뱉곤, 엘자를 위아래로 훑었다.

"돌아와서 반가워. 우리 앞으로 잘 해보자."

뜻밖에도 엘자가 이어폰을 빼고 옥선이에게 먼저 말을 걸었다. 놀라긴 옥선이도 마찬가지인 모양이었다. 엘자의 삽삽한 태도에 말문이 막힌 듯 입술만 달싹거렸다.

"말년 병장 둘, 상이용사 하나, 그리고 헝가리 용병에 군견까지 다 모였네? 우리 고문관은 어디 있어?"

종선이와 내가 장단 맞춰 딸꾹질을 하며 목소리가 나는 쪽을 돌아봤다. 수동이 형이 열 권은 됨직한 헌책을 들고 오며 히죽 웃었다.

"제가 왜 고문관이에요."

지각대장 동기가 숨을 헐떡이며 수동이 형을 따라왔다.

"이러니까 고문관이지. 사령관님이 무거운 짐을 들고 있으면 쫄병이 얼른 가져가야 하는 거 아냐?"

팔삭둥이로 태어났다는 동기는 또래들보다 한 뼘이나 키가 작았다. 더구나 초등학교에 입학할 무렵, 심장판막증 수술까지 받은 터라 집에서는 천하에 다시없는 귀동이 대접을 받아왔다. 그 탓에 동기네 할머니는 손주 며느릿감은 무조건 튼튼하고 굳세야 한다고 주장하곤 했는데, 그때마다 나는 옥선이를 떠올렸다. 옥선이와 동기가 만약 결혼이라도 한다면 우리 부모님과 닮은꼴이 될 것 같았다.

"누가 길에 내놨더라고. 상태도 꽤 괜찮고."

언뜻 보아도 수동이 형이 든 책들은 『임신대백과』 『바둑입문 III』 『쉽게 배우는 애견미용』 따위로 10수를 준비하는 데는 하등의 도움이 될 거 같지 않았다. 수동이 형네 집에 벌레가 끓는 이유도 형이 자꾸 이런 헌책들을 주워 모은 탓인지도 몰랐다.

어질더분한 공부방은 주인이 빈 사이 바퀴벌레 소굴로 변해 있었다. 방문을 열자 바퀴벌레 수십 마리가 동거인과 그의 제자들에게 자리를 내주기 위해 재바르게 책 틈으로 숨어들었다. 여느 날과 다름없이 얼굴에 빨간 하트를 붙인 우리는 쪽지 시험을 치렀다. 나와 종선이, 동기가 정육면체의 모서리각을 구하는 동안 옥선이는 바둑 공책에 알파벳을 썼고, 엘자는 참고서를 들여다봤다.

"아참, 도장 지갑 구경할 사람!"

아까 들고 온 책을 빈 귀퉁이에 던져놓은 수동이 형이 난데없이 장난기 그득한 얼굴로 물었다. 아무도 손을 들지 않자, 형은 가장 만만한 동기를 답삭 안아다 뽀얗게 먼지 쌓인 책장 쪽으로 데려갔다.

"이거, 움직이는 도장 지갑이다."

동기가 허리를 굽히고 수동이 형이 가리키는 곳에 얼굴을 가져갔다. 그러곤 몇 초 후, 동기는 천장이 내려앉을 정도로 큰 비명을 내질렀다. 뒤로 나동그라진 녀석의 입술이 새파랬다. 수동이 형이 바닥에서 엄지손가락만 한 갈색 물체를 들어 올렸다. 물체는 분명 작은 도장 지갑 모양이었지만, 지퍼 부분에 매달린 반투명한 돌기들이 제각각 떨어져 나와 형의 팔을 타고 바닥으로 기어 내려갔다. 동기는 벌벌 기다시피 책장 앞을 빠져나와 옥선이 뒤에 몸을 숨기고 숨을 헐떡였다.

"바퀴벌레 알집인데, 그렇게 놀랐어?"

동기의 비명과 울음이 4분의 1박자로 이어졌다. 거기다 문고리에 묶어놓은 개하인까지 합세해 호들갑을 떨자, 귀를 틀어막지 않고는 배겨낼 수 없었다. 소동은 수동이 형이 창문을 열고 바퀴벌레 알집을 던져버린 뒤에야 끝이 났다. 불과 십여 분 사이에 수동이 형은 십 년쯤 늙어버린 얼굴로 벽장에서 이부자리를 꺼내 벌렁 몸을 뉘였다.

"어린이는 어른이 만들어놓고 후회하는 괴물이다, 사르트르."

네 마리의 괴물들은 수업이 끝났다는 걸 깨닫고 가방을 쌌다.

"괴물하니까 생각 난 건데, 니들 내가 무서운 얘기 해줄까?"

평소보다 삼십 분이나 일찍 수업을 마친 게 미안해서일까, 수동이 형이 솔깃한 제안을 했다. 집에 돌아가도 딱히 할 일 없는 괴물 네 마리가 동의의 표시로 수동이 형 곁에 모여들었다.

"이건 실화야. 믿지 않으면 재미없으니 반드시 믿고 들어야 해."

수동이 형이 엘자를 향해 보일락 말락 짧게 윙크를 보냈다.

아침부터 꾸물대던 하늘이 한바탕 눈이라도 쏟아낼 모양인지 가뜩이나 어두운 실내를 더욱 괴괴하게 만들었다. 겁 많은 동기가 수동이 형이 누운 이부자리로 쏙 파고들었고, 곁에 바짝 붙어 앉은 옥선이도 내 쪽으로 고개를 기울였다. 옥선이 머리에서 빨랫비누 냄새가 났다.

"아주 오래전, 루마니아의 트란실바니아라는 지방에 엘리자베스 바토리라는 여자아이가 태어났어. 어쩌면 리즈나 엘자라는 애칭으로 불렸을지도 모르지."

어둑한 방 안에서 엘자가 허리를 꼿꼿이 세우고 앉아 자신과 같은 이름을 가진 소녀 이야기를 무심한 표정으로 들었다. 수동이 형의 목소리가 내 귓구멍을 타고 머릿속으로 살금살금 기어들어가 엘자가 주연인 한 편의 서양 영화로 펼쳐졌다.

영화는 루마니아 최고의 명문, 바토리 가家에 흑발 벽안黑髮碧眼의 아기가 태어나며 시작되었다. 때마침 산실 창밖에는 눈발이 흩날리고, 먼 소메슈강에서 쩍쩍 얼음 갈라지는 소리가 들렸다. 아버지인 바토리 백작은 갓 태어난 딸에게 자신이 끼고 있던 루비 반지를 빼 손가락에 걸어주며 '신의 숭배자'란 뜻의 엘리자베스란 이름을 지어주었다. 엘리자베스 혹은 엘자라 불리게 된 아기는 방금 우유에서 건져 올린 것처럼 새하얀 피부에 도렷도렷한 눈동자, 그리고 고고한 기품을 머금은 붉은 입술로 세상을 향해, 호령하듯 첫 울음을 터트렸다.

헝가리 수상과 폴란드 국왕 그리고 추기경까지 배출한 명문가의 고명딸인 엘자는 공주나 다름없는 대접을 받으며 자랐다. 엘자가 다섯 살이 되던 해, 백작 부부는 산호와 비취로 장식한 앙증맞은 왕관과 붉은 망토를 선물했고, 열 살이 되던 해에는 자신들이 소유한 영토 중 가장 풍광이 뛰어난 곳에 그림 같은 성을 지어 그녀의 이름을 붙여주기도 했다. 엘자는 자신과 같은 이름의 인형, 말, 심지어 호수까지 갖게 되었고, 언제든 마음대로 부릴 수 있는 다섯 하인의 주인으로 군림하게 됐다.

그중 가장 나이가 어린 하인은 '밀 한 자루'로 불리는 나지라는 소년이었다. 유목민이었던 그의 부모는 전쟁 통에 기르던 양을 모두 잃고 배를 곯다, 바토리 가를 찾아와 밀 한 자루와 굶어 죽기 직전의 막내아들을 맞교환했다. 그렇게 바토리 가의 하인이 된 나지는 동갑내기 엘자의 휴대용 의자이자 양산이 되었다. 그러나 불행히도 나지는 자신의 신분을 망각하고 주인을 흠모하게 되었다. 엘자 또한 자신의 성장 속도에 따라 자연스레 높이가 조절되는 의자가 싫지 않았다. 언제부터인가, 둘은 틈만 나면 네 명의 하인을 따돌리고 숲에 숨어들어 가 주머니 가득 나무딸기를 따고, 시냇물로 목을 축이며 풀숲을 누볐다.

피나무 아래서 크게 한입 자두를 베어 문 엘자는 비록 늙은 하녀가 입던 누더기 망토를 걸쳤지만, 갓 피어난 수선화처럼 상그러운 용모였다. 나지는 그런 엘자의 곁에 앉아 그녀의 이름을 딴 호수를 마주보며 뿔피리를 불었다.

"나지, 너도 곧 전쟁터로 떠나겠지?"

오스만제국과의 기나긴 전쟁으로 영토 안의 젊은 사내들이 점점 줄어들고 있을 때였다. 바토리 백작은 참전하는 사내들에게 은화 한 꾸러미씩을 내렸고, 가진 것 없는 자들은 은화로 주머니가 늘어진 늙은 부모에게 손을 흔들며 변변한 방패조차 없는 전장으로 향했다. 물론 나지도 은화가 필요했다. 그는 세상 어딘가를 떠돌고 있을 부모를 찾아가 살집 좋은 양을 선물하고 싶었다.

"사내니까요."

순간, 엘자의 눈초리가 샐쭉해졌지만 나지는 이유를 알 수 없어 그저 송구스럽기만 했다.

"꺼내라."

엘자가 문득 망토를 벗고 나지에게 명령했다.

"피나무 잎 주제에 무엄하게 내 옷 속을 기어들었으니, 하인인 네가 꺼내란 말이다."

망토 아래 가슴이 깊게 파인 화려한 코타르디가 드러나자 나지는 차마 고개조차 바로 들지 못하고 뿔피리만 만지작거렸다. 엘자는 나지의 손에서 뿔피리를 빼앗고, 붉은 자두 물이 아롱진 살품으로 그의 손을 밀어 넣었다. 그러나 나지가 아무리 애를 써도 피나무 잎은 손에 잡히지 않았다. 식은땀에 흠뻑 젖은 나지가 두 다리를 후들거리며 절절매자 화가 난 엘자는 그를 발로 걷어차 풀숲에 눕혔다. 엘자의 코타르디가 나지의 얼굴로 덮였다. 그러나 엘자의 몸 어디에도 피나무 잎 같은 건 없었다.

엘자는 열네 살의 나이에 사내아이를 낳았다. 엄격한 개신교 신자였던 바토리 백작은 온몸의 실핏줄이 터지도록 극노하여 엘자를 탑에 가두고 하인들을 교회로 쫓아냈다. 행여 어린 딸의 추문이 문밖으로 새어나갈까 염려되어서였다. 딸의 여물지 않은 젖가슴을 빠는 손자를 바라보며, 바토리 백장은 이 불행의 씨앗을 뿌린 사내를 색출해내겠노라 다짐했다. 성 안에는 모두 스물두 명의 사내가 있었는데, 바토리 백작은 그중 엘자에게 시를 가르치는 젊은 시인과 잘생기고 바람기 많은 정원사, 이제 막 사춘기에 접어든 조카, 나지, 목동인 마티스를 용의선상에 올렸다.

아기의 눈동자는 엘자를 닮아 푸르렀지만 머리칼은 적갈색이었다. 적갈색 머리를 가진 건 나지와 마티스뿐인데, 머리카락은 성장하면서 색이 더 짙어질 수 있는 만큼 시인도 용의선상에 올렸다. 밤잠을 설쳐가며 고심하던 바토리 백작은 세 사내와 엘자를 한자리에 모았다. 그들 곁에는 잘 벼린 도끼를 짊어진 건장한 하인 한 명이 서 있었다.

"엘리자베스, 진실을 말할 때가 왔다. 네 대답에 따라 한 명의 목이 날아갈지 셋 모두의 목이 날아갈지 결정될 것이다."

엘자는 겨우 목을 가누기 시작한 어린 아들과 세 사내를 말끄러미 바라보았다.

"오, 백작 나리. 저는 꽃이 향기롭다 하여 피지 않은 송이를 꺾는 멍청이가 아닙니다. 사과가 달콤하다 하여 익지 않은 열매를 탐하는 머저리도 아닙니다. 믿어주십시오."

시인이 바토리 백작 앞에 무릎을 꿇고 절규했다.

"저에게 죄가 있다면 거름으로 들어갈 쇠똥을 몰래 주워 불을 땐 죄밖에 없습니다. 명령만 하신다면 제 똥이라도 보태 거름통을 채우겠습니다."

마티스가 쇠똥 같은 눈물을 뚝뚝 흘렸다. 그러나 나지만은 입을 꾹 다문 채 변명도 사죄도 하지 않았다.

"그렇다면 나지가 이 아이의 아비란 말이냐?"

바토리 백작의 말이 떨어지기 무섭게 건장한 하인이 도끼를 번쩍 치켜들었다. 나지는 엘자와 그녀의 어린 아들을 눈에 담아

두기 위해 고개를 좀 더 앞으로 뺐을 뿐 꼼짝도 하지 않았다.

"아니요, 아버지. 이 아이의 아버지는 마티스입니다. 미안하구나, 마티스."

엘자의 한마디에 잠시 멈칫하던 도끼는 방향을 틀어 마티스에게 달려들었다. 그는 무어라 대꾸할 틈도 없이 도끼날에 머리를 잃었다. 얼빠진 표정으로 바닥을 구르는 마티스의 머리에서 굵은 핏줄기가 뻗어 나와 엘자와 아기에게 덮쳐들었다. 둘의 새파란 눈동자에 붉은 피가 점점이 튀었다.

"이건 은화가 아닌 금화니라. 너희 둘은 내일 전장으로 떠나거라."

바토리 백작은 시인과 나지에게 금화 한 꾸러미를 던졌다. 나지를 바라보는 백작의 눈엔 여전히 의심이 그득했지만, 이미 마티스의 목을 친 마당에 더 이상 진실을 추궁해봐야 소문만 흉흉해질 거란 생각이 들었다.

"너무 잔인해요."
동기가 손톱을 자근자근 씹으며 이불을 뒤집어썼다.
"나뭇잎을 찾는데 왜 애를 배요?"
옥선이가 눈을 동그랗게 뜨고 어깨를 으쓱해보였다.
"대체 괴물은 언제 나와요?"
종선이가 수동이 형을 채근했다.
"가만있어 봐. 진짜 얘기는 이제부터니까."

콰쾅, 때 마침 창밖으로 번개 한 줄기가 먼 산에 꽂혔다.

　바토리 백작은 아기가 없는 친척을 수소문해 서부의 오라데아에 사는 자작 부부에게 손자를 보냈다. 아기를 담은 바구니 한편에는 바토리 가문의 상징인 외뿔독수리가 황금알 다섯 개를 고이 품고 앉아 겁 많은 자작 부부에게 비수 같은 눈길로 영원한 함구를 명령했다.
　이듬해, 엘자는 나다디스라는 열한 살 연상의 백작과 성대한 결혼식을 올렸다. 나다디스는 용감하고 호전적인 장수였고, 자신의 본분을 지키기 위해 초야를 치르자마자 전장으로 떠나버렸다. 그때부터 엘자는 대부분의 시간을 하녀 테스와 보냈다. 테스는 본래 헝가리 티서강 근처 움막에 살던 주술사였다. 그녀는 누구든 마음만 먹으면 운명을 바꿀 수 있다 장담했는데, 그 소문이 연기처럼 퍼져나가 마녀를 찾기에 혈안이 되어 있던 교회까지 흘러들었다. 예배를 보고 교회에서 나오던 엘자는 나무 처형대에 사지가 묶인 채, 치마폭이 타들어가던 테스를 보곤 자신이 끼고 있던 루비 반지와 그녀의 남은 생을 맞바꾸었다.
　엘자는 남편 나다디스의 체취가 역겨웠다. 그건 방금 전력 질주한 짐승의 땀 냄새 같기도 했고, 지푸라기와 쇠똥이 한데 섞여 썩어가는 두엄 냄새 같기도 했다. 살갗이 쓰라리게 몸을 씻고 향수를 뿌려도 나다디스가 그녀에게 남긴 체취는 쉬이 가시지 않았다.

"테스, 그가 다시는 돌아오지 않게 해줘."

엘자는 들판의 싱그러운 풀냄새와 새큼한 자두향이 그리웠다. 나다디스만 돌아오지 않는다면 아들과 나지를 찾아가 남은 생 내내 가난한 유목민으로 살아도 좋을 것 같았다.

테스는 생명의 은인인 엘자의 청을 거절하지 않았다. 그녀는 엘자에게 나다디스의 머리카락을 가져오라 부탁하고 빛 한 줄기 들어오지 않는 지하실로 이끌었다. 그러곤 양초 여섯 자루를 켠 다음 커다란 삼각형 두 개를 역방향으로 겹쳐 그려 기묘한 별을 만들었다. 별 안으로 엘자를 데려간 테스는 그녀와 손을 마주 잡았다.

"제 이마에 마님의 이마를 대세요. 그리고 머릿속으로 힘차게 퍼덕대는 백작님의 심장을 그려보세요. 이제 곧 그 한가운데 구멍이 뚫릴 겁니다. 아무도 막을 수 없어요. 그게 운명이니까요. 마님의 소원은 곧 이루어질 겁니다. 하지만 명심하세요. 하나를 얻으면 하나를 잃게 됩니다."

테스가 전장에 나가기 전 잘라놓은 나다디스의 머리카락을 여섯 줌으로 나눠 별의 여섯 꼭짓점에 놓아둔 촛불에 태웠다.

주술은 얼마 지나지 않아 효과를 드러냈다. 나다디스는 깊은 밤 이유 없이 망루에 올랐다 매복한 적군의 화살에 심장이 맞아 절명했다. 나다디스는 거대한 유산과 그를 닮아 갈색 머리에 갈색 눈을 가진 세 딸을 엘자에게 남긴 채 차가운 겨울 땅에 묻혔다. 그러나 나다디스가 죽은 후에도 엘자는 나지를 찾아 떠나지 못했다. 그녀의 시어머니가 건재한 탓이었다. 시어머니는 하루에도 몇 번씩 엘자의 방문을 열고 뛰어 들어와 주술사와 공모해 아들을 죽인 마녀라고 패악을 부렸다.

그런 나날이 계속되자 엘자는 죽은 나다디스가 자신을 원망한 나머지 저승에서 되돌아왔다고 믿게 되었다. 그녀는 성 안에서 나다디스의 체취가 풍긴다며 코를 쥐어 감쌌고, 몇날 며칠 먹지도 자지도 못한 채 빈방들을 헤매고 다녔다. 그러다 문득 거울을 보면 부쩍 눈그늘이 늘어지고 광대뼈가 드러난 초췌한 몰골의 자신과 마주쳐 소스라치게 놀라곤 했다. 엘자는 소원하던 대로 나다디스의 죽음을 얻었지만 젊음과 아름다움은 잃어가고 있었다. 그녀는 이런 끔찍한 몰골로 나지 앞에 설 용기가 없었다. 다시 예전처럼 두 뺨이 발그레한 소녀로 돌아가고 싶었다.

"나는 괴물이 됐어, 테스. 뭘 어떻게 하면 예전처럼 아름다워질 수 있지? 제발 가르쳐줘. 가르쳐주기만 한다면 네게 영토를 나눠줄 수도 있어. 성을 지어달라면 지어줄게."

바짝 야윈 엘자의 어깨를 쓰다듬던 테스가 뭔가 결심한 듯 입술을 깨물었다. 그러곤 엘자의 사파이어 브로치를 뽑아 자신의 손바닥을 그었다. 금세 테스의 손바닥에 붉은 피가 고였다. 테스는 자신의 피를 엘자의 뺨에 문질렀다.

"잊지 마세요. 하나를 얻으면 하나를 잃습니다."

엘자는 거울을 들여다보며 젊고 생기 있어진 자신의 얼굴에 감탄했다. 하지만 피의 약효는 겨우 하룻밤을 넘기지 못했다. 엘자는 중년의 테스보다 젊고 예쁜 처녀의 피를 원했다. 그녀는 자신의 몸단장을 돕는 어린 하녀를 불러 외뿔독수리가 새겨진 단도로 손목을 긋게 했다. 그러곤 호화로운 주석 잔에 그 피를 받아 포도주처럼 마시고, 양의 기름처럼 주름진 얼굴에 발랐다. 하녀는 매일 밤 엘자의 침실에 불려가 그녀의 술과 화장품으로 소모되었다. 그러길 보름 만에 숨을 거뒀다.

엘자는 슬펐다. 충실한 하녀를 자신의 탐욕으로 잃어서가 아니었다. 그건 단지 자신의 일용할 술과 화장품이 사라진 데 대한 불만이었다. 하지만 엘자의 성 안엔 수십 명의 하녀가 있었고, 그녀의 영토엔 그보다 수십 배나 많은 처녀들이 소젖이나 짜며 인생을 낭비했다. 엘자는 그녀들에게 좀 더 가치 있는 삶을 선사하기로 마음먹었다. 하녀들은 매일 밤, 영문도 모른 채 엘자의 침실로 불려갔다. 단도는 적은 양의 피를 얻는 데 유용했지만, 이제 엘자는 마시고 바르는 것만으론 만족하지 못했다. 그녀는 독일에서 유능한 목수를 데려와 사람 모양의 관을 짜게 했다. 관 속에는 다섯 개의 칼날이 들어 있는데, 그 안에 하녀를 넣고 뚜껑을 닫으면 자동으로 피가 흘러내려 작은 도롱을 타고 엘자의 욕조에 모였다. 또, 사람 한 명이 간신히 들어갈 정도의 새장을 만들어 도르래로 천장에 매달고 스위치를 누르면 창살에서 수십 개의 가시가 솟아 나와 하녀의 몸을 뚫었다. 그러면 엘자는 새장 아래서 하녀의 따뜻한 피로 샤워를 즐기며 아들과 나지에게 돌아갈 날을 아득히 꿈꾸곤 했다.

엘자의 시어머니는 며느리에 대한 소문을 익히 알고 있었다. 하지만 며느리를 탄했다가는 마녀니, 흡혈귀니 하는 소문들을 인정하는 꼴이 될까 겁이 났다. 그녀는 매일 밤, 엘자의 방에서 들리는 피비린내 나는 비명 소리에 몸을 떨다, 결국 신경쇠약에 걸리고 말았다. 한 줌도 되지 않는 백발을 모자에 감춘 엘자의 시어머니는 세 손녀를 이끌고 친정인 클루지로 도망치듯 떠나버렸다.

엘자는 언제든 성을 떠날 수 있도록 옷과 보석을 가득 담은 서른두 개의 가방을 준비해놓았다. 하지만 나지 앞에 나서기엔 여전히 자신의 외모가 추하다 느꼈고, 그 분풀이를 하녀들에게 퍼부었다. 드레스가 구겨지면 시뻘겋게 달군 인두로 하녀의 이마를 지졌고, 자신의 험담을 하다 들킨 하녀는 바늘로 입술을 꿰맸다. 심지어 자신의 영토 안에서 배를 훔쳐 먹다 들킨 어린 소녀는 온몸에 꿀을 발라 배나무 아래 묶어놨는데, 며칠 후 그녀의 몸은 배고픈 벌과 개미에 의해 숭숭 뚫려 헌옷처럼 나부꼈다.

'피의 백작부인' 엘자에 대한 소문은 희생자 중 간신히 목숨을 건진 이레나라는 하녀를 통해 왕에게 전달되었다. 왕은 대신들과 회의 끝에 이 믿을 수 없는 살육을 저지른 희대의 마녀를 재판하기로 결정했다. 명을 받은 젊은 백작과 그의 군졸들이 성문을 부쉈을 때, 엘자는 때마침 그날 아침 열다섯 살 생일을 맞은 아름다운 소녀로 아침 식사를 시작하려던 참이었다. 엘자는 대롱을 타고 내려온 소녀의 따뜻한 피를 받아 젊은 백작에게 건배를 청했다.

"테스, 손님이 오셨잖아. 뭐라도 대접해야 할 거 아냐."

테스는 이미 엘자의 곁을 떠난 지 오래였다. 테스는 자신이 살던 움막으로 돌아가 그간 모은 엘자의 머리카락으로 그녀의 영원한 안식을 위해 마지막 의식을 치렀다. 그러곤 스스로 교회를 찾아가 화형대 위에 올랐다.

바토리 백작은 폐렴으로 병석에 누운 채 자신의 딸이 수백 명의 무고한 처녀를 죽인 마녀라는 소식을 전해 들었다. 그러나 전쟁으로 영토의 대부분을 잃고, 온갖 추문으로 멸문의 위기에 놓인 그는 끝내 자신의 딸을 구해낼 방법을 찾지 못한 채 처형식 전날, 숨을 거뒀다.

'피의 백작부인'이 처형되는 날, 수많은 인파가 그녀의 마지막 모습을 구경하려 왕궁 앞으로 모여들었다. 그들 중에는 전장에서 갓 돌아온 나지도 섞여 있었다. 그는 엘자에게 딸을 잃고 오열하는 사람들 앞에 금화 한 닢씩을 던져주었다. 자루에 든 금화는 금세 동이 났다. 그러자 나지는 남은 사람들에게 자신이 신고 있던 옷이며 신발까지 모두 벗어준 다음 알몸인 채로 단두대에 오른 엘자를 바라봤다. 그때 누군가 섧게 눈물 흘리는 나지를 발견하곤 '마녀의 하인이다!' 소리쳤다. 사람들이 그를 향해 돌팔매질을 시작했다.

아무도 슬퍼하지 않는 죽음이었다.

수동이 형의 이야기가 끝나자, 모두의 눈길이 엘자에게 쏠렸다. 내가 생각해도 이야기 속 엘리자베스와 엘자는 여러모로 닮은꼴이었다. 하지만 그건 어디까지나 수백 년 전, 먼 외국에서 벌어진 나쁜 마녀 이야기일 뿐이었다. 나는 자리에서 벌떡 일어나, 엘자는 착한 마녀이자 건실한 흡혈귀라 외치고 싶었지만 입을 다무는 게 그 애를 돕는 일 같아 포기했다. 엘자가 가죽 장갑을 만지작거리며 눈발이 굵어지는 창밖을 하전한 눈으로 바라봤다.

"나 왠지 어른이 돼버린 거 같아."

동기가 대꾼한 눈으로 이불 속에서 기어 나왔다.

"에이, 별로 무섭지도 않네. 뒤로 호박씨 까는 것들이 다 그렇지 뭐."

옥선이가 엘자 쪽에 대고 '뒤로 호박씨'에 힘을 주어 지껄이곤 가방을 짊어졌다.

"엘리자베스 바토리는 무려 4개 국어에 능통했고, 미술과 음악에도 상당한 조예가 있었지. 당시만 해도 문맹률이 높아서 군주들조차 글을 몰랐을 정도였는데 엘리자베스는 학교를 설립해 여성들에게 글과 예술을 가르쳤단다. 마녀는 운명이 아니라 선택이었어. 엘리자베스는 뇌가 아팠던 거야. 그걸 알면서도 치료를 거부하고 그녀 스스로 숨 막히는 고래심줄 코르셋 속에 기어들어가 재능을 광기로 불살라버린 거지. 엘자, 넌 똑똑한 애니까 무슨 뜻인지 잘 알 거야."

엘자가 말없이 고개를 끄덕이곤 수동이 형에게 목례를 했다. 수동이 형은 작별 인사도 없이 머리맡에 놓인 헌책 한 권을 집어 얼굴에 뒤집어썼다. '피의 마녀, 바토리 스토리'란 제목이었다.

수동이 형은 똑똑하니까 이미 엘자의 정체를 알고 있을 터였고, 엘리자베스 바토리의 이야기를 빌어 엘자에게 뭔가 의미심장한 말을 전하려는 것 같았다. 그게 뭔지 궁금했지만, 심각한 표정의 엘자에게 차마 물을 용기가 나지 않았다. 방금 엘자와 이름이 같은 끔찍한 마녀 이야기를 들은 탓일까, 동기는 엘자를 똑바로 보지 못하고 건성으로 인사를 건넨 뒤 집 방향으로 내달렸다.

"날이 궂어서 그런가, 팔이 저리네."

등 뒤에서 타박타박 걷던 옥선이가 과장되게 앓아댔다.

"양하인은 멀쩡한 엘자 가방은 들어주면서 왜 팔 부러진 내 가방은 안 들어주는데?"

엄살을 무시했더니, 역시나 앙탈이 이어졌다.

"잰 키에 소금 받아가야 해서 손이 모자라거든."

종선이가 이어폰을 귀에 꽂으며 킥킥 웃었다. 악역 전문답게 기어코 녀석이 일을 덧냈다. 이번에야말로 종선이와 제대로 한판 붙어야겠다는 생각에 들고 있던 가방을 흙바닥에 팽개쳤다. 내 기세에 놀란 종선이가 엘자의 양산 아래서 벗어나 옥선이 곁으로 달아났다.

"내년에 중학교 들어가는 청소년이 오줌을 쌌다고?"

옥선이가 깁스한 팔로 종선이의 허리를 쿡쿡 찌르며 자지러지게 웃었다. 옥선이의 합세에 다시 기가 살아난 종선이가 덩달아 얄밉게 새새거렸다. 그때 엘자의 볼이 옴찔옴찔하더니 갑자기

허리를 숙이고 배를 감싸 쥐었다. 종선이에게 달려들려다 말고 엘자가 어디 아픈 건 아닌가 더럭 겁이 나 멈칫했다. 하지만 놀랍게도 엘자는 신나게 웃고 있었다. 허리조차 펴지 못하고 마치 토악질하듯 웃음을 길거리에 좌르륵 쏟아내며 눈물마저 글썽였다. 엘자의 발작 같은 웃음에 종선이와 옥선이는 웃음을 뚝 그치고, 멀뚱하니 굳어버렸다. 엘자의 흐드러진 웃음은 그러고도 한참 이어졌다. 그 애의 창백한 뺨이 장밋빛으로 물들고, 긴 속눈썹을 타고 웃음 끝의 눈물이 얕게 쌓인 눈밭 위에 굴러떨어진 후에야 웃음은 간신히 멈췄다.

"니들은 안 웃기니?"

엘자의 말에 종선이가 뻐드렁니를 드러내며 어색하게 웃었다.

"눈도 오는데 머리에 꽃만 달면 딱이겠네. 내 참, 어이가 없어서."

옥선이가 귓가에 손가락을 휘휘 돌리며 골목길을 성큼성큼 빠져나갔다. 얼결에 종선이와의 결투를 잊은 나는 다시 가방을 손에 들고 엘자의 눈치를 살피다 집 방향으로 걸음을 옮겼다. 누구도 먼저 입을 떼지 못하고 언제 다시 엘자가 웃음을 터트릴까 조마조마한 마음으로 길을 걸었다. 종선이네 슈퍼 앞에 도착하자, 마당에서 눈을 쓸던 회장이 파라솔 아래 있던 소금 담은 키를 내게 전했다. 그의 손끝이 주부습진으로 붉게 짓물러 있었다.

"우리 다시는 이런 실수하지 말자. 너무 괴롭다."

회장과 종선이가 측은한 눈길로 나와 엘자를 배웅했다. 단둘

만 남게 되자 엘자는 무표정한 가면을 뒤집어쓴 것처럼 다시 예전 모습으로 돌아갔다. 깔깔대는 엘자보다 얼음처럼 차가운 엘자가 내겐 더 편했다.

"아깐 왜 그렇게 웃은 거야?"

궁금했다. 단지 내가 오줌싸개인 게 그토록 웃긴 일인지, 아니면 수동이 형의 말이 쐐기가 되어 엘자의 마음 깊은 곳을 아프지 않을 정도로 찌른 것인지. 그도 아니면 대체 뭐가 착한 마녀이자 건실한 흡혈귀인 엘자를 웃게 한 걸까.

"너희들이랑 친해지려고. 다들 웃는데 나만 안 웃으면 이상하잖아."

차마 웃는 게 더 이상했다는 말은 하지 못했다.

나는 지금껏 엘자가 우리 같은 촌뜨기들과 친해지고 싶을 거란 생각은 전혀 하지 못했다. 보통 친구가 되려면 부모님 몰래 문방구에서 사 온 아폴로나 꾀돌이를 7대 3 비율로 정확히 나눠, 인심 쓰듯 적은 쪽을 내놓고 호감을 표시하는 게 어린이 사교계의 정석이었다. 그러는 동안 별명이 생기고 편이 나뉘고 주먹 다툼도 오고 가야 진짜 친구가 되는 법인데 엘자는 단 한 방의 웃음으로 여러 단계를 뛰어넘으려 했으니 평범한 인간 어린이로서는 이해하기 힘든 게 당연했다. 하지만 그런 단계를 껑충 뛰어넘은 사람이 아주 없는 건 아니었다. 광섭이 아저씨가 그랬다.

요즘 광섭이 아저씨는 그 좋아하던 술도 끊고, 매일 저녁 당장 사과라도 깎아 먹을 수 있을 정도로 예리하게 날 세운 양복바지를 펄럭이며 맨하탄으로 향했다. 내국인의 출입이 철저히 제한된 장소였기 때문에 아저씨는 맨하탄 맞은편 서울약국에 밑이 질기게 퍼더앉아 박카스를 홀짝이며 스텔라 아줌마의 공연이 끝나기를 기다렸다.

"김광섭은 촌스럽다고 이름도 밥으로 바꿨대. 구접스러운 놈."

퇴근한 엄마가 광섭이 아저씨를 안주로 소주를 마셨다.

"김밥? 그게 사람 이름이라고?"

아빠가 손톱깎이로 뒤꿈치 굳은살을 벗기며 되물었다.

김광섭이란 이름이 촌스러운 건 사실이지만 적어도 새 이름 '김밥'처럼 웃기지는 않았다. 광섭이 아저씨에게 이 웃기고 창피한 이름을 지어준 사람은 서울약국의 단골 중 하나인 지미라는 상욕 같은 이름의 미군이었단다. 한동안 지미와 붙어 맨하탄을 기웃거리던 광섭이 아저씨는 포달스러운 영수 아저씨에게 적발돼 심하게 멱살을 휘둘리곤 다시 서울약국으로 돌아가게 됐다고 했다.

사랑에 눈이 먼 아저씨는 요즘 들어 어딘가 모자란 사람처럼 보였다. 멀쩡한 오토바이에 분홍색 페인트칠을 하는가 하면, 서울까지 나가 워낭처럼 커다란 유리잔과 포도주를 사와 달빛 아래서 폼을 잡기도 했다. 스텔라 아줌마가 있는 곳이라면 어디든 바보처럼 덩둘하게 웃고 있는 광섭이 아저씨가 따라붙었다. 그건 마치 잘 가꾼 화단에 비죽 솟아난 억센 쐐기풀을 연상케 했는데, 어쩐 일인지 스텔라 아줌마는 잡초를 솎아낼 생각이 없어 보였다. 오히려 볼품없이 메부수수하기만 한 잡초를 보며 쌩긋빵긋 웃어주기까지 하니 그 알 듯 말 듯한 속이 궁금했다. 한 송이 장미 같은 스텔라 아줌마가 쐐기풀 같은 광섭이 아저씨의 등짝에 착 달라붙어 오토바이를 타고 퇴근할 때면 엘자는 노인네처럼 눈이 샐쭉해져서 사랑채 현관문을 쾅, 소리 나게 닫고 들어가 버렸다. 엘자가 싫어하니 나도 그 둘의 연애 행각을 응원하고 싶지 않았다. 뭣보다 만약 아줌마와 아저씨가 결혼이라도 한다면, 그리하여 엘자의 동생이라도 생긴다면, 바쁜 아줌마와 약골인 엘자를 대신해 내가 갓난쟁이까지 건사해야 할지 몰랐다.

남 얘기라면 어디서든 제일 먼저 독장을 치는 아빠가 이런 대형 사건 앞에서 입을 꾹 다무는 건 꽤나 이례적인 일이었다. 얼마 전 아빠는 프라이팬 영업 사원과 정식으로 판매 계약을 맺고 때마침 적금을 탄 옥선이 이모에게 백오십만 원을 빌려 만능 미스터 쿠커 쉰 개를 들여놓았다. 영업 사원은 전처럼 식재료 비용을 부담하지 않는 대신, 아빠에게 판매 마진의 절반을 떼어주는 파격적인 조건을 내세웠다. 그런데 문제는 만능 미스터 쿠커의 인기가 예전만 못하다는 거였다. 이미 동네에서 살 사람은 모두 산 뒤인데다 품질에 대한 불만도 밥물 넘치듯 꿀떡거려 아빠를 곤욕스럽게 했다.

"하인 아빠, 이게 웬일이야. 통주물 삼중 코팅이라더니 뭐만 했다 하면 다 눌어붙고 수세미질 몇 번에 코팅도 싹 베껴지고. 자기 믿고 샀는데 이럼 써?"

아빠는 철수세미로 문질러서 안 벗겨지는 프라이팬이 세상에 어디 있냐며, 외려 덜 익은 고등어가 껍질째 눌어붙은 만능 미스터 쿠커를 들고 온 이장댁을 꾸짖었다. 하지만 그건 시작에 불과했다. 손잡이는 약불에도 양초처럼 녹아 떨어졌고, 물기를 닦지 않고 방치하면 테두리부터 벌겋게 녹이 슬기도 했다. 또 생선을 구운 뒤엔 아무리 깨끗이 씻어 말려도 다음 요리에 비린내가 배어났고, 두께 또한 일정치 않아 부침개를 부치면 한쪽은 타고 한쪽을 설기도 했다. 하지만 무엇보다 아빠를 궁지로 내몬 건 만능 미스터 쿠커의 거품 가격이었다.

시내 주방용품 대리점에 진열된 만능 미스터 쿠커는 아빠가 파는 가격보다 무려 만이천 원이나 저렴했다. 그 소식을 전해들은 아빠가 한달음에 시내로 달려 나가 사실을 확인하곤 손을 덜덜 떨며 영업 사원에게 전화를 걸었다. 그러나 뒤로 넘어져도 코가 깨지는 기적 같은 일이 아빠에게도 벌어졌다. 전화를 받은 사람은 영업 사원이 아니었다. 그는 다짜고짜 영업 사원의 이름 석자를 반복하는 아빠에게 자신은 오락실 종업원일 뿐이며, 손님 중에 그런 사람은 없노라 쏘아붙이고는 전화를 끊었다. 아빠는 식은땀을 비질비질 흘리며 다시 전화를 걸었지만 종업원은 마치 녹음기처럼 아까 했던 말을 반복할 뿐, 끝내 영업 사원을 바꿔주지 않았다. 아빠는 정신을 가다듬고 만능 미스터 쿠커의 종이 상자에 적힌 본사로 전화를 걸었다.

"우리 회사에 그런 사람 없다니까요. 어디 도매시장에서 물건

떼다 마진 붙여 팔아먹고 토낀 거 같은데, 그 책임을 왜 우리가 집니까? 서울 하늘 아래 그런 사기꾼이 어디 한둘인 줄 아쇼? 답답하기는."

한쪽 눈을 습관적으로 깜빡이며 아빠를 꼬박꼬박 양 사장님이라 부르던 영업 사원은 영영 돌아오지 않았다. 아빠는 자신이 사기 당했다는 걸 인정할 수 없었는지, 아니면 혼자만 당하기가 억울했는지, 능청스럽게 매주 수요일마다 이웃들을 초대해 만능 미스터 쿠커로 요리 시연회를 열었다. 그러나 만능 미스터 쿠커의 가격과 성능에 실망한 이웃들은 저마다 다양하고 그럴듯한 핑계를 내세우며 아빠에게 등을 돌렸다. 때문에 매주 수요일은 아빠도, 음식도, 만능 미스터 쿠커도 휘지는 날이었다.

아빠가 옥선이 이모에게 돈을 빌려 만능 미스터 쿠커를 사들인 걸 모르는 사람이 한 명 있었다. 엄마는 윗목을 점령한 제품 상자를 고깝게 바라보며 당장 영업 사원에게 돌려보내라고 윽박질렀다. 그때마다 아빠는 허둥지둥 빨랫감을 손에 들고 욕실로 사라지거나 개학을 앞두고 방학 숙제에 여념 없는 나를 화제 전환의 도구로 사용했다.

"엘자한테 홀려서 가방 모찌하고 다니더니 꼴좋다. 저 봐, 과외 시키면 뭐해. 색똥저고리를 색동저고리로 써 놨네. 아유, 속 터져."

하지만 아빠의 비밀은 그리 오래가지 못했다. 금고 회사에서 일하던 옥선이 이모부가 프레스에 왼쪽 손가락 두 개를 잃자, 옥

선이 이모는 아빠를 찾아와 당장 백오십만 원을 갚아달라고 죽
는 소리를 쳤다. 돈 나올 구멍이라곤 엄마의 빤한 수입과 군사 보
호구역으로 지정돼 영 팔아먹지도 못할 야산 하나가 우리 재산
의 전부였다. 아빠는 한 냥짜리 금목걸이와 내 돌반지를 내다 팔
았지만 금방 주인의 고자질로 엄마에게 덜미를 잡히고 말았다.

"나도 가장 노릇 좀 해보려고 그랬어. 당신이랑 하인이 호강
좀 시켜보려고. 여보, 한 번만 봐주라. 이번 딱 한 번만."

나는 건넌방으로 쫓겨나 알아듣지도 못하는 AFKN을 틀어 놓
고, 거실에서 스케이트보드를 타며 초코바를 씹는 미국 소년을
부러운 눈길로 바라봤다. 꽃병이 넘어지고 커튼이 찢어지자 화
가 난 표정의 부모는 아들 방으로 달려가 빨랫감과 록스타 포스
터 등을 헤치고 뭔가를 찾아냈다. 잠시 후, 부모는 포스터 속 록
스타처럼 흐트러진 머리에 찢어진 청바지를 입고 나타나 아들과
함께 거실에서 스케이트보드를 탔다. 별로 특이할 것도 없는 초
코바 선전이었지만, 세 명의 배우는 진짜 가족도 아니면서 진짜
가족보다 행복해 보였다. 내가 저랬다면 엄마는 이제 겨우 손가
락 한 마디만큼 자란 내 머리를 다시 박박 밀어버리고 속이 풀릴
때까지 시원하게 매타작을 했을 거였다.

"듣그럽고, 내일부터 당신이 보일러 수리 다녀. 어디 십 원 한
장 벌어오나 보자."

엄마가 만능 미스터 쿠커들을 마당으로 내던지는지 독 깨지는
소리가 났다. 늘 그렇듯 눈이 여린 아빠가 훌쩍거리며 신세한탄

을 시작했고, 놀란 광섭이 아저씨가 마당으로 뛰어 나와 엄마를 말렸다.

"저런 여편네를 마누라라고 밥해 멕이고 빨래 빨아 입힌 내가 병신이지! 당신은 나만 보면 찌그렁대지 못해 몸살이 나지? 지은 죄가 있어 감때사나운 장모 군말 없이 봉양하다 요 꼬라지로 쪼그라든 게 당신은 불쌍하지도 않아? 그때 일이 어디 나 혼자 잘못이었어?"

그때 일이란 대체 뭘 말하는 걸까. 내가 태어나기 전의 일일까. 집 안에 있는 앨범과 액자들을 아무리 찬찬히 살펴봐도 부모님의 결혼사진은 없었다. 또한 누구로부터도 둘의 연애 시절 이야기를 전해들은 적도 없었다. 마치 둘은 태어날 때부터 부부였던 사람들처럼 결혼의 흔적 없이 한 방을 쓰며 살아왔다.

아빠는 그렇게 암호 같은 몇 마디를 남기고 목 놓아 울었다. 광섭이 아저씨가 엄마의 손을 끌고 집을 나섰다. 그사이 아빤 베개와 이불을 들고 건넌방으로 잠자리를 옮겼다. 그날 이후 아빠는 밥을 짓지도, 세탁기를 돌리지도, 청소를 하지도 않았다. 엄마는 가게에 나가 라면이나 짜장면으로 끼니를 해결했고, 나는 때가 되면 사랑채로 건너가 스텔라 아줌마가 구운 밀가루 내 풀풀 나는 핫케이크를 먹고 우유를 마셨다. 가끔 옥선이 이모나 광섭이 아저씨가 먹을 걸 들고 아빠를 찾아갔지만, 아빤 비스킷 몇 조각으로 입을 다실 뿐, 제대로 된 곡기는 거절했다.

아빠가 자리를 걷고 일어난 건 일주일이 지난 개학날 아침이었다. 방학 동안 길들여진 습관대로 몸은 늦잠을 원했지만, 달콤한 단팥죽 냄새와 아빠의 손길이 나를 깨웠다.

"잔뜩 끓여놨어. 학교 갔다 오면 아빠 없을 테니까, 엘자 건 덥혀 먹어."

아빠의 말에 심장이 철렁 내려앉았다. 그러고 보니 며칠 동안 감지 않아 몇 뭉텅이로 갈라졌던 아빠의 머리가 단정히 정리되고, 옷도 외출복이었다. 나는 단팥죽에 가져가려던 숟가락을 내려놓고 아빠의 손을 덥석 잡았다.

"아빠, 내가 잘할게. 아마 지금쯤 엄마도 다 용서했을 거야. 그러니 우리 같이 살자. 응?"

아빠가 내 손에 숟가락을 다시 쥐어주며 봄 산소의 떼처럼 비죽비죽 솟아오른 머리를 쓰다듬었다.

"우리 하인이 다 컸네. 아빠 생각도 하고. 많이 보고 싶을 거야."

목구멍이 뻐근하고 코가 찡했다. 뜨거운 눈물이 이불 위로 뚝뚝 떨어졌다. 솔직히 엄마와 아빠 중 꼭 한 명을 선택해 같이 살아야 한다면 아빠였다. 그건 아빠를 더 사랑해서가 아니었다. 엄마라면 혼자서도 얼마든지 잘 먹고 잘 살겠지만, 아빠처럼 세상 물정 모르고 허약해빠진 사람은 누군가 곁에서 돌봐주지 않으면 거리의 부랑자로 전락하기 딱 알맞았다.

"하인 아빠야, 그만 꿈적대고 얼른 일어나라. 무꾸리는 아침에 가야 잘 맞는 거야."

방문이 열리고 낯익은 얼굴이 불쑥 들어왔다. 외손녀를 등에 업은 동기네 할머니였다.

"무꾸리? 그게 뭐야? 아빠 가출하는 거 아녔어?"

아빠가 손으로 입을 가리고 쿡쿡 웃으며 자리에서 일어섰다. 그동안 시체나 다름없는 아빠를 대신해 요강을 비우고 물이며 비스킷을 사 나른 보람도 없이 아빠는 나를 속였다.

"부천에 용한 무당이 있대서 니 애비랑 점 보러 가는 길이다. 우리 사우 언제 정신 차리고 사람 구실할지도 물어보고, 느이 외할머니 살아 있기는 한지도 좀 묻고, 하게."

동기네 할머니가 아빠의 소매를 끌고 방을 나갔다. 나를 감쪽같이 속인 건 괘씸했지만 한편으론 다시 일상에 복귀한 아빠가 고마웠다. 나는 오랜만에 낙낙한 마음으로 단팥죽을 먹고 등교 준비를 했다. 방학 숙제로 만든 모형 비행기를 챙기고, 일기장과 탐구생활도 확인했다. 가방을 짊어지고 대문을 나서려다 굳게 닫힌 사랑채 문을 보자 눈이 시렸다. 개학과 함께 수동이 형의 과외도 일시 중단되었으니 당분간 엘자와 마주칠 일이 없었다. 봄 방학은 너무 짧고 여름방학은 너무 멀었다. 내가 없는 동안 어둔 방에서 쓸쓸히 개하인과 구관조를 돌볼 엘자를 떠올리자, 명치끝이 욱신거렸다.

"이럴 땐 남자가 나서줘야 엘자 기도 살고 선생도 무시 못 한단 말입니다. 스텔라 씨는 뒤에서 우아하게 지켜만 보세요. 제가 다 알아서 수속할 테니까요. 근데 이놈의 콜택시는 왜 아직 안와? 우리 스텔라 씨 기다리는데."

사랑채 문이 열리고 스텔라 아줌마와 엘자 그리고 광섭이 아저씨가 차례로 모습을 드러냈다. 스텔라 아줌마는 진보라색 투피스에 같은 색 립스틱으로 멋을 냈고, 엘자는 검정색 반코트에 토끼털 목도리를 둘렀다. 가관인 건 광섭이 아저씨였다. 아저씨는 베이지색 바탕에 진초록색 격자무늬가 요란스럽게 배긴 양복을 위아래로 빼입었는데, 어디서 구했는지 찰리 채플린이나 쓸 법한 중절모에 담배 파이프까지 들고 거들먹거렸다. 김밥다운 용모였다.

"같이 가자, 달걀! 너네 학교에 엘자 전학 수속하러 가는 길이거든."

광섭이 아저씨가 대문간에서 어슬렁거리는 나를 발견하곤 반갑게 손짓을 했다. 확실히 엘자와 나는 뭔가 통했다. 엘자와 같은 학교에 다닌다고 생각하니 명치를 뭉근히 짓누르던 근심이 환희의 꽃가루가 되어 가슴 한복판에서 피웅피웅 터졌다. 하지만 학교에 가면 애들도 많은데 창피한 옷차림의 광섭이 아저씨가 아는 체를 할까 겁이 났다.

"됐어요. 전 마을버스 타는 게 편해요."

멀리서 자갈 튀는 소리가 들렸다. 이윽고 콜택시 한 대가 바깥마당으로 들어왔다.

"잔말 말고 따라와, 인마."

광섭이 아저씨가 끝내 도망치려는 내 뒷덜미를 잡아 뒷좌석에 밀어 넣었다. 내 옆으로 스텔라 아줌마가 다가앉았고, 맨 마지막 자리에 엘자가 앉아 택시 문을 닫았다.

"너도 알다시피 우리 엘자는 숫기가 없어. 그래서 너랑 같은 반으로 편입시켜 달랠까 해. 잘 부탁한다."

택시가 출발하자 스텔라 아줌마가 악어가죽 핸드백 안에서 AFKN 광고에서 보았던 초코바를 꺼내 건넸다. 나는 공손하게 두 손을 내밀어 초코바를 받아 가방에 챙겼다. 누군가 택시 안에 든 우리를 본다면 사이좋은 한식구라 짐작하지 않을까 싶었다. 초코바를 싸들고 소풍을 떠나는 까까머리 소년과 흡혈귀 소녀, 그리고 하이힐을 신은 아름다운 엄마와 세탁소에서 빌린 양복 차림의 아빠. 그건 발랄한 광고 속 한 장면이라기보다 괴기스러운 동화의 한 페이지 같았다. 만약 택시가 학교로 가지 않고 바다와 산과 강을 건너 트란실바니아에 우리를 내려놓는다면, 얼뜨기 같은 광섭이 아저씨와 나는 마지막 만찬으로 초코바를 씹으며 자동으로 칼이 나오는 관에 걸어 들어가 아름다운 모녀의 일용할 양식이 될 터였다.

"오늘 저 괜찮습니까?"

광섭이 아저씨가 룸미러를 통해 스텔라 아줌마와 눈을 맞추며 물었다.

"멋있어요. 험프리 보가트 같네요."

그 말에 엘자와 나, 심지어 국으로 운전만 하던 택시 기사까지 눈살을 찌푸리며 광섭이 아저씨의 너부죽한 얼굴을 뜯어봤다.

누가 봐도 노동자풍의 동양 사내였다. 솔직하지 않은 스텔라 아줌마 덕에 한껏 신이 난 광섭이 아저씨는 삼천육백 원의 요금에 사천 원을 지불하고 잔돈은 거절했다.

"자, 하인이가 교무실로 안내해봐라."

먼저 건물로 들어선 광섭이 아저씨가 유리문을 지치고 서서 스텔라 아줌마를 맞았다. 스텔라 아줌마와 엘자의 특별한 외모, 그리고 광섭이 아저씨의 특별한 옷차림은 아이들의 시선을 사로잡기 충분한 조건이었다. 고작 2층 교무실로 올라가는 짧은 시간 동안 계단에 앉아 무지개링을 놀리던 4학년 사내아이 둘이 엘자의 파란 눈을 보곤 기겁을 해 계단을 굴렀고, 광섭이 아저씨는 어린이를 좋아하는 착한 남자를 흉내 내려다 저학년 여자아이 하나를 울렸다. 셋을 교무실로 안내하고 돌아서자 훔쳐보고 있던 아이들이 몰려들었다.

"외국인이야? 아님, 서커스단?"

나는 스캔들에 휘말린 부패 정치인처럼 대답 대신 손을 내저으며 교실로 향했다. 엘자와 같은 학교에 다니게 된 건 즐거운 일이지만 앞으로 헤쳐 나가야 할 일들을 생각하니 눈앞이 캄캄했다. 잘 가꾼 화단의 쐐기풀 한 포기보다 쐐기풀 들판에 핀 한 송이 장미를 지키는 일이 더 힘들다는 걸 그땐 미처 몰랐다.

10

아빠는 무당에게 부적 두 장을 받아 와, 한 장은 건넌방 방문 위에 붙이고 다른 한 장은 외할머니가 쓰던 베개 속에 넣었다.

"동기 고모부는 앞으로도 영 사람 구실 못한단다. 그래서 동기 할머니가 부적이라도 써달랬더니, 썩은 나무에 거름 칠 돈 있으면 딸년 팔자 고치는데 쓰라고 딱 잘라버리는 거 있지. 가서 앓아 누우셨을 거야. 그리고 니 할머니는 아무 걱정 말래. 사주에 역마 살이 끼었는데, 평생 서방에 자식한테 묶여 살다가 돌아가시기 전에 다 풀어버리려고 마실 간 거란다."

나는 아세테이트 필름을 펼쳐놓고 새로 받은 6학년 교과서를 포장하며 부적 한 장에 십만 원이란 거금을 요구한 별당아씨란 무당의 신통력을 의심했다. 사주에 역마살이 끼었으면 유랑극단 배우나 장돌뱅이를 만나 평생 돌아다녔으면 될 것을, 어째서 척박한 파주 땅에 아롱이다롱이 자식 낳고 뿌리를 내렸단 말인가.

"추운데 애썼어."

미신이라면 질색하던 엄마가 퇴근하자마자 건넌방에 들어와 눅은 목소리로 아빠의 노고를 치하했다. 싸움의 원인을 떠나 늘 먼저 사과하고 손을 내미는 건 엄마 쪽이었다. 엄마도 참 피곤하 게 사는 사람이었다.

"찡일 걸었더니 다리가 끊어지겠어."

베개를 꿰매고 남은 실을 머리에 걸친 아빠가 혀 짧은 소리를 내며 다리를 쭉 뻗었다. 엄마가 슬쩍 내 눈치를 살피며 아빠의 다리를 건성으로 주물렀다.

"알아보니까 그 영업 사원이란 작자가 재작년에도 광탄에서 사기 치고 잠수 탔대. 당한 여자가 중학교 가정 선생이라는 걸 보면 보통 영악한 놈이 아닌가 봐."

며칠 동안 엄마는 영업 사원의 뒤를 캐고 다닌 모양이었다.

"그 봐, 내가 허술해서 당한 게 아니라니까. 자기야, 발바닥도 좀 눌러줘."

엄마는 그 선생과 함께 파주경찰서에 찾아가 입금 계좌번호와 인상착의를 알려주고 수배를 요청했다. 사실 생긴 것만 놓고 본다면 그 영업 사원은 사기꾼이라기보다 제비족에 가까웠다. 늘 산뜻하게 빗어 넘긴 머리에 몸에 꼭 맞는 양복을 맵시 나게 차려입은 영업 사원은 샐샐 눈웃음을 치며 아빠의 비위를 잘도 맞췄다. 어쩌면 아빠가 진짜 아쉬운 건 사기 당한 백오십만 원이 아니라, 다시는 사장이란 호칭을 들을 수 없게 된 지금의 처지가 아닌가 싶었다.

안마가 끝나고 대화가 뚝 끊긴 후에도 부모님은 어색하게 각자 먼 곳을 바라보며 안방으로 돌아갈 체를 하지 않았다. 나는 부러 과장된 몸짓으로 하품을 하곤, 아빠의 이불과 손거울 등속을 챙겨 안방으로 옮겼다.

"엄마, 아빠 좀 데려가. 나도 이제 혼자 자고 싶단 말야."

내가 등을 떠밀자 아빠는 흐뭇한 표정이면서도 괜히 눈을 한

번 흘겨주곤 엄마를 따라 안방으로 돌아갔다. 오랜만에 안방에서 아빠의 간드러진 웃음소리가 새어나왔고, 사랑채에선 광섭이 아저씨와 스텔라 아줌마가 〈돌아와요 부산항에〉를 가곡풍으로 합창했다.

잠이 오지 않아 외할머니의 카세트 라디오를 틀자 '별이 빛나는 밤에'에서 이문세의 〈깊은 밤을 날아서〉가 끝나가고 있었다. '고운 그대 손을 잡고 밤하늘을 날아서 궁전으로 갈 수도 있어.'

웬일인지 엘자가 보고 싶었다. 엄마의 관심을 이웃아저씨와 나눠 가져야 하는 외로운 나의 주인 엘자. 그 애와 손을 잡고 밤하늘을 날아갈 수만 있다면 알람브라궁전도 좋고, 덕수궁도 좋고, 트란실바니아의 고성도 나쁠 것 같지 않았다. 어른들이 말하는 고독이란 게 바로 이런 건지 몰랐다.

11

6학년 담임은 지난해, 나를 달걀이라 놀렸던 음악 선생이었다. 겨울방학 전엔 몰랐는데 풍성한 원피스 자락이 들썩한 걸로 보아 임신을 한 모양이었다.

"송엘자, 이리 나와서 자기소개합시다."

합시다, 는 담임의 말버릇이었다. '복장검사합시다.' '숙제검사합시다.' '손바닥 좀 맞읍시다.' 정작 검사하고 매를 드는 건 담임

이면서 마치 우리가 그 행위에 가담하는 것처럼 말하는 버릇이
귀에 거슬렸다.

자리를 찾지 못해 사물함 앞에 서 있던 엘자가 담임의 부름에
교단으로 올라섰다. 어른처럼 허리가 잘록하게 들어간 재킷에
무릎을 조금 덮는 길이의 플레어스커트, 두꺼운 타이즈를 신은
엘자는 쏟아지는 봄볕 때문인지 챙 넓은 모자를 벗지 못했다. 엘
자의 특이한 용모에 아이들이 술렁거렸다. 담임이 눈을 부라리
며 지휘봉으로 칠판을 탕탕, 두드렸다.

"서울에서 온 송엘자라고 합니다. 잘 부탁합니다."

짧은 자기소개를 마친 엘자의 눈동자가 불안하게 흔들렸다.
교실 앞문에 달린 유리 너머로 광섭이 아저씨와 스텔라 아줌마
가 비쳤다.

"선생님, 송엘자는 한국 사람이에요? 미국 사람이에요?"

내 바로 뒷자리에 앉은 옥선이었다. 종선이와 반이 갈린 대신
옥선이와 동기가 한 반이 되었다. 엘자가 당혹스러운 표정으로
담임을 쳐다보자, 담임은 유리 너머 스텔라 아줌마 쪽으로 눈을
돌렸다.

"아빠는 헝가리계 미국인이고, 엄마는 스페인계 한국인입니
다."

스텔라 아줌마가 아랫입술을 자근자근 씹으며 또박또박 대답
하는 엘자를 바람 앞에 촛불처럼 바라보았다.

"나는 봉암리에서 태어나 당동리에 사니까 봉암리계 당동인

이겠네."

옥선이가 심드렁하게 혼잣말을 했다.

"궁금한 건 차차 사귀면서 물어보기로 해요. 그리고 엘자는 몸이 약해서 체육 시간에 참여를 못 합니다. 또 햇볕 알레르기 때문에 수업 중에도 모자를 써야 한대요. 나와 다르다고 흉보지 말고 사이좋게 지내기로 합시다."

담임은 엘자를 1분단 맨 뒷자리로 배정했다. 같은 1분단이지만 키가 작은 나는 맨 앞줄이어서 엘자를 보려면 고개를 돌려야 했다. 나는 책장을 넘기는 척 고개를 숙이고 겨드랑이 사이로 엘자를 훔쳐보려다 옥선이와 눈이 마주치고 말았다.

"그렇게 좋으면 엘자 사진 코팅해서 책받침으로 쓰든가."

옥선이가 투덜거리며 혀를 찼다. 사실 남의 시선만 아니라면 그것도 꽤 괜찮은 방법이었지만, 차마 실행에 옮기지는 못할 터였다. 나는 쉬는 시간마다 화장실을 오가며 행여 누군가 엘자에게 장난이나 시비를 걸지는 않는지 감시했고, 그런 나를 옥선이가 못마땅한 눈길로 쫓았다.

수업이 끝나자마자 종선이가 우리 반으로 달려왔다. 녀석은 광섭이 아저씨와 부자지간이라 해도 믿을 수 있을 만큼 느끼한 말투로 '알짜 최신 팝만 골라서 녹음했어. 뉴키즈온더블락 아니?' 하며 엘자에게 치근거렸다. 종선이의 손에 요란한 하트 무늬 포장지로 감싼 카세트테이프가 들려 있었다.

"고맙긴 한데 카세트 라디오가 없어."

엘자가 장식 없는 가죽 배낭을 짊어지고 종선이의 선물을 점잖게 거절했다. 그러자 포기를 모르는 종선이가 포장을 뜯어 카세트테이프를 자신의 휴대용 카세트 라디오에 넣고 한쪽 이어폰을 건넸다.

"난 하인이랑 얘기하며 걷는 게 더 좋아. 다음에 같이 듣자."

종선이가 자다 물벼락 맞은 사람처럼 벙벙한 표정으로 돌아서는 엘자를 바라봤다. 오, 예스! 나는 영화 〈나 홀로 집에〉 속 주인공 꼬마가 2인조 도둑을 골탕 먹이고 '오, 예스!' 하며, 환호성을 지른 심정이 이해됐다. 이제 악당의 말로가 어떤 것인지 종선이 녀석도 똑똑히 깨달았을 거였다.

"저녁에 옥선이랑 동기 데리고 우리 집에 놀러 올래? 엄마가 친구들 데려오면 맛있는 거 해주신댔어."

엘자의 제안에 종선이의 표정이 '오, 예스!'로 바뀌었다.

나는 물벼락 맞은 놈 비웃다 날벼락 맞은 사람처럼 벙벙한 표정으로 엘자를 따라나섰다. 엘자는 어째서 나만으로 만족하지 못하는 걸까? 친구가 꼭 여럿일 필요는 없지 않은가. 여럿에게 나눠줄 관심을 내게만 쏟는다면 나 역시 광섭이 아저씨처럼 '양갱'이든 '양아치'든 가릴 것 없이 개명이라도 할 수 있을 텐데.

"걔들은 너 안 좋아해."

목에 생선 가시가 걸린 것처럼 말끝이 흐라들었다.

"그러니까 잘해줘야지."

건물 앞에 다다르자 엘자가 양산을 펼쳤다. 나는 매년 외할아버지 제사 때마다 외할머니의 잔소리를 등지고 앉아 누가 뺏어먹을라 허겁지겁 음복을 하던 엄마처럼 엘자의 양산을 잽싸게 가져왔다.

"개들은 너랑 어울리지 않는단 말야. 종선이는 무식하고 동기는 핫바지고 옥선이는 이도 있어."

학교 앞 좁다란 골목길에서 오래된 기름에 튀겨낸 만두를 입에 욱여넣던 아이들이 엘자와 양산을 받쳐 든 나를 벌거벗은 임금처럼 바라봤다.

"그럼 너는 나랑 잘 어울린다고 생각해?"

버스정류장 앞에서 엘자가 천진한 얼굴로 내게 물었다. 나는 그 애의 돌발적인 질문에 대답을 하지 못했다. 세상에 엘자와 어울리는 사내아이가 어디 있을까. 아직 입헌군주제가 살아 있는 먼 이국땅의 헌칠민틋한 왕자라면 모를까, 이 나라에선 어느 누구라도 엘자의 옆에 서면 초라한 쭉정이가 되고 냄새나는 개똥이 될 터였다.

"넌 손톱이 참 예쁘더라. 맑은 분홍색에 반달 모양도 선명하고, 길이도 적당해. 울퉁불퉁한 곳 없이 매끈하고 단정한 손톱을 가진 네가 부러워. 내가 장갑을 끼는 건 햇볕 때문이기도 하지만, 너한테 못생긴 우렁이손톱을 보여주는 게 창피해서기도 해. 그래도 너랑 어울릴까."

심장을 지탱하던 가느다란 끈이 뚝 끊긴 것 같았다. 쿵쾅대는 심장이 배를 쓸고 내려가 고추를 툭 건드리고 두 갈래로 갈라져

허벅지와 무릎, 발가락까지 뜨겁게 달궜다. 나만 엘자에게 잘 보이기 위해 얼마 있지도 않은 귀밑머리에 침을 바르고, 아빠의 스킨로션을 훔쳐 바르는 게 아니었다. 나는 발아래 맑은 샘이 있으면 몇날 며칠 내 손톱을 비춰 보다 그 자리에서 굶어 죽어도 좋을 것 같았다.

"응, 그럼. 어울리지."

마침 마을버스가 우리 앞에 섰다. 나는 양산을 접으며 내 시커먼 손등을 내려다봤다. 가느다랗게 때가 끼긴 했지만, 엘자의 말대로 제법 잘생긴 손톱이었다. 유심히 보지 않아 몰랐는데, 엘자에게도 못생긴 구석이 있다는 게 신기했다. 나는 과거에 급제해 금의환향하는 서생마냥 어깨를 활짝 펴고 자꾸만 헤벌쭉 벌어지는 입을 단속했다.

"종선이는 첫날부터 나머지공부냐?"

슈퍼 앞 평상에 천년회가 모여 절구에 뭔가를 찧고 있었다.

"걘 주산 학원 다니잖아요."

회장은 아들이 주산 학원에 다니는지, 주판공장에 다니는지 따윈 안중에도 없는 모양이었다.

"니들 이게 뭔지 알아?"

부회장이 황니를 드러내며 손짓으로 우리를 불렀다. 그냥 지나치고 싶었지만, 엘자가 눈을 빛내며 평상 쪽으로 다가가는 바람에 어쩔 수 없이 졸래졸래 뒤를 따랐다. 절구 안에 든 것은 이미 여러 조각으로 나뉘어 형체를 구분하기 힘들었지만, 가는 다리와 얇은 껍질이 섞인 걸로 봐 벌레가 틀림없었다.

"엄마야, 얘 눈 좀 봐. 새파랗네."

엘자와 눈이 마주친 경규 아저씨가 흠칫 놀라 절굿공이를 내려놨다.

"얘가 개잖아. 하인이네 사랑방 글래머 딸래미."

글래머가 무슨 뜻인지는 몰랐지만 총무인 흔탁이 아저씨가 눈을 찡긋거리며 목소리를 낮추는 걸로 보아 그리 좋은 의미는 아닌 것 같았다. 엘자의 얼굴에도 찬바람이 불었다.

"그거 땅강아지란다. 이 인간들이 가으내 들로 산으로 쏘다니며 한 자루 잡아 말리더니, 가루 낸다고 이 야단들이야."

약쑥이 가득 든 광주리를 옆구리에 낀 동기네 아줌마가 슈퍼 문을 불쑥 열고 나왔다. 천년회가 앗 뜨거, 하는 표정으로 입을 다물고 고개를 수그렸다.

"하인아, 가자."

사랑방 글래머 딸래미란 말 때문인지 엘자는 집으로 돌아오는 내내 시무룩했다. 눈가가 발그스름해진 엘자가 낮은 목소리로 또다시 뜻 모를 주문을 쏟아냈다. 아무래도 글래머란 뜻은 칭찬보단 욕에 가까운 모양이었다. 엘자가 저렇게 심각한 얼굴로 주문을 외우는 걸 보니 흔탁이 아저씨에게 조만간 어마무지한 액운이 닥칠지 몰랐다.

집에 도착하자 엘자를 입학시키느라 출근을 하지 않은 스텔라 아줌마가 함빡 웃으며 우리를 맞이했다.

"첫날이라 피곤하지? 친구들은 언제 오니?"

잔꽃무늬 앞치마를 걸친 스텔라 아줌마가 기특하다는 표정으로 나와 엘자의 머리를 쓰다듬으며 가방을 받았다.

"아빠는 왜 아직도 연락이 없어? 우린 언제 미국으로 떠나?"

스텔라 아줌마의 난초 같은 손끝에서 엘자의 책가방이 곤두박질쳤다. 나는 왜 지금껏 엘자에게 아빠가 있다는 사실을 잊고 있었을까? 스텔라 아줌마가 아메바나 짚신벌레가 아닌 이상 엘자에게 아빠가 있다는 건 당연한 사실인데, 나는 한 번도 엘자의 아빠를 궁금해한 적이 없었다. 엘자의 말대로라면 그 애의 아빠는 미국에 있고, 언젠가 엘자도 스텔라 아줌마도 코가 크고 얼굴이 흰 파란 눈의 남자를 찾아 미국행 비행기에 오를 거였다. 광섭이 아저씨가 이 사실을 안다면, 지금의 나처럼 속이 미식거리고 머릿속이 하얗게 비어버릴 터였다.

"엘자, 우린 지금 행복하잖아."

스텔라 아줌마가 엘자의 어깨를 잡고 물기 어린 목소리로 속삭였다.

"행복한 건 엄마지, 내가 아니잖아."

나는 한껏 격앙된 둘 사이에서 이러지도 저러지도 못한 채 한참을 망설이다 조용히 안채로 걸음을 옮겼다. 부엌에서 멍든 사과로 잼을 만들던 아빠가 맛 좀 보라며 나무 주걱을 흔들었지만 지금은 그저 혼자 있고 싶을 뿐이었다. 나는 건넌방에 가방을 던져놓고 엘자를 붙잡을 수 있는 방법을 짜냈다. 엘자에게 앞으로 더욱 충실한 하인이 될 테니 미국처럼 위험한 나라엔 가지 말아달라고 매달려 볼까, 광섭이 아저씨와 동맹이라도 맺고 단식투쟁에 돌입해볼까. 이런저런 생각들로 머리가 복작댔지만 하나같이 어린애 같은 생떼일 뿐이었다. 이럴 때 외할머니가 곁에 있었다면 고약으로 종기를 뽑아냈듯 뭔가 기발한 묘안을 일러주었을 것 같았다.

"못난 녀석, 울고 짠다고 무슨 수가 생기냐? 이럴 때일수록 머리를 써얄 거 아냐. 왜정 시절에 환관도 벼 베는 가을에 활개지, 보릿고개엔 뒷짐인 게다. 아무 때나 짜근거린다고 자전거가 나와? 기회를 만들어서 약을 쳐야지."

초등학교에 입학하던 해, 나는 자전거를 갖지 못해 안달이 나 있었다. 아빠는 울퉁불퉁한 시골길에서 위험하게 무슨 자전거냐며, 두둑한 곗돈을 장판 밑에 감춰놓고 눈만 부라렸다. 나는 종선이가 끌다 버린 보조바퀴 달린 고물 자전거를 발로 걷어차며 패악을 부리다 외려 아빠에게 손찌검까지 당하고 건넌방으로 몸을 피했다. 외할머니가 나서 아빠를 설득해봤지만, 요지부동이긴 마찬가지였다.

"아범아, 너 수수부꾸미 좋아하지?"

싱크대 앞에서 낡은 숟가락으로 감자를 긁던 아빠가 얼굴에 희색을 띠었다.

"좋다마다요. 수숫가루 꺼내올까요?"

아빠는 '나 죽거든 제사상에 다른 거 말고 수수부꾸미나 잔뜩 올려'라고 할 만큼 수수부꾸미를 좋아했다. 하지만 손이 많이 가는 음식인데다 아빠 혼자만 좋아하는 주전부리다 보니 도통 해먹을 기회가 드물었다.

"자넬랑 방에 들어가서 낮잠이나 한숨 자. 하루 세 끼 밥 해대기 좀 고단하니? 심부름은 하인이 시킬 테니 염려 말구."

이게 바로 외할머니가 말한 약인 모양이었다. 아빠는 잠시 쭈뼛거리는 척하다, 외할머니 맘이 바뀔까 무서워 얼른 안방으로 내뺐다. 외할머니는 양파 망에 담아놓은 적팥 한 되를 덜어 이남박에 벅벅 씻고, 푸르르 한 번 끓여 물을 따라낸 뒤 소금과 설탕을 넣어 팥소를 만들었다. 그러곤 팥소에서 보얗게 분이 날 때까지 나무 주걱으로 이긴 다음 내게 탁구공만 한 크기로 동글동글하게 빚으라 했다.

그날은 숨이 턱턱 막히게 무더운 중복 무렵이어서, 외할머니는 비 오듯 땀을 흘리며 수수가루와 찹쌀가루를 한 양재기에 넣고 뜨거운 물을 부어 익반죽을 했다. 반죽이 다 되자 외할머니는 동글납작한 모양으로 반죽을 펼치고 그 안에 내가 빚은 팥소를 넣어 프라이팬에 노릇하게 구워냈다. 장장 세 시간의 노력 끝에 달력을 깐 채반 위에 반달 모양의 수수부꾸미 스무 개가 완성되었다.

"며느리 밥 얻어먹는 상팔자가 오라면 올 것이지, 왜는 무슨 왜야?"

수수부꾸미가 완성됐지만 외할머니는 아빠를 깨우지 않고 이웃들에게 전화를 걸었다. 동기네 할머니, 옥선이 이모, 퇴근한 광섭이 아저씨, 오촌 당숙까지 호출하고 나자 아빠가 부스스한 얼굴로 방문을 열고 나왔다.

"뭘 이렇게 많이 하셨어요? 다들 좋아하지도 않으면서."

아빠는 한 김 식히려고 마루에 펼쳐놓은 부꾸미 채반을 보며 목젖이 꿀렁하게 침을 삼켰다.

"그래서 노나 먹을 이우제 좀 불렀다."

잠시 후, 이웃들이 속속 도착했다. 공밥 먹기가 미안했던지 다들 강냉이며 보리쌀, 조청 따위를 한 자루씩 끼고 외할머니께 인사를 했다. 아빠는 혼자 먹기도 아까운 수수부꾸미를 먹세 좋은 이웃과 나눠야 한다는 게 아까워 저녁상을 차리는 내내 부루퉁한 얼굴이었다. 열무물김치와 수수부꾸미 그리고 광섭이 아저씨가 사온 막걸리로 상이 차려지자 다들 입맛을 쩝쩝 다시며 무릎이 마주 닿게 삥 돌라앉았다.

"오늘 무슨 날인가? 당춘네가 솜씨를 다 발휘하고."

동기네 할머니가 열무 물김치로 입을 다시고 수수부꾸미에 젓가락을 가져갔다.

"날은 무슨. 아쉬운 소리 좀 하려고 약 치는 거지."

외할머니가 얄궂은 표정으로 이웃들을 돌아봤다.

"곗돈도 타셨는데 돈 아쉬울 리는 없으시고, 뭔데요?"

옥선이 이모가 눈을 깜작거리며 물었다.

"그 돈이 어디 내 돈인가? 우리 딸네 피고름이지. 난 그거 못

써. 우리 손주 놈이 재장구 한 대 갖고 싶다고 그렇게 성환데도 아까워서 못 헐고 있는 돈인걸. 그래서 집이들한테 부탁 좀 하려고 불렀지. 동기네는 작은 아들이 옛날에 재장구포 했으니까 어디서 고물로다 하나 알아봐주면 좋구, 광섭이랑 옥선이네는 오며 가며 누가 내버린 거 없는 지 좀 살펴봐주구, 당숙 댁은 부자시니까 순택이 재장구도 두 대지요? 안 타는 거 있으면 우리 하인이 한 대 주시면 좋겠는데."

아빠의 얼굴이 흙빛이 됐다. 외할머니는 이웃들을 선동해 아빠의 주머니를 알길 속셈이었던 것이다.

"손주 재장구 때문에 복중에 부꾸미를 다 지졌어? 하인 애비야, 그깟 거 하나 사줘라. 아주 없다면 몰라도 쓸 건 쓰고 살아야지."

슬그머니 자리를 피하려던 아빠를 오촌 당숙이 끌어 앉혔다.

"시골에서 탈 데가 어디 있어요. 괜히 무르팍만 깨먹죠."

변명하는 아빠를 동기네 할머니가 마뜩찮은 눈으로 쳐다봤다.

"왜 탈 데가 없어? 우리 동기도 북중학교 마당 가서 타고 공설운동장 가서 타고, 그걸로 심부름도 여간 잘하는데."

수세에 몰린 아빠의 목덜미가 새빨갛게 달아올랐다. 나는 순진한 얼굴로 부꾸미를 깨작거리며 삼천리로 살까 레스포로 살까를 고민했다.

"아주 안 사준다는 게 아니라, 떼쓰는 버릇 좀 고쳐놓으려고 그랬어요. 장모님도 참, 저 민망하게."

이튿날, 나는 삼천리에서 새로 나온 4단 기어 변속 자전거를 갖게 되었다.

지금은 기회를 만들어 약을 쳐야 할 때였다. 스텔라 아줌마가 미국으로 떠나지 않는 건 행복하기 때문일 거였다. 엘자를 행복하게 해주려면 친구가 필요했다. 악당도 좋고 엑스트라도 좋으니 어떻게든 엘자를 행복하게 만들어 미국행을 막아야 한다.

"양하인, 노올자!"

어스름 무렵, 마당에서 종선이의 목소리가 들렸다. 바로 사랑채에 들어가기 머쓱했던지 만만한 나부터 찾는 모양이었다. 마당에는 종선이와 동기를 비롯해, 억지로 끌려온 듯 잔뜩 인상을 구긴 옥선이가 기다리고 있었다. 급한 맘에 운동화 뒤축을 구겨 신고 마당으로 나갔다.

"다 저녁에 어디 나가게?"

바깥마당에서 쓰레기를 태웠는지 빈 삼태기를 들고 오던 아빠가 손가락질을 하며 짱알거렸다.

"안 나가. 엘자네 놀러 가기로 했단 말야."

아빠가 무안했던지 입술을 씰룩거리며 안채로 들어가자 나는 아이들을 끌고 사랑채 앞에 섰다. 평소에는 방문만 노크했지만, 안에는 스텔라 아줌마까지 있으니 현관문부터 두드리는 게 예의 같았다. 노크를 하자, 현관문이 열리고 달콤한 음식 냄새와 따뜻한 온기가 얼굴로 확 끼쳤다.

"어서 와."

곱게 화장을 했지만, 스텔라 아줌마의 눈두덩이가 부어 있었다. 동기가 내 귓가에 대고 '와, 미스코리아 뺨치겠다!' 하고 속삭였다.

"엘자, 친구들 왔어."

아줌마가 방문을 열고 엘자를 불렀다. 엘자는 늘 걸치던 검은 원피스에 타이즈가 아닌 앙고라 목티에 청바지 차림으로 우리를 맞았다.

"이제야 좀 사람 같네."

옥선이가 삐딱하게 한마디 하고 먼저 방으로 들어갔다. 심경의 변화 탓인지, 아니면 늘 외출할 때만 만나서 이런 차림을 보지 못한 건지 알 수 없었지만 나는 사람 같은 엘자가 낯설었다.

"엄마야, 까마귀잖아!"

옥선이를 따라 방에 들어간 동기가 질겁하고 튀어 나왔다.

"괜찮아, 까마귀가 아니라 구관조야. 말도 할 줄 알아."

내가 동기를 달래자마자 '개하인, 시끄러!' 하고 구관조가 지껄였다. 겁만큼이나 호기심도 많은 동기가 살며시 방 안을 둘러보곤 안전하다는 걸 재차 확인한 뒤에야 다시 걸음을 뗐다.

"하도 종선이가 쏘삭거려서 오기는 했는데, 바쁜 사람은 왜 불렀어?"

바쁠 것도 없는 주제에 옥선이가 있는 대로 거만을 부렸다. 옥선이가 구관조를 향해 캉캉 짖어대는 개하인을 보며 눈살을 찌푸렸다.

"쟤가 원래 무뚝뚝해. 우리들한테도 늘 이러는걸. 근데 알고 보면 무지 착하다. 종선아, 그치?"

내가 눈짓을 보내자 종선이가 '옥선이 4학년 때 선행상도 받았어' 하며 맞장구를 쳐줬다. 그런 우리를 옥선이가 한심하단 표정으로 바라봤다.

"입에 맞으려나 모르겠네."

보통 친구네 집에 놀러 가면 그 집 엄마는 예외 없이 일바지에 목 늘어난 티셔츠를 입고, 발등이 깨지게 커다란 눈곱을 매단 채 마늘이나 생강 따위를 까고 있었다. 그중 인심이 좋은 엄마들은 부침개나 호떡을 부쳐주기도 했지만 대부분은 과자나 우유, 그도 아니면 맨입으로 놀다 가도록 내버려두었다. 그런데 스텔라 아줌마는 잔칫날이나 입을 법한 무릎길이의 살구색 원피스에 때나 음식 얼룩이 남지 않은 깨끗한 앞치마를 걸치고 테이블 위에 색색의 냅킨을 깐 뒤 아이들 머릿수대로 작은 접시에 든 음식을 내왔다. 광섭이 아저씨가 만들어 왔는지, 테이블 옆에는 전에 봤던 의자 두 개와 비슷한 모양의 새 의자 세 개가 더 놓여 있었다. 우리는 의자 하나씩을 차지하고 앉아 아줌마가 가져온 음식을 예술품처럼 감상했다.

"이거 밀전병이에요?"

옥선이가 끝에 빨간 유리구슬이 붙은 포크를 들어 하얀 크림을 얇은 밀전병 같은 걸로 감싼 음식을 쿡쿡 찔렀다.

"크레이프라는 음식이야. 안에 든 건 생크림과 딸기고. 그 옆에 비스킷은 오렌지 마멀레이드를 찍어 먹으면 맛있어. 지금 푸

딩 굳히는 중인데 곧 가져다줄게."

무슨 말인지 통 알아들을 수 없는 설명이었지만, 편지지 배경화 같은 상차림에 입이 떡 벌어졌다. 우리 셋이 생전 처음 보는 음식에 감탄하는 동안 엘자는 아까 일 때문인지 말없이 크레이프에 포크 자국만 만들었다.

"우리 게임할까?"

친해지는 데는 역시 게임만 한 게 없을 것 같았다.

"좋아. 왕 게임 어때?"

사촌이 많아 명절마다 전국의 게임을 섭렵한 종선이가 왕 게임을 제안했다. 방법은 간단했다. 길이가 다른 실을 인원수대로 준비한 다음 그걸 돌아가며 한 명씩 뽑아 가장 긴 실을 잡은 사람이 나머지에게 왕처럼 명령을 하는 게임이었다. 엘자는 썩 내키지 않는 표정이었지만, 딱히 거절할 구실을 찾지 못했는지 장식장 서랍에서 실패를 꺼내왔다.

"네가 집 주인이니까 실을 쥐어."

종선이가 이로 실을 끊어 엘자에게 넘겼다. 손아귀에 실을 감싸 쥔 엘자가 솟아 난 실 끝 다섯 개를 테이블 위로 올렸다. 동기, 종선이, 옥선이 그리고 나 순으로 실을 뽑고 길이를 겨루었다. 가장 긴 동기가 환호성을 질렀다.

"내가 왕이지? 좋아, 그럼 종선이는 서태지와 아이들의 〈난 알아요〉를 불러. 하인이는 거기 맞춰서 춤을 추고, 옥선이는 랩. 엘자는 비트박스. 오케이?"

동기가 배를 잡고 웃자, 구관조가 따라 웃었다.

하필 내가 춤을 맡게 되다니. 평소 같았으면 죽어도 못하겠다며 나자빠질 일이었지만, 지금은 엘자에게 약을 칠 시간이었다. 나는 박자와 음정을 무시한 종선이와 옥선이의 엉터리 공연에 맞춰 손가락으로 삿대질까지 해가며 발을 굴렀다. 엘자도 부끄러운 표정이긴 했지만 손바닥으로 입을 가리곤 자그맣게 투레질 같은 소리를 내며 게임에 열중했다.

다음 왕은 나였다. 나는 종선이에게 엉덩이로 이름을 쓰게 하고, 옥선이에게는 수동이 형 성대모사를 주문했다. 동기는 평소 무서워하던 개하인을 일 분간 쓰다듬었고, 엘자에겐 팝송을 부르게 했다. 모두 눈을 흘기고 몸을 비틀었지만, 행복한 웃음이 쉴 새 없이 터져 나왔다.

"아싸, 나 당첨. 각오하는 게 좋을 거야."

이번 왕은 옥선이었다. 우리들 중 가장 위험한 인물이기 때문에 모두의 얼굴에 긴장이 역력했다.

"양하인, 너는 집에 가서 여장을 하고 온다. 치마도 입고 립스틱도 바르는 거야. 그리고 동기는 새장 열어서 까마귀인지 구관존지 하는 새 머리 쓰다듬기, 종선이는 엘자 볼에 뽀뽀 세 번. 엘자도 종선이 볼에 뽀뽀 세 번. 지금 당장 실시!"

옥선이 계집애가 지능적으로 나와 엘자를 고문했다. 당혹스러워하는 엘자와 달리 종선이 녀석은 주머니에 손을 찔러 넣고 앞니를 드러내며 보일 듯 말 듯 음흉하게 웃었다. 대놓고 내색은 못

하지만 가장 마음이 졸아붙은 사람은 나였다. 십삼 년 짧은 인생, 내 눈에 흙이 들어간다 하더라도 종선이가 엘자에게 뽀뽀를 하게 내버려둘 수는 없었다.

"울 엄만 치마도 안 입고 화장도 안 하잖아."

"뽀뽀는 좀 그렇다. 한 번만 봐주라."

"왜 자꾸 무서운 것만 시켜. 다른 거 하자."

모두의 원성이 드높았지만 옥선이는 눈썹 하나 까딱하지 않는 애였다.

"내가 백까지 셀 동안 니가 이쁜 여자로 변신해 오면 쟤들 뽀뽀는 없던 걸로 해줄게. 대신 그때까지 못 하면 볼 말고 입술에다 뽀뽀시킬 거야. 양하인, 빨리 안 뛰어가고 뭐해?"

진짜 마녀는 엘자보다 옥선이 같았다. 이렇게 된 이상 앞뒤 가릴 시간이 없었다. 어떻게든 종선이와 엘자의 뽀뽀를 막아야 했다. 나는 마음속으로 숫자를 세며 방문을 열고 뛰어 나가 마당을 내달렸다. 엄마에게 치마가 있을 리 없기 때문에 건넌방에 뛰어들어가 외할머니의 옷장을 열었다. 스웨터와 내복, 헐렁한 바지 틈에서 한복 속치마 자락이 눈에 띄었다. 나는 겉옷을 벗지도 못한 채 속치마 끈을 어깨에 걸치고 그 아래 개켜 놓은 버선을 신었다. 이제 립스틱이 문제였다. 이 집 안에 내가 아는 립스틱이라곤 아빠의 도장 지갑 속에 든 빨강 립스틱 하나뿐이었다. 하지만 안방에는 아빠가 있고, 그걸 꺼내 입술에 발랐다간 무슨 일이 벌어질지 몰랐다. 마음속으로 세던 숫자가 이미 육십을 넘어가고 있었다. 이대로 엘자의 입술을 더럽힐 수 없었다. 나는 건넌방을 뛰쳐나와 겅둥거리며 안방으로 갔다.

"너 왜 그래?"

아랫목에서 잡지를 보며 팬둘거리던 아빠가 내 꼴을 보곤 어안이 벙벙한 얼굴로 물었다. 대답할 새가 없던 나는 다짜고짜 문갑 서랍을 열고 그 안에 든 잡다한 물건 몇 개를 집어 올렸다. 물론 그 물건들 사이에는 아빠의 도장 지갑이 섞여 있었다. 딱 도장 지갑만 꺼내면 아빠가 쉽게 알아차릴 테지만, 세금고지서나 가계부 따위와 섞어 들면 충분히 눈가림을 할 수 있을 것 같았다.

"말 시키지 마. 게임 중이니까."

어느덧 숫자는 팔십을 넘었고, 다급해진 나는 버선발로 마당에 뛰어 나와 장독대 곁에 몸을 숨기고 도장 지갑을 열었다. 그런데 이게 웬일. 도장 지갑 안에는 립스틱 대신 뿔도장 한 개가 오도카니 들어 있었다. 도장 지갑에 대체 왜 도장이 들어 있는 거야, 아빠에게 따져 묻고 싶었지만 그럴 틈 없이 숫자는 백을 다 채우고 말았다. 이제 방법은 종선이를 때려눕히고 이 더러운 게임을 끝내는 것뿐이었다. 나는 주먹을 굳세게 쥐고 사랑채로 향했다. 그리고 사랑채 문을 열자 푸드덕하며 머리 위로 뭔가 거뭇한 게 날아갔다.

"하인아, 잡아! 새 좀 잡아!"

부엌에서 스텔라 아줌마가 뒤집개를 파리채처럼 휘둘렀다. 거뭇한 것의 정체는 구관조였다. 겁 많은 동기를 놀려줄 셈으로 구관조를 쓰다듬게 했는데, 녀석이 새장을 열자마자 개하인이 자지러지게 짖어댔고, 그 소리에 놀란 구관조가 열린 방문을 통해 부엌으로 나왔다가 내가 사랑채 현관문을 열자 그 틈을 노려 탈출하고 만 것이었다.

종선이와 주먹다툼을 벌이지 않아도 게임은 자연스레 끝이 났다. 엘자는 손바닥으로 얼굴을 감싸고 침대에 걸터앉아 울었다. 스텔라 아줌마가 그 앞에 무릎을 꿇고 엘자의 목을 끌어안았다. 방문을 열어놓고 나간 나도, 왕게임을 제안한 종선이도, 구관조를 놓친 동기도, 그걸 시킨 옥선이도 고개를 바로 들지 못했다. 우리는 인사도 나누지 못하고, 어깨를 늘어뜨린 채 서로의 집으로 돌아갔다. 엘자를 행복하게 해주려던 내 계획은 완전히 실패였다.

구관조를 놓친 이튿날 아침, 종선이가 우리 교실로 엘자를 찾아왔다. 녀석은 바지 호주머니에 손을 찔러 놓고 코를 훌쩍거리며 한참이나 망설이다, 영어 참고서에 시선을 박고 있는 엘자에게 말을 붙였다.

"이거 받아."

종선이가 호주머니에서 손과 함께 꺼낸 건 아끼던 휴대용 카세트 라디오였다. 엘자가 고개를 들어 종선이를 빤히 쳐다봤다.

"필요 없으니 가져가."

작년 여름, 영수 삼촌이 종선이에게 사준 마이마이라는 이름의 휴대용 카세트 라디오는 녀석의 보물 1호였다. 종선이가 불면 날아갈까 쥐면 꺼질까, 신주단지처럼 모시고 살던 마이마이를 엘자에게 준다는 건 실로 대단한 결심이었다.

"글쎄, 받으라니까. 난 삼촌이 더 좋은 걸로 사준댔어. 필요 없으니까 가지라는 거야."

엘자가 대꾸 없이 영어 참고서로 시선을 옮겼다.

"버리든 갖든 네 맘대로 해."

종선이가 엘자의 책상에 마이마이를 내려놓고 도망치듯 교실을 나갔다. 하지만 엘자는 그 귀한 마이마이를 본척만척했다.

"우유 신청할 사람 번호 불러."

반장이 교탁에 나와 한 달 동안 우유 먹을 사람 번호를 받아 적었다. 제가끔 입맛에 따라 '25번 흰우유 하나' '9번 요플레 하나' 하는 식으로 번호와 상품 수량을 불렀다.

"33번, 딸기우유 하나."

딸기우유를 신청한 건 옥선이었다. 나는 귀를 의심했다. 뭐든 잘 욱여넣는 먹성에 어울리지 않게 옥선이는 우유만 먹으면 설사를 하는 체질이라며 지금껏 한 번도 우유 신청을 한 적이 없었다. 그런데 우유를 신청한 건 분명 옥선이지만 그 애가 부른 번호는 제 것이 아닌 엘자의 것이었다.

"엄마가 빚지고 살다 죽으면 무간지옥에 떨어져서 펄펄 끓는 기름으로 먹 감아야 한댔어."

누가 뭐라고 한 것도 아닌데, 옥선이가 저 혼자 지껄였다.

"33번 딸기우유 취소."

엘자가 볼펜 잡은 손을 들고 옥선이의 성의를 거절했다. 당최 영문을 모르겠다는 표정의 옥선이가 엘자 쪽으로 몸을 돌려 종주먹으로 감자를 먹었다.

"엘자야, 송엘자!"

드디어 구관조를 놓친 장본인, 동기가 도착했다. 뛰어왔는지 숨이 턱까지 차오른 동기가 엘자의 책상 앞에서 가슴을 두드리며 헐떡이다 가까스로 실내화 주머니를 열었다.

"이거 사러 동중학교까지 갔다 왔어. 구관조처럼 말은 못 해도 잘 키우면 알도 낳을 수 있대."

동기가 바짝 마른 입술에 침을 바르며 비닐봉지에 담은 병아리를 엘자에게 내밀었다. 순진한 녀석. 학교 앞에서 파는 병아리는 모두 수컷이란 걸 동기는 모르는 모양이었다.

"니들은 나를 친구로 생각하지 않는구나?"

피곤한지 흰자위에 실핏줄이 선 엘자가 힘없는 목소리로 동기를 밀어내곤 교실 밖 먼 하늘로 시선을 돌렸다. 동기는 엘자의 말을 이해하지 못했는지 지르퉁해져서 자리로 돌아갔다. 하지만 나는 엘자의 마음을 이해했다. 어제 잃어버린 구관조의 주인이 엘자가 아닌 나였다면, 아이들은 반응은 지금과 달랐을 거였다. 종선이는 '사내놈이 겨우 그런 걸로 삐쳤냐?' 하며 짤짤이나 하자고 했을 거였고, 옥선이는 말하는 괴물 새 따위를 길러 사람 간 떨어지게 했다고 언구럭을 떨었을 거였다. 동기 역시 눈치놀음을 할 망정 병아리 같은 되도 않는 선물을 내밀지는 않았을 터였다. 그건 우리가 허물없는 친구이기 때문에 가능한 일이었다. 미안한 마음이 없어 사과를 하지 않는 게 아니라, 사과를 하지 않아도 상대가 미안해하고 있다는 걸 당사자가 잘 알고 있기에 스스럼없이 건너뛰는 게 친구의 특권이었다. 엘자는 자신을 친구로 대하지 않는 우리에게 마음이 상한 게 분명했다. 수업이 끝나도 엘자는 마이마이를 책가방이나 쓰레기통에 처넣지 않았다. 결국 그걸 챙겨 종선이에게 가져다주는 건 하인인 내 몫이었다.

그날 오후부터 나는 틈만 나면 구관조를 찾아 마을을 후볐다. 앞동산과 뒷동산, 공동묘지와 상여막, 주인 떠난 폐가와 버려진 비닐하우스에 이르기까지 발이 닿고 몸이 들어갈 수 있는 곳이라면 어디든 찾아가 '시끄러 개하인!'을 외치고 다녔다. 그사이 동산엔 찔레꽃이 피고, 묘지엔 떼가 살아나고, 폐가엔 잡풀이 내키만큼 자랐다.

"니가 무장공비야? 땅꾼이야? 대체 뭐 하고 다니기에 옷 꼬락서니가 맨날 이 모양이야?"

빨래를 세탁기에 넣던 아빠가 때에 전 내 티셔츠를 손빨래용 대야에 던지고 지청구를 늘어놓았다. 5월의 봄볕이 따뜻하다곤 해도 얇은 차림으로 먼지구덩이를 뒤지다 보니 목감기가 떨어지지 않았고, 얼굴이 새카맣게 그을려 눈만 반짝거렸다.

"멀뚱하게 서 있지 말고, 너도 아빠 옆에서 운동화나 빨아. 바구미가 끓어서 오늘 쌀을 두 말이나 쪄서 말렸더니 허리 아파 죽겠어. 미숫가루도 맛없게 생겼다, 야. 덕분에 구관조는 돌아왔지만."

나는 낡은 칫솔에 빨랫비누를 문대다 구관조 얘기에 가슴이 맞방망이질 쳤다.

"구관조가 돌아왔다고?"

아빠가 풀물이 진하게 든 티셔츠 앞자락을 지르잡았다.

"그렇다니까. 너 나가고 얼마 안돼서 쌀 뒤집으러 나갔더니 구관조란 놈이 날아와서 오작오작 쌀을 쪼아 먹더라고. 아휴, 난 왜 빨래만 하면 등이 가렵냐? 아빠 등 좀 긁어봐."

그토록 찾아 헤매던 파랑새가 알고 보니 내 집에 있었더라는, 허무한 동화처럼 몸살이 나도록 산과 들을 헤맨 보람도 없이 구관조가 바구미 난 쌀 두 말에 집으로 돌아왔다. 나는 헌 칫솔을 던져버리고 욕실을 나섰다.

"양하인, 등 좀 긁으라니까 어디 가?"

아빠가 희멀건 허리를 내놓고 나를 불렀지만, 지금은 구관조를 되찾고 기뻐할 엘자를 보는 일이 더 급했다. 사랑채 문을 열고 엘자의 방문 앞에 섰다. 구관조가 돌아왔다면 기분 나쁜 웃음이나 '시끄러, 개하인!' 하는 목소리가 들려야 마땅했지만 사위는 조용하기만 했다.

"엘자, 나 들어가도 돼?"

쉰 목소리를 가다듬고 방문을 노크하자, 부스럭거리는 소리가 들리더니 곧 엘자가 나왔다.

"구관조 돌아왔다며?"

엘자가 고개를 끄덕이며 내가 들어갈 수 있도록 몸을 비꼈다.

정말 새장 안에는 구관조가 들어 있었다. 까만 눈을 반짝이며 어 깻죽지 깃털을 고르던 구관조가 나를 보곤 날개를 퍼득거렸다.

"하인이가 짖질 않네."

구관조만 보면 잡아먹지 못해 안달이던 개하인이 웬일인지 침 대에 납작 엎드려 침울한 표정으로 눈만 굴렸다.

"구관조가 울지 않으니까 이상한가 봐."

엘자의 말대로 구관조는 눈만 깜빡일 뿐, 전처럼 웃거나 말하 지 않았다. 나는 마당에 나가 찐쌀 한 줌을 집어 와 새장 앞에서 줄 듯 말 듯 약을 올려봤지만, 구관조는 소리 없이 부리만 벙긋댈 뿐이었다.

"어디 아픈 게 아닐까? 시내 동물병원에 데려가보자."

근 한 달 동안 어딜 헤매고 다녔는지 몰라도 제대로 먹지도 자 지도 못했을 테니 몸이 성할 리 없었다. 나는 구관조 모이통에 찐 쌀을 부어주고 엘자에게 병원 갈 채비를 하라고 했다.

"병원 가도 소용없을 거야. 하나를 얻었으니 하나를 잃은 게 당연해."

새장 앞에 다가선 엘자가 입술을 동그랗게 오므려 맑은 새소 리 같은 휘파람을 불었다.

"뭘 얻고 뭘 잃었단 소리야?"

엘자의 휘파람에 구관조가 휘둥그렇게 떴던 눈을 살포시 감고 몸을 옹송그렸다.

"집에 떨어져 있던 깃털로 의식을 치렀어. 구관조는 돌아왔지만, 예전처럼 웃고 떠들 수 없게 됐으니 하나를 얻고 하나를 잃은 거잖아."

그러자 수동이 형이 들려주었던 엘리자베스 바토리 이야기가 떠올랐다.

"아빠는 바토리 가의 후손이셔. 헝가리에서 태어나 가족과 함께 미국으로 이민을 가 군인이 되었대. 한국에서 주둔하다 엄마를 만나 나를 낳고 우편으로 사진을 보내드렸더니, 할아버지께서 엘자라는 이름을 지어주셨대. 나는 저주받은 엘리자베스 바토리의 후손이야."

엘자가 마녀이자 흡혈귀란 내 추측은 틀리지 않았다. 그건 역사와 책이 증명하는 명명백백한 사실이었다. 스스로 자신의 정체를 드러낸 엘자가 깊고 푸른 눈으로 먼눈팔듯 나를 바라봤다. 퍼뜩 차갑고 날카로운 파편이 머리로 튀어드는 것 같았다. 엘자라면 잃어버린 구관조를 되찾았듯, 집 나간 외할머니도 제자리에 돌려놓을 수 있을 터였다. 엘자는 자신의 저주받은 피를 원망할지 모르지만, 내겐 실낱같은 희망이었다.

"엘자, 내 부탁 하나만 들어줄래?"

12

의식을 치르려면 몇 가지 준비가 필요했다. 우선 누구의 방해도 닿지 않는 조용하고 어두운 공간이 있어야 했고, 다윗의 별이라 불리는 두 개의 삼각형과 그걸 그릴 도구, 양초 여섯 자루, 마지막으로 제물로 쓰일 머리카락이 그것이었다. 조용하고 어두운 공간이야 건넌방이나 엘자네 방을 쓸 수도 있었지만, 마침 주먹과 코가 깨져 며칠째 일을 쉬고 있는 광섭이 아저씨가 수도 없이 사랑채와 안채를 짤짤거리며 오가는 통에 여의치 않게 되었다.

"흔탁이 놈, 주민증은 못 까면서 곧 죽어도 지는 오사 년 말띠랍디다. 그러게 민방위 훈련 갔을 때 연차별로 묶어 앉았는데, 이 새끼는 분명히 삼 년 차 중에서도 젤 어린 축이라 영수 형님 밑에서 따까리 노릇하고 있었거든요."

광섭이 아저씨의 주먹이 깨진 건 맨하탄 앞에서 흔탁이 아저씨와 격전을 벌였기 때문이었다. 광섭이 아저씨는 여느 날과 다름없이 서울약국에 들어 앉아 박카스를 홀짝이며 스텔라 아줌마를 기다렸는데, 끝날 시간이 다 되자 어디선가 바바리코트에 빵떡모자를 쓴 흔탁이 아저씨가 장미 한 다발을 들고 나타나 맨하탄 앞을 어슬렁거렸단다. 광섭이 아저씨는 눈에서 불똥을 튀기며 약국을 뛰쳐나가 흔탁이 아저씨의 뒷덜미를 낚아채곤 무슨 꿍꿍이냐 다그쳤다. 그러자 흔탁이 아저씬 골목에 세워둔 구형 스텔라 한 대를 가리키고는 스텔라 아줌마에게 데이트를 신청하겠다며 광섭이 아저씨를 밀쳐냈고, 그걸 신호탄으로 둘은 각자 줄통을 뽑으며 멱살잡이를 시작했다. 우세는 엄장이 크고 기운이 장사인 광섭이 아저씨였다. 그러나 궁지에 몰린 흔탁이 아저씨가 코피를 틀어막고 공중전화 부스에 뛰어가 천년회를 호출하자 상황은 역전되었다. 그 무렵 공연이 끝난 스텔라 아줌마가 천년회 패거리에게 뭇매를 맞고 있는 광섭이 아저씨를 발견하곤 흔탁이 아저씨에게 냅다 따귀를 내갈겼다. 어쨌거나 그날 싸움의 승리자는 광섭이 아저씨였다.

"그 개 자손 하는 말이 임자 없는 스텔라 돌아가며 운전할 수도 있는 거지, 오너 아니면 꺼지랍디다. 그게 말입니까, 방굽니까? 형님, 흔탁이랑 천년회 놈들이 동네 물 다 흐리고 있어요. 이대로 손 놓고 계실 겁니까?"

광섭이 아저씨는 퇴근한 엄마를 붙들고 천년회와 맞서 마을의 기강을 바로잡고 부녀자를 보호할 만년회를 창단하자 졸라댔다.

"아주 연속극을 찍어라, 찍어."

마루에 앉아 객쩍은 대화를 나누며 술잔을 기울이는 엄마와 광섭이 아저씨를 뒤로하고, 나는 제기를 모아둔 부엌 수납장을 열어 증조할아버지 제사에 쓰고 남은 양초를 훔쳐냈다. 주머니 안에는 엄마 몰래 숨겨온 라이터와 학교에서 가져온 반토막짜리 분필, 건넌방을 이 잡듯 뒤져 건져낸 외할머니 머리카락 몇 가닥이 있었다. 지금쯤 초저녁잠이 많은 아빠는 안방에서 새 월화드라마를 기다리며 졸고 있을 테지만, 마루에 나와 있는 엄마와 광섭이 아저씨 눈을 피하는 게 문제였다. 엘자는 이미 의식을 치르기로 정한 길 건너 폐가로 향했을 텐데, 나는 부엌 문 뒤에 숨어 오금이 저리게 엄마와 광섭이 아저씨가 한눈팔기만을 기다려야 했다.

"뭐야? 경규 놈이 보일러 반값 수리를 다닌다고?"

엄마가 술상을 내리쳤는지, 쇠젓가락 튀기는 소리가 들렸다.

"그렇다니까요, 작년 여름에 보일러 산업기사 딴다고 금촌에서 학원 한 달 다닌 게 땡인 놈이 버젓이 돈까지 받아먹고 출장 다닌다지 뭐예요."

들어보니 천년회 경규 아저씨가 보일러 기사 행세를 하며 용돈벌이를 하는 모양이었다.

"쥑일 놈! 오늘 아주 된맛을 보여주마. 만년회 결성이다."

이윽고 천년회를 응징하러 출동하는 만년회의 다급한 발소리가 들리고, 조용해졌다. 집을 빠져나갈 기회였다. 나는 비닐봉지에 양초를 담아 손목에 끼고 엘자가 기다리고 있을 폐가로 내달렸다. 송홧가루가 노랗게 뒤덮인 논둑을 지나, 자벌레 같은 열매를 매단 팥밭을 짓대고, 동산 사잇길을 빠져나가자 검게 웅크린 폐가가 보였다. 삼 년 전까지만 해도 귀농한 사십대 부부가 그 집에 살며 동산 허리에 하우스를 짓고 팽이버섯 농사를 지었는데, 이 년 연속 폭설로 흉작이 이어지자 짐을 꾸려 다시 도시로 떠나버렸다.

"왜 이렇게 늦었어."

집 앞 돌절구에 앉아 있던 엘자가 나를 보고 일어섰다.

"미안, 엄마랑 광섭이 아저씨 땜에. 들어가자."

폐가를 둘러싼 콘크리트 벽돌이 무너져 대문이라고 할 만한 것이 없었지만, 행여 작은 불손이 동티가 되어 의식을 그르치면 어쩌나 싶어 한쪽에 나동그라진 녹슨 철문을 밟고 안마당으로 들어섰다. 우거진 잡풀과 바퀴가 주저앉은 유모차, 녹슨 호미 몇 자루, 언뜻 똬리 튼 뱀처럼 보이기도 하는 고무호스가 마당을 복잡하게 메우고 있었다.

어둑서니에 엘자가 고무호스를 밟고, 마녀답지 않게 비명을 지르며 앞서 걷던 내 손을 덥석 잡았다. 그 애의 손바닥이 촉촉이 젖어 있었다. 평소의 나였다면 대번 딸꾹질을 하며 식은땀을 흘렸을 테지만 마음을 다부지게 먹어서인지 참을 만했다.

나무 현관문을 열고 들어서자 부엌 겸 거실이 나왔다. 나는 어둠을 밝히려 양초 한 자루를 꺼내 불을 댕겼다. 찢어진 장판과 주접 든 차렵이불 한 장, 그 위에 벌거벗은 서양 여자가 표지모델인 잡지 몇 권이 굴러다녔다. 담배꽁초며 당구장 이름이 새겨진 라이터, 빈 빵 봉지가 있는 걸로 보아 간혹 누군가 이 폐가를 찾는지도 몰랐다.

"누가 올지 모르니까 서두르자."

나는 엘자를 이끌고 문 열린 안방으로 들어갔다. 안방도 허섭스레기가 넘쳐나긴 마찬가지였다. 기름을 엎질렀는지 방바닥이 미끈거렸다. 한쪽 벽이 무너져 뒷마당이 뻔히 보였고, 틈새가 벌어진 천장에선 썩은 겨가 쏟아져 귀살스러웠다.

"악! 저기!"

엘자가 고개를 외로 꼬고 비명을 지르며 방 한구석을 손가락으로 가리켰다. 그 자리엔 누더기 모포를 덮은 노파가 천장을 바라보며 희미하게 웃고 있었다. 노파의 머리 양옆으로 검은 리본이 지나갔다. 영정사진이었다.

"괜찮아. 그냥 사진이야."

엘자의 작은 어깨가 두려움에 파르르 떨렸다. 촛불이 어룽거리는 엘자의 얼굴에 긴장이 역력했다. 나는 모포를 끌어다 영정사진을 덮고 허섭스레기들을 방 가장자리로 밀어내 공간을 확보했다. 그러곤 주머니에서 분필을 꺼내 엘자에게 주었다.

"자, 네가 별을 그려."

심호흡을 하며 침착해진 엘자가 허리를 숙이고 커다란 삼각형을 그리기 시작했다. 그 애의 입에서 나직한 주문이 흘러나왔다. 그건 순택이와 옥선이를 벌할 때도 썼던 주문이었다.

"전부터 궁금했는데, 그거 무슨 주문이야?"

알아두면 꽤 유용할지 몰랐다. 가끔 종선이 녀석도 혼내주고 불량배를 만났을 때도 써먹을 수 있을 것 같았다.

"주문 아냐. 이건 바토리 가에서 대대로 내려오는 가훈 같은 거야. '시간은 흘러간다. 그러니 지금은 참아라.' 아빠가 한국을 떠날 때 가르쳐주신 말이었어."

그건 저주를 부르는 주문이 아니었다. 엘자의 달뜬 열을 내려주는 해열제였고, 아픈 상처를 잠재우는 진통제였다. 순택이가 물에 빠진 건, 푹한 날 썰매장을 연 주인의 과실이었고, 옥선이의 팔이 부러진 건 겁 많고 호들갑스러운 그 애 이모 탓이었다. 섣불

리 넘겨짚고 저주라 단정한 내 착오였다. 게으른 배 과수원 주인
이 죄 없는 까마귀를 의심한 꼴이었다. 새삼 엘자를 바로 보기 힘
들었다.

"양초 줄래?"

엘자가 별을 그리고 주변에 양초 여섯 자루를 세웠다. 라이터
로 심지에 불을 붙이자 방 안이 환해지며 시야가 틔었다.

"이 안으로 들어와."

엘자가 삼각형이 겹쳐 만든 정육면체 안에서 무릎을 꿇고 나
를 불렀다. 그 애가 시키는 대로 금을 밟지 않으려 애쓰며 정육면
체 안에 들어가 마주 앉았다.

"이제 눈을 감고 너희 할머니 얼굴을 떠올려 봐. 가장 건강하
고 행복했을 때의 얼굴 말야."

건강했을 때야 기억하지만, 외할머니가 가장 행복했던 시절은
가물가물했다. 삼촌들과 외할아버지를 차례로 잃은 뒤 외할머니
는 웃는 게 죄짓는 것 같다고 했다. 나는 외할머니의 환갑잔치 날
을 회상했다. 그날 엄마는 특별히 시내 한복집에서 빌린 수박색
저고리에 적자주색 치마를 걸쳤고, 아빠는 하늘색 바지저고리에
진청색 두루마기 차림이었다. 잔치가 무르익자 사회자의 주문에
따라 부모님이 외할머니께 큰절을 올리고, 엄마의 사촌들이 차
례로 나와 예를 갖췄다. 외할머니는 콜라만 마셔도 해롱거릴 만
큼 술이 약했지만 그날은 자손들이 따라 올리는 청주를 연거푸
여섯 잔이나 들이켰다. 그러곤 동기네 할머니 손을 잡고 창부타

령에 맞춰 들썩들썩 춤을 추더니 어느 순간 엄마의 치마폭에 얼굴을 묻고 기절하듯 잠이 들었다. 외할머니는 무슨 꿈을 꾸는지 엄마의 무릎에서 때로 벙긋 웃기도 했고, 입맛을 다시기도 하다 어린애처럼 볼을 붉히기도 했다. 내가 본 중 가장 행복한 표정들이었다.

엘자가 내 이마에 제 이마를 가져다댔다. 그 애의 따뜻하고 달짝지근한 숨결이 내 입술을 간질였다. 외할머니에게 집중하기 위해 암만 애를 써도 엘자와 맞붙은 이마며, 그 애의 체취와 숨결이 닿는 자리가 참을 수 없이 근근하여 고개를 바로 세우기 힘들었다. 외할머니를 찾는 일도 중요했지만 이대로 버티다간 더러운 바닥에 벌렁 나가부러져 엘자의 숨결이 닿은 자리를 옴딱지 떼어내듯 벅벅 긁어야 할지도 몰랐다.

그때 멀리서 발소리가 자박자박 들렸다. 히뜩 놀란 엘자와 내가 동시에 고개를 번쩍 들었다. 그러자 요철이 만나듯 엘자의 오뚝한 코와 나의 납작한 코가 맞닿았고, 엘자의 납작한 입술과 나의 튀어나온 입술이 한데 만났다. 그건 마치 봄볕에 따뜻하게 달궈진 몰랑몰랑하고 촉촉한 노지 딸기를 한입 가득 베어 무는 느낌과 비슷했다. 불과 0.5초에 불과한 시간이었지만, 나는 처음으로 이 세상에 태어나길 잘했다는 생각을 했다. 상대가 마녀면 어떻고 흡혈귀면 어떤가. 나는 엘자가 원한다면 언제든 내 목덜미를 내주고, 마음껏 목을 축이게 해줄 수도 있을 것 같았다.

"빨리 끝내는 게 좋겠어."

먼저 이성을 되찾은 사람은 엘자였다. 그 애는 복주머니처럼 생긴 작은 손가방에서 종잇조각을 꺼냈다.

"그건 뭐야?"

나도 주머니에서 외할머니의 머리카락을 꺼내며 물었다.

"아빠 머리카락이 없어서 사진에서 오렸어."

가슴이 철렁 내려앉았다. 엘자도 의식을 치르며 소원을 빈 모양이었다. 그게 미국행 비행기에 오르는 일인지, 아니면 아빠를 한국으로 불러들이는 일인지 알 수 없었지만 마음 한구석이 시큰하게 아렸다. 그사이 발소리는 더욱 가까워졌다. 나도 얼른 외할머니의 머리카락을 불사르고 서둘러 촛불을 껐다.

"미쓰 고오오오, 미쓰 고오오오, 나는 너를 사랑했었다아."

발소리는 현관 근처까지 바짝 다가섰다. 발음이 온전치 않은 트로트 가락이 흘러나왔다. 귀에 익은 목소리였지만 아직 누군지는 분간할 수 없었다. 하지만 오밤중에 폐가에 드나든다는 건 불량 학생들이나 할 짓이었고, 그걸 마을 누군가에게 들킨다는 건 우리 둘 모두에게 이로울 것 없는 일이었다. 몸을 숨길 곳이 필요했다. 방 한쪽 벽에 먼지를 뒤집어쓴 옷장이 보였다. 나는 엘자와 함께 옷장에 들어가 빽빽한 문을 닫았다.

잠시 후, 현관문이 열리고 누군가 저벅저벅 구둣발로 거실 겸 주방을 걷는 소리가 들렸다.

"하이! 메리, 나타샤, 제니퍼. 오빠 왔어."

엘자는 몰라도 나는 목소리의 주인이 누구인지 알 것 같았다.

흔탁이 아저씨였다. 아저씬 술에 취했는지 한참 동안 외국 여자 이름을 부르며 해롱거렸다.

옷장은 둘이 숨기에 턱없이 좁은 공간이었다. 엘자와 나는 종이 한 장 비집고 들기 힘들 정도로 꼭 달라붙어 밖에서 나는 소리에 귀를 종긋 세웠다.

"내 가방."

엘자가 겨우 들을 수 있는 목소리로 가방을 찾았다. 급작스런 흔탁이 아저씨의 방문에 허둥지둥 몸을 숨기느라 들고 온 가방을 놓친 모양이었다. 지금 가방을 찾으러 나갔다 흔탁이 아저씨에게 들키면 숨지 않느니만 못한 일이 벌어질 터였다. 나는 아저씨가 안방으로 들어오지 않기만을 바라며 무너진 벽 틈으로 우리 둘의 몸이 빠져나갈 수 있을지를 가늠해봤다. 몸집이 작은 개나 고양이라면 드나들 만했지만, 우리로선 머리밖에 내놓을 수 없는 작은 틈이었다. 어쩔 수 없이 아저씨가 빨리 볼일을 끝내고 집으로 돌아가기만을 바라야 했다.

거실에서 종잇장 넘기는 소리와 찰칵, 라이터 켜는 소리가 들렸다.

"어라? 안방 문이 왜 닫혀 있어? 싼드라, 니가 닫았냐?"

흔탁이 아저씨가 낄낄대고 웃더니 다시금 거친 발소리를 냈다. 안방으로 발길을 돌린 모양이었다. 혹여 아저씨가 옷장을 열기라도 하면 도망칠 수 있게 나는 엘자의 손을 힘주어 잡았다. 방문이 열리는 소리가 났다.

"웬 양초?"

가장자리로 밀어놓은 허섭스레기를 뒤지는지 부스럭거리는 소리가 들렸다.

"여자 가방이라. 누가 연애질하러 왔었구만."

가방 지퍼 열리는 소리.

"무슨 장갑이 이렇게 작아? 손가락도 안 들어가게 생겼네."

다시 지퍼 닫는 소리.

"앙큼한 바퀴벌레 한 쌍이 아직 멀리 가진 못했을 텐데."

다가오는 발소리. 그보다 큰 엘자와 나의 심장 박동소리. 소리, 소리, 소리!

"누굴까?"

옷장 문이 열렸다.

대체 왜 그랬는지 모르지만 나는 흔탁이 아저씨의 사타구니를 힘껏 걷어차고 옷장을 빠져나왔다. 아저씨가 입에 문 담배를 떨어뜨리고 고꾸라졌다. 나는 문턱에 걸려 넘어진 엘자를 일으켜 세우며 사력을 다해 폐가를 빠져나왔다. 온 길을 되밟아 돌아가는 길이 천리만리처럼 아득히 멀게 느껴졌다. 우리 집 바깥마당이 보이자 목구멍이 뻐근하고, 다리가 후들거렸다. 차갑게 식은 엘자의 손이 선뜩했다.

"저기 봐. 불이야."

엘자가 양손으로 무릎을 짚고 폐가 쪽을 손가락으로 가리켰다. 엘자 말대로 폐가에게 뿌연 연기가 뿜어나오고 있었다. 깨진 창문으로 붉은 혀 같은 불길이 널름거렸고, 이어 흔탁이 아저씨의 외마디 비명이 들렸다. 방바닥에 번져 있던 기름이 생각났다. 아저씨가 떨어뜨린 담배가 기름에 튀어 불을 낸 것일 터였다.

"이제 우린 어떻게 되는 거지?"

아직 아무것도 얻은 게 없는데 잃는 것부터 생길 모양이었다. 엘자가 내 어깨에 고개를 묻었다.

13

엄마는 광섭이 아저씨와 천년회의 근거지인 마을회관을 찾아가 화투 삼매경 중이던 경규 아저씨를 늘씬 두들겨 패주었단다. 같이 있던 회장과 부회장이 화투장을 내던지고 수비와 공격에 가담했지만, 흔탁이 아저씨도 빠진 마당에 사나운 엄마와 기운 센 광섭이 아저씨를 이겨낼 재간이 없었다. 엄마는 경규 아저씨를 꿇어앉히고 다시는 무면허 수리를 다니지 않겠다는 다짐을 받아냈다. 대신 경규 아저씨가 보일러 산업기사 학원에 등록해 성실히 다니는 조건으로 보조 업무를 맡겼다. 광섭이 아저씨는 엄마의 넓은 오지랖을 못마땅해했지만, 좋은 일 하는데 딱히 가리를 틀 수 없어 새벽까지 화해주를 마시고 집으로 돌아왔다. 화재를 소방서에 신고한 건 아빠였다. 우리가 막 집에 돌아왔을 때, 깜빡 졸다 드라마를 놓친 아빠는 분통한 마음에 말린 찐쌀에 설탕이라도 뿌려 주전부리를 삼을까 싶어 마당에 나왔다, 길 건너 산 밑에서 연기가 피어오르는 걸 목격했다. 다행히 흔탁이 아저 씨는 소방차가 도착하기 전 폐가를 빠져나와 큰 부상 없이 목숨 을 구할 수 있었다.

나는 밤새 잠을 이루지 못하다 새벽녘이 돼서야 깜빡 선잠이 들었다. 하지만 온몸에 붕대를 친친 감은 흔탁이 아저씨가 우리 집에 찾아와 불길이 치솟는 아궁이에 나와 엘자를 밀어 넣는 뒤 숭숭한 악몽을 꾸고는 질금 오줌을 지렸다. 가까스로 눈을 떴지 만, 현실은 꿈보다 더 지독했다. 팬티와 내복 바지를 갈아입고 마 루에 나가 엘자를 걱정하며 사랑채 쪽을 바라보고 있는데 이마 와 손등에 반창고를 붙인 흔탁이 아저씨가 경찰과 함께 우리 집 에 들이닥치는 게 보였다. 때마침 엘자도 파리한 몰골로 사랑채 문을 열고 나왔다가 흔탁이 아저씨와 마주쳤다.

"저 계집앱니다. 폐가에서 사내놈하고 는실난실 놀아나다 불 지르고 도망간 년이."

흔탁이 아저씨는 빠드득, 어금니를 갈며 엘자를 노려보았다.

"무슨 일이세요?"

이른 아침이었지만, 한 올 흐트러짐 없이 단정하게 머리를 틀 어 올린 스텔라 아줌마가 사랑채에서 걸어 나왔다. 잔꽃무늬 앞 치마를 걸친 광섭이 아저씨도 호위병처럼 스텔라 아줌마의 등 뒤에 바짝 붙어 섰다.

"자, 자, 자세한 건 댁 딸한테 들으시오. 그, 그 에미에 그 자식이라고. 어린 게 벌써부터 단정치 못하게."

서릿발 같은 스텔라 아줌마의 눈초리에 움찔 주눅이 든 흔탁이 아저씨가 말을 더듬었다.

"보자, 그 집 지번이 어떻게 되나. 응, 63-5번지네. 어제 댁의 따님이 그 집에 불을 냈다고 신고가 들어왔습니다."

노안이 일찍 찾아왔는지 사십대 경찰은 안경을 들어 올리고 인중을 늘인 다음 수첩에 적힌 주소를 따듬따듬 읽었다.

"우린 그런 주소 모릅니다. 엘자는 외출도 하지 않는 아이고요. 뭔가 착오가 있을 거예요. 엘자, 너는 방으로 들어가 있어."

스텔라 아줌마의 단호한 명령에도 엘자는 자리를 지켰다.

"흔탁이 이 자식, 너 지난번 일로 앙심 품고 어린애한테 누명을 씌워? 보나마나 자작극일 겁니다. 무고죄로 처넣기 전에 당장 꺼지지 못해!"

앞치마를 벗어 흙바닥에 패대기친 광섭이 아저씨가 포달을 떨었다.

"증거가 나왔어요. 가방이랑 장갑. 일단 부모님은 저랑 서에 같이 가주셔야겠습니다."

경찰이 엘자의 가방과 장갑이 든 비닐 주머니를 꺼내 보였다. 스텔라 아줌마가 양손으로 입을 가리고 서너 발 뒷걸음질 쳤다.

"이게 무슨 난리라니?"

부엌에서 된장을 푸러 나온 아빠가 내게 쪼르르 달려와 귓속말로 물었다.

"아빠, 미안해."

아빠가 멀뚱하니 내 얼굴을 쳐다보다 손에 들린 젖은 팬티와 내복을 발견하곤 등짝을 후려갈겼다.

"또야? 인마, 옛날 같으면 장가도 갈 나이야!"

아무리 어린 마음이지만, 어젯밤 일이 나와 엘자에게만 책임이 있는 것 같지는 않았다. 흔탁이 아저씨의 말처럼 엘자와 나는 어른들 눈을 피해 비행이나 일삼는 비행청소년이 아니었다. 암만 생각해도 아저씬, 지난번 일로 독기를 품고 스텔라 아줌마와 광섭이 아저씨를 단단히 욕보이려는 속셈 같았다. 그게 아니라면 어젯밤 흉가에 나도 같이 있었다는 걸 뻔히 알면서 엘자만 물고 늘어지는 게 설명되지 않았다.

아침을 먹는 둥 마는 둥, 가방을 챙겨 사랑채로 갔다. 아무리 방문을 두드려도 개하인만 짖어댈 뿐 엘자는 나오지 않았다. 부엌에 펼쳐놓은 소반 위에 허옇게 기름이 엉긴 베이컨 몇 조각이 눈에 띄었다. 나는 가방을 내려놓고 엘자를 위한 아침상을 준비했다. 프라이팬에 기름을 두르고 냉장고에서 꺼낸 달걀 두 개를 반숙으로 익혔다. 커피포트로 우유를 데우고, 토스트한 식빵과 딸기잼을 접시에 얌전히 담았다.

"아무 일 없을 거야. 이따 어른들 오시면 솔직히 말씀드리고 누명을 벗자. 울더라도 먹어가면서 울어. 부탁이야."

나는 방문 앞에 소반을 바짝 밀어놓고 떨어지지 않는 발걸음을 옮겼다. 어른들은 우리의 말을 믿어줄까. 맘이 바늘집 같았다.

벌써 경찰서에서 연락을 받았는지, 담임은 엘자의 책상을 근심스런 눈길로 잠시 바라보곤 짧게 조례를 마쳤다. 하필 오늘 날짜가 2일인 탓에, 2번인 나는 수업시간마다 칠판으로 불려 나가 문제를 풀고, 틀리고를 반복해야 했다. 손바닥을 맞아도 아픈 줄 몰랐고, 무릎 꿇고 손을 들어도 저린 줄을 몰랐다. 수업 시간 내내 시무룩해 있는 나를 보고 동기와 옥선이가 달려들어 간지럼을 태웠지만 웃는 게 죄인 것 같아 울음을 터트리고 말았다. 아이들 손이 주춤하며 물러섰다.

주리를 트는 것 같은 수업이 끝나고 종례가 시작되었다. 내일 가져올 준비물을 적고 가정통신문을 받아 가방에 챙기려는데 복도에서 귀에 익은 목소리가 들렸다.

"흔탁아, 우리 이러지 말자. 으른들 문제는 으른들 선에서 해결해야지, 왜 애까지 걸고 넘어져? 내가 잘못했다. 진심으로 사과하마."

광섭이 아저씨였다.

"누굴 밴댕이 속알딱지로 아나. 내가 그 일 때문에 이러는 줄 알아? 고 계집애 봤지? 내 앞에서 고개 빳빳이 들고 사과 한마디 안 하는 거. 이번 참에 본때를 보여주고 말 거야. 웃어른 무서운 줄 모르고 말야."

흔탁이 아저씨의 골부림난 목소리가 복도를 쩌렁쩌렁 울렸다. 그 소리에 교실 안에 있던 아이들이 술렁거렸다. 담임이 황급히 교실 문을 열고 복도로 나갔다.

"교무실에서 기다리시라니까, 여기까지 오시면 어떡해요?"

아이들이 복도 쪽으로 난 창문에 기어올랐다.

"그런 날라리를 계속 받아주실 겁니까? 다른 애들 물들면 어쩌라고요? 두 말 할 것 없이 퇴학감입니다. 어린 게 벌써부터 발랑 까져설랑."

흔탁이 아저씨의 입에서 튀어나온 퇴학이란 말이 빗나간 커터 칼처럼 불시에 내 가슴을 예리하게 가로질렀다.

"송엘자, 사고 쳤나 봐!"

"인물값하는 거지 뭐."

"엘자 꼬붕 양하인은 어쩌냐?"

"둘이 같이 사고 친 거 아냐?"

아이들이 내 쪽을 흘끔거리며 속닥거렸다. 가만히 있다간 소문은 물 만난 마른 미역처럼 걷잡을 수 없이 불어날 게 뻔했다. 하지만 어떤 해명도 바람 빠진 고무보트에 발이 묶인 채 거센 급류에 휩쓸린 엘자와 나를 구명하지 못할 거였다.

"듣자 듣자 하니까, 이것들이 사람 없다고 막말하네. 부반장! 니가 송엘자 사고 친 거 봤어? 봤냐고? 증거 있으면 내놔 봐!"

내 책상 위로 부반장을 향해 침을 튀기는 옥선이의 그림자가 어른거렸다. 긴 파마머리를 리본 머리끈으로 정수리에 바짝 동여 묶은 부반장이 옥선이의 서슬에 머춤했다. 부반장을 위시로 학교 안의 온갖 잡다한 소문의 확대 재생산자였던 여자애 둘도 딴 곳을 바라보며 입을 비죽거렸다.

내 목덜미로 씨근덕대는 옥선이의 숨결이 뜨겁게 끼쳤다. 지금 이 순간, 엘자가 교실에 있었더라면 자신을 친구로 인정하고 끝까지 한편이 되어 목소리를 내준 옥선이를 든든한 눈길로 바라보았을 거였다. 옥선이는 용감했다. 그에 비해 나는 한없이 비겁했다. 오늘 아침에도 절망의 구렁텅이에 빠진 엘자를 손 놓고 바라보기만 했다. 그건 순택이가 물에 빠졌을 때, 신고 전화를 머뭇거린 것과는 비교도 되지 않을 만큼 치졸한 행동이었다. 하지만 나를 더욱 괴롭히는 건, 퇴학이니 비행청소년이니 하는 험악한 단어들 앞에서 점점 더 뒤꽁무니를 빼고 싶은 내 비루한 양심이었다.

교문 앞에서 운동화 앞코로 땅바닥을 쿵쿵 찧던 종선이가 나를 보곤 조르르 달려왔다. 하지만 녀석은 고개를 푹 수그리고 느릿느릿 걷는 내 앞에서 차마 묻고 싶은 질문을 삼켰다. 우리는 이렇다 할 대화 없이 마을버스를 타고, 정류장에서 내리고, 집으로 향한 고불고불한 골목을 걸었다. 납땜한 듯 꼭 붙은 종선이의 입이 슈퍼 근처에 도착해서야 열렸다.

"저 혹시, 어젯밤에 엘자와 거기 같이 있었다는 남자애가 너야?"

종선이가 슈퍼 문 앞에서 주춤거리며 물었다. 그건 마치 아빠가 매일 시청하는 아침드라마 속 여자 조연의 '당신 나 몰래 바람피웠니?' 같은 느낌의 질문이었다. 이미 확신하고 있지만, 그걸 꼭 말로 확인해서 절망의 나락으로 뛰어들려는 이류 배우, 한종선. 나는 여자 조연의 남편처럼 고개를 빳빳이 들고 '당신은 의부증 환자야!'라고 대답하지 못했다.

부다다다—

대답을 머뭇거리는 사이, 오토바이 한 대가 다가왔다. 액션배우처럼 먼지바람을 일으키며 내 앞에 선 건 두 눈에 눈물이 그렁그렁 맺힌 엄마였다. 나는 태어나서 한 번도 엄마가 우는 모습을 본 적이 없었다. 내게 엄마의 눈물은 지난가을, 느닷없는 첫눈보다 더욱 경이로운 일이었다. 엄마가 오토바이에서 내려 내게 다가왔다.

"다른 사람은 속여도 엄마는 못 속여. 엘자는 아니라고 잡아떼지만, 어제 너도 거기 있었지? 엄마 눈 보고 말해봐."

엄마의 입술이 먼지와 눈물과 실망의 냄새가 뒤섞인 날숨을 담아 내게 물었다. 나는 이류 멜로배우와 뜨거운 눈물을 쏟아내는 액션배우 앞에서 말문이 턱 막혔다.

"아줌마, 하인인 어제 저랑 극장 갔어요."

불쑥 종선이가 말추렴을 했다.

"너까지 거짓말이냐? 어제 하인인 9시까지 나랑 집에 있었는데도?"

종선이가 손가락으로 슈퍼 유리문을 가리켰다. 거긴 〈LA 엠마뉴엘〉이라는 제목의 성인영화 포스터가 붙어 있었다. 붉은 립스틱을 바른 여배우가 나른한 표정으로 과장되게 입술을 내밀고 있었다.

"어제 어른들 몰래 심야 프로 보러 갔다, 입구에서 빽찌 맞고 그냥 돌아왔어요. 믿어주세요."

아까 종선이의 질문에 대답을 한 건 아니었지만, 표정으로 미루어 녀석은 어젯밤 나와 엘자가 함께 있었다는 걸 확신하는 눈치였다. 나는 주인을 배반한 비겁한 친구를 위해 자신도 위험에 처할 수 있는 거짓말을 한 종선이가 고맙지 않았다. 차라리 모든 걸 실토하고 엘자와 함께 퇴학을 당하는 게 마음 편할 것 같았는데, 녀석은 비겁한 내게 그런 선택권조차 허락하지 않았다.

헛바퀴 돌던 엄마의 오토바이가 풀썩, 흙길에 넘어졌다. 엄마의 무릎도 휘청, 꺾였다. 나는 더 늦기 전에 진실을 토설할 양으로 엄마 앞에 무릎을 꿇었다.

"다행이다. 우리 아들이 그럴 리 없지. 아무렴, 그럴 리가 없지. 그럼, 누구 아들인데."

뭐라 말할 틈도 주지 않고, 엄마가 나를 끌어다 어깨가 으스러지게 안았다. 가쁘게 오르내리는 엄마의 가슴에 파묻혀 해야 할 말들이 숨죽어갔다. 엄마의 떨리는 손이 내 머리를 쓸고, 등허리를 두들기고, 엉덩이를 어루만졌다. 내가 흘린 눈물과 콧물이 엄마의 티셔츠에 창살 같은 얼룩 두어 줄을 만들었다. 엄마의 품이 감옥처럼 갑갑했다. 그렇게 진실은 늦은 봄, 뜨거운 아스팔트 같은 엄마의 품 안에서 아지랑이처럼 힘없이 어룽대다 흩어져버렸다.

14

사흘 뒤 엘자는 훈계방면되었다. 경찰은 고발자인 흔탁이 아저씨가 무연고인 폐가에 드나든 사실을 미심쩍어했고, 피해 규모가 적고 엘자가 미성년자라는 점을 감안해 선처를 했다. 며칠간 새벽부터 밤까지 경찰서를 드나들며 사건 뒷배를 보고 다닌건 광섭이 아저씨였다. 아저씨는 사돈의 팔촌, 고교 동창의 초교 동창까지, 경찰 인맥이 있다는 사람이면 누구든 찾아다녔다. 그렇게 사건은 종결됐지만, 흔탁이 아저씨는 마을 학부모 몇을 선동해 꾸준히 엘자의 퇴학을 추진했다. 아이들 사이에선 엘자가 중학교에 다니는 불량배 중 한 명과 깊이 사귀는 사이였으며, 누구의 입에서 나왔는지 모르지만 그 상대가 북중학교 2학년 5반 김승태라는 구체적인 소문까지 나돌았다.

소문이 제멋대로 몸피를 부풀리는 사이 엘자는 싸리 빗자루처럼 비쩍 야위고 꺼칠한 얼굴로 학교에 돌아왔다. 아무도 그 애에게 말을 섞거나 시선을 나눠주지 않았다. 종선이조차 복도에서나 엘자를 만나면 오던 길을 되돌아가거나 고개를 틀어버렸다. 점심시간이면 엘자는 도시락을 꺼내지 않고 책상에 엎드렸고, 수업이 끝나면 내가 한눈판 사이를 틈타 공기처럼 조용히 교실을 빠져나갔다. 내가 뒤늦게 허둥지둥 엘자를 찾아 나설 때면 옥선이가 교실 문을 가로막고 안쓰러운 표정으로 고개를 가로저었다. 옥선이의 표정에서 내가 엘자 곁에 얼쩡거리지 않는 게 그 애를 돕는 최선의 길이라는 걸 깨달았다.

"내일 그 아저씨랑 우리 아빠가 도교육청에 탄원서 내러 간대. 엘자 하나 때문에 학교 명예가 바닥에 떨어졌으니, 교장도 퇴학에 동의할 거랬어."

한동안 엘자 뒷공론에 바빴던 부반장이 잠자리 날개 같은 새 원피스를 입고 등교해 새 소식을 전했다. 옥선이라면 이런 말에 쌍지팡이를 짚고 일어설 법했지만, 기껏 지난번에 엘자 역성을 들었다 그 이튿날 부반장 앞에서 크게 무안을 당한 뒤론 이렇다 저렇다 말이 없었다. 부반장이 말하는 그 아저씨란 흔탁이 아저씨일 터였다. 그 애 말이 사실이라면 엘자는 더 이상 학교에 나올 수 없을지도 몰랐다. 가슴이 졸아붙다 못해 시커멓게 타들어 갔다. 며칠째, 힘없는 손으로 양산을 지탱하느라 햇볕을 제대로 피하지 못했는지 엘자의 얼굴과 양쪽 손목에 속소그레한 물집이 두둘두둘했다.

흔탁이 아저씨를 설득할 만한 사람이 필요했다. 우리 마을에서 가장 언변이 좋고 유식한 사람은 누가 뭐래도 수동이 형이었다. 나는 학교가 파하자마자 수동이 형네 집으로 달려갔다. 형은 마침 마가린과 날달걀을 넣어 질척하게 비빈 밥으로 늦은 점심을 해결하고 있었다.

"다 먹고 얘기하자."

수동이 형은 마치 내가 찾아올 줄 알았던 사람처럼, 놀란 기색 없이 느리고 우아하게 운동복 차림으로 식사를 계속했다.

"고백할 게 있어요."

모든 걸 털어놓기로 마음먹자, 쉬지 않고 눈물이 쏟아졌다. 나는 무릎을 꿇고 앉아 두 손으로 바닥을 짚은 채, 어깨와 턱이 들썩거릴 정도로 섧게 흐느꼈다.

"좋아, 디저트는 다음에 먹기로 하고 네 얘기부터 듣자."

수동이 형이 벽을 타는 쥐며느리를 손끝으로 눌러 죽여 빈 밥그릇에 털어내고 가부좌를 틀었다. 나는 수동이 형에게 그날 밤 벌어진 일을 순서 없이 그러나 한 점 거짓 없이 털어놓았다.

"로맨틱한 첫 키스였네."

이야기를 다 듣고 난 수동이 형이 살며시 미소를 띤 채 가느스름하게 눈을 떴다. 형의 미간 한가운데 붙은 밥풀이 부처의 흰털처럼 도드라져 보였다.

"흔탁이 형님이 엘자만 물고 늘어진 건, 네 말대로 스텔라 씨에게 거절당한 분풀이일지도 모르지. 하지만 네가 모르는 게 하나 더 있어. 이 마을 사람들은 외지인에 대해 묘한 적대감을 품고 있단다. 여긴 육이오 때 가장 많은 인명 살상이 벌어진 격전지였지. 주민들은 집집마다 거의 한 명씩 인민군이나 국군을 숨겨줬는데, 그걸 빨랫줄의 빨래로 표시했다고 하더라. 빨간 버선을 널어놓으면 인민군, 흰 버선을 널어놓으면 국군, 뭐 이런 식이었겠지. 이념을 떠나, 고만고만한 혈육을 전장에 떠나보낸 애틋한 마음으로 베푼 일이었을 테지만, 피난길에 이 마을에 들러 잠자리를 구걸하던 사람들 눈엔 고까운 오지랖이었을 거야. 결국 피난

민들의 밀고로 마을은 쑥대밭이 됐어. 집집이 장롱이나 벽장마다 숨어 있던 인민군과 국군이 일시에 튀어나와 콩 볶듯 총질을 해댔고, 마을 주민 절반 이상이 목숨을 잃었지. 꼭 그 일 때문이라고 하긴 뭣하지만, 흔탁이 형 또래의 이 마을 사람들은 실제보다 부풀려진 부모 세대의 이야기를 듣고 자라며 외지인을 두려워하게 됐어. 두려움은 적개심을 불러왔고, 그게 유일한 외지인인 스텔라 씨와 엘자를 만나자 부비트랩처럼 펑, 터진 거지."

수동이 형이 짧게 한숨을 내쉬고는 자리에서 일어나 책 한 권을 꺼내왔다. 책은 제목도 내용도 온통 영어뿐인 외국 책이었다.

"네가 지금 엘자를 걱정해야 할 건, 유언비어나 따돌림이 아냐. 엘자는 심각한 병에 걸렸어. 네게 엘자의 하인이 되어 주라고 한 건 그 병 때문이야."

수동이 형이 외국 책을 몇 장 넘기다, 전신에 불긋한 수포를 뒤집어쓴 소년의 사진이 담긴 페이지를 펼쳐 내게 내밀었다. 언뜻 보아도 소년의 상태는 심각해 보였다. 한쪽 다리가 다른 한쪽에 비해 한 뼘가량 짧았고, 손가락은 제멋대로 곱은데다 흰자위가 붉게 충혈되어 있었다. 엘자도 햇볕을 쬐면 피부에 수포가 생기긴 하지만, 이 소년처럼 몸이 변형되지는 않았다.

"형, 그럼 애도 흡혈귀 같은 거예요?"

수동이 형은 엘자가 흡혈귀란 걸 알 테니 허심탄회하게 묻기로 했다.

"옛날엔 이 병에 걸린 사람을 흡혈귀로 의심했다는구나. 하지만 이 소년도 엘자도 흡혈귀가 아냐. 포피리아라는 난치병에 걸린 환자일 뿐이지."

거짓말! 입에 착 감기는 꽃 이름 같은 포피리아가 난치병일 리도 없고, 있다 해도 엘자가 그 병일 리 없었다. 텔레비전을 보면 몸에서 나무가 자라는 인도인도 있고, 키가 1미터도 되지 않는 인형 같은 어른도 있었다. 하지만 포피리아라는 병은 본 적도 들은 적도 없었다. 차라리, 영원불사의 마녀나 흡혈귀라고 못 박는 편이 더 희망적일 것 같았다.

"이 책을 보면 포피리아증은 혈액 효소의 결핍이 원인이라고 하는구나. 때에 따라 수혈을 받기도 하고, 햇볕을 쬐면 수포가 솟고, 사춘기 이후엔 복통이나 근육통이 수시로 찾아올 수 있어. 심한 경우엔 경련을 일으키다 사망하기도 한단다. 엘자가 마늘을 싫어하는 것도 포피리아증 환자의 특징 중 하나야. 마늘의 주요 성분이 증상을 악화시킬 수 있거든. 문제는 엘자가 사춘기를 맞았다는 거야. 곧 심각한 증상들이 하나둘씩 늘어날 테지. 그렇게 되면 소문이나 따돌림 때문이 아니라 병 때문에 학업을 중단해야 할지 몰라."

나는 수동이 형이 들고 있는 책을 빼앗아 정신없이 책장을 넘겼다. 영어를 모르지만, 이렇게 넘기다 보면 포피리아를 극복하고 첫사랑과 결혼해 무식하게 많은 아기를 낳고 징그럽게 오래 살다 죽은 누군가의 성공담이 있을 것만 같았다. 하지만 책장을 넘길수록 그 희망은 점점 사그라졌다. 앞서 봤던 소년보다 더 끔찍한 몰골의 환자들이 불량 마네킹처럼 무표정한 얼굴로 알몸을 드러냈다.

"엘자가 서울에 살던 시절에 아버지에게 받은 편지를 가져온 적이 있어. 거긴 미국에 포피리아 신약이 개발됐다는 내용이 적혀 있더라. 그리고 엘자의 이복 언니와 오빠에 대한 이야기도. 엘자의 병이 깊지 않은 시절에 보냈던 편지였던 모양이야. 스텔라 씬 어떻게든 엘자를 보내지 않으려고, 전남편을 피해 파주로 숨어든 거였어. 하지만 이제 막다른 골목이야. 지난번 엘리자베스 바토리 얘기도 그래서 한 거였고."

나는 책을 집어 던지고 수동이 형의 냄새나는 자취방을 뛰쳐나왔다. 형에겐 아무 잘못도 없지만, 마치 형이 그런 책을 주워 모아 엘자에게 몹쓸 병이 찾아온 것처럼 까닭 없는 미움과 원망이 치솟았다. 처자식이 있는 주제에 스텔라 아줌마를 꼬드겨 엘자를 낳은 엘자네 아빠도 미웠고, 자식이 몹쓸 병에 걸렸는데 앞뒤 재고 있는 스텔라 아줌마도 미웠다.

집으로 돌아오자마자 나는 외할머니의 옷장에서 한지에 꽁꽁 싸놓은 웅담을 찾아냈다. 안방 다락을 열어 토종꿀도 찾아냈다. 부엌 찬장을 뒤져 말린 영지버섯도 꺼냈다. 가방도 내려놓지 않고 온 집안을 설거지하듯 뒤지자 오이지용 소금물을 끓이던 아빠가 눈 뜨고 소매치기 당한 표정으로 나를 바라봤다.

"지금은 아무것도 묻지 말아줘, 아빠."

나는 웅담과 토종꿀, 영지버섯을 안고 엘자에게 갔다. 마녀가 아닌 그 애를 대신해 내가 신비의 명약을 만들 때였다. 나는 엘자네 부엌에 들어가 곰솥을 꺼내고 물을 가득 받은 뒤 안고 간 약재들을 쏟아 부었다.

"우리 할머니가 그러는데, 웅담은 못 고치는 병이 없대. 염병도 고치고, 문둥이도 낫게 한대. 그러니까 맛없더라도 참고 마시면 반드시 나을 거야. 우리 할머니 말이니까 믿어도 돼."

꼭 닫힌 엘자의 방에선 아무 대답도 들리지 않았다.

"양하인, 너 왜 그래? 아빠랑 얘기 좀 하자."

사랑채 현관문을 열고 겁먹은 표정의 아빠가 고개만 불쑥 디밀었다.

"지금은 안 돼. 엘자 약 만들어줘야 하거든. 그러니까 말 시키지 마."

아빠가 소스라치게 놀라 어깨를 움츠리고 손으로 입을 가렸다.

"광섭 씨 만났니? 엘자 많이 안 좋대? 스텔라 씬 계속 연락도 안 되는데, 어쩜 좋아."

그러고 보니 현관문 앞에 엘자의 신발이 보이지 않았다.

"아빠, 엘자 어디 갔어?"

엘자네 방문을 열어보았다. 엘자는 없었다. 개하인이 제가 싸놓은 똥을 밟았는지, 방바닥에 냄새나는 발자국이 가득했다.

"엘자 병원 실려간 거 몰라? 아까 마당에 쓰러진 걸 광섭 씨가 보고 119 불러서 태워 갔어. 근데, 것도 모르는 녀석이 무슨 약을 만든다고 이 난리야. 어머 어머, 너 거기다 토종꿀도 부었어? 내가 미쳐!"

곰솥에서 쌉싸름한 냄새가 풍겼다. 아빠는 나를 쥐어박으면서도, 이왕 이렇게 된 거 엄마랑 나 몸보신이나 시켜야겠다며 가스레인지 불을 끄지 않았다.

9시 뉴스가 끝나갈 무렵, 광섭이 아저씨에게서 전화가 왔다. 의사가 서울의 대학병원으로 환자를 이송해야겠는데, 보호자의 동의를 얻어야 한다는 거였다.

"방금도 맨하탄에 전화해봤는데, 오늘 안 나왔대. 하인 엄마가 시내 미용실이랑 양품점 돌며 뒤지는 중이야. 딸년이 죽게 생겼는데, 그 여편넨 어디서 뭘 하나 몰라."

전화를 끊고, 아빠도 심란한지 텔레비전을 껐다.

"엘자 소식 들어오면 제일 먼저 알려줄 테니, 그만 가서 자."

아빠가 고단한 눈초리를 비비고 뜨개질 바구니를 꺼냈다. 나는 좀비처럼 힘없는 사지를 펄럭펄럭 흔들며 안방을 나왔다. 이맘때면 늘 사랑채 새시 문틈으로 따뜻한 오렌지색 불빛이 새어나와 나를 배웅했는데, 오늘은 먹먹한 어둠이 몹시도 사막스러웠다. 이부자리에 눕자, 엘자가 이사 온 날 광섭이 아저씨가 밤새 잠 못 이루며 이웃의 일거수일투족을 낱낱이 줬던 것처럼 온몸의 신경이 대문과 전화벨 소리에 곤두섰다. 하지만 12시가 다 되어 돌아온 엄마의 발소리와 개하인의 간헐적인 울음 외에 집 안은 무덤 속처럼 조용했다.

"자기, 외박했어? 아픈 애 혼자 놔두고 그래도 돼? 기가 막혀,

정말."

부엌에서 벅벅 쌀 씻는 소리, 장독을 오가는 아빠의 슬리퍼 소리, 대문 열리는 소리, 또각또각 발소리, 그리고 스텔라 아줌마를 향한 아빠의 원망 섞인 지청구가 연속극 시작 전 광고 화면처럼 빈틈없이 맞물렸다.

"우리 엘자한테 무슨 일이라도 생겼어요?"

"그걸 말이라고 해? 자기 연락 안 돼서 광섭 씨 혼자 쩔쩔맸잖아. 빨리 세브란스병원 가 봐. 아직 병실도 못 잡은 모양이야."

스텔라 아줌마는 대체 뭘 하다 아침 6시 반에 돌아온 걸까. 아줌마의 다급한 구둣발 소리가 들렸고, 아빠의 한숨과 뒷욕이 이어졌다. 아빠는 월급을 주는 것도 아니고, 기다려주는 사람이 있는 것도 아닌 학교로 나를 등 떠밀었다. 교실로 들어서자 부반장 주변으로 아이들이 둥글게 몰려 있었다.

"그 아저씨가 오늘 아침에 전화해서 도교육청 안 가겠다고 했대. 탄원서도 다 그 아저씨가 갖고 있는데, 울 아빠만 바보 됐지 뭐야. 말로는 오해가 풀려서 안 가는 거라지만, 엘자네 쪽에서 뭔가 수를 썼겠지. 돈을 먹였든지, 아님 그 아저씨랑 엘자네 엄마가 그렇고 그런 사이가 됐든지."

그렇고 그런 사이란 대목에서 평소 되바라진 아이들 몇이 키득댔다. 스텔라 아줌마가 외박을 한 게 흔탁이 아저씨와 연관이 있을지 모른다는 데 생각이 미치자 비위가 상해 올칵했다. 하지만 지금은 엘자 생각만으로도 복잡했다. 어른들의 문제까지 일

일이 신경 쓰다간 머리가 터질 것만 같았다. 엘자의 빈 책상 위로 한 줌 햇살이 쏟아졌다. 그 자리에 앉아 책받침으로 햇살을 피하던 엘자가 눈에 아른거렸다. 시간은 천일염 자루의 간수처럼 더디 흘렀다.

이튿날, 엘자는 까까머리 훈련병처럼, 주인 없는 옷 한 벌과 구두만을 광섭이 아저씨 편에 돌려보냈다. 아빠가 광섭이 아저씨한테 달라붙어 집요하게 엘자의 병에 대해 이것저것 캤지만, 아저씬 벅벅 마른세수만 할 뿐 시원한 대꾸를 하지 않았다.

광섭이 아저씨는 이튿날도, 그 이튿날도 새벽같이 서울행 기차에 올랐지만, 어찌된 영문인지 매번 죽을상이 되어 집으로 돌아왔다. 아저씨의 손엔 소주와 마른오징어 다리 몇 개가 삐져나온 검은 봉지가 들려 있었다. 낮 동안 방에 틀어박혀 술을 마신 아저씨는 엄마가 퇴근할 무렵엔 제대로 걷지도 못할 지경으로 만취해서 다시 새 술을 사러 슈퍼로 향했다.

"똥개만 남겨놓고 떠나가느냐. 얄미운 사람!"

광섭이 아저씨의 절규에 아저씨와 한 방을 쓰게 된 개하인이 신경질적으로 캉캉 짖어댔다.

"잰 왜 초저녁부터 호랑나비야?"

대문간에서 광섭이 아저씨와 마주친 엄마가 뒤를 돌아보며 혼잣말을 했다. 정말 광섭이 아저씨의 걸음이 몇 년 전 유행했던 〈호랑나비〉의 안무를 닮아 있었다.

"말도 마. 종선이 엄마 말이 어제 슈퍼 앞에서 흔탁이랑 마주

쳤는데, 광섭 씨가 눈이 휙 돌아선 혼탁이 놈 골통을 부숴놓겠다고 소주병 깨고 난리도 아니었대. 저러다 폐인 되겠어."

아빠가 혀를 차며 욕실에서 발을 씻고 나온 엄마에게 수건을 건넸다.

"엘자는 좀 어떻대?"

"내가 알우? 전화 한 통 없습디다. 저 없을 때 우리가 딸년 밥해 멕이고, 하인이는 여지껏 엘자 호구 노릇까지 해줬는데, 참 야속도 하지. 이래서 밖에서 흘러온 사람들한테 정 주지 말아야 해."

우리 외할머니는 육이오 때 빨간 버선을 넣었을까, 흰 버선을 넣었을까. 엘자네 아빠는 미군이었다는데, 지금이 그때라면 우린 무슨 색 버선을 넣면 좋을까 생각하다 재수 없이 무덤 밥 먹는다며 엄마에게 숟가락으로 정수리를 호되게 박혔다.

"낮에 경찰서에서 연락 왔는데, 요즘 남대문 그릇 도매 상가에 만능 미스터 쿠커만 대량으로 떼어 가는 남자가 있다네. 인상착의도 비슷하고. 형사랑 내일 한번 가보려고."

다음 날, 엄마는 별 기대 없이 남대문 그릇 도매 상가에 갔다 만능 미스터 쿠커 서른 개를 오토바이에 싣는 젊은 사내를 잡았다. 그러나 사내는 엄마와 경찰이 찾는 사기꾼이 아니었다. 그는 전국을 떠돌며 건강보조식품이나 자석요, 방취제 따위를 파는 일명 약장수들에게 물건을 배달할 뿐이라고 자신을 소개했다. 하지만 의심 많은 엄마는 그의 말을 믿지 않았다. 사내는 단지 심부름꾼인 척하지만 좀 더 깊이 파고들다 보면 아빠를 등쳐먹은 프라이팬 영업 사원과 한패일 거란 확고한 믿음 때문이었다. 엄마는 비장한 표정으로 '라이방 선글라스'를 쓰고 택시에 올라타 사내의 뒤를 밟았다. 사내의 오토바이가 처음 들른 곳은 왕십리 고갯길에 위치한 증축 건물이었다. 사내는 만능 미스터 쿠커 상자 열 개를 덜어 건물로 올라갔고, 엄마는 택시 기사에게 잠시 기다려달라 부탁한 뒤 그의 뒤를 밟았다. 그가 들어간 곳은 간판 없는 빈 사무실이었는데, 물건을 수령한 사람은 프라이팬 영업 사원이 아닌 머리가 M자형으로 벗겨진 오십대 남자였다. 그다음으로 사내가 찾은 곳은 화곡동 88체육관 뒤에 위치한 오래된 빌라였다. 빌라에서 그를 맞은 건 화장이 짙은, 엄마 또래의 여자였다. 사내의 오토바이에는 만능 미스터 쿠커 열 개만이 남았다. 택시 기사는 엄마에게 추가 요금을 요구했다. 엄마는 기필코 놈들의 근거지를 찾아내 아사리 판을 낼 각오로 택시 기사에게 '따블'을 외쳤다.

마지막으로 오토바이가 멈춘 곳은 모래내시장 안의 복합 상가 앞이었다. 한의원과 이발소, 단란주점 등의 주접 든 간판이 꾀죄죄한 건물과 잘 어울리는 곳이었다. 엄마는 사내가 건물 안으로 들어가자 한 층 간격을 두고 그의 뒤를 따라붙었다. 크진 않지만 건물 전체에 젊은 남자의 음성이 웅웅, 울렸다. 어쩌면 이번엔 진짜 프라이팬 영업 사원일지 몰랐다. 불시의 공격에 대비해, 엄마는 라이터를 손아귀에 꼭 말아 쥐고 그가 들어간 5층 출입문 앞에 섰다. 쿵작쿵작, 문틈으로 음악 소리가 새어 나왔다. 긴박한 상황에 무기로 쓸 허리띠를 풀고 문을 열어젖혔을 때 엄마를 불시에 공격한 건 괴한의 주먹이 아닌 각설이 분장을 한 젊은 사내의 음담패설이었다. 갑작스런 엄마의 등장에 각설이와 그의 재롱에 까르륵 웃음을 터트리던 할머니들의 시선이 모였다. 그들 중 유독 엄마의 시선을 잡아 끈 사람이 있었다. 외할머니였다.

외할머니는 플라스틱 바가지로 커다란 젖통을 만들어 티셔츠 속에 집어넣고 시뻘겋게 칠한 입술을 벙긋대며 땅콩 카라멜과 유가 따위를 사람들에게 나누어주고 있었다. 엄마는 사람들을 헤치고 간이 무대 뒤로 돌아가 콘솔을 조종하던 약장수 우두머리를 끄집어냈다. 어디서 저 노인네를 데려왔냐는 엄마의 주먹다짐에 우두머리는 성가신 일에 휘말렸다는 표정으로 마른 비듬을 털어내며 '서울역이요' 짧게 대답했다.

정황을 종합해보면 외할머니는 문산역에서 기차를 타고 종착지인 서울역에 내려 여기저기를 헤맨 모양이었다. 그러다 가전제품 매장 앞에서 효녀 가수 현숙이 부르는 노랫가락이 들리자, 엄마를 떠올리곤 당실당실 춤을 췄다. 때마침 사업을 확장하려 이제 막 경부선에서 내린 약장수 우두머리의 눈에 외할머니가 들어왔다. 그는 모래내시장 한 귀퉁이에 건물을 임대하고 외할머니를 어머니라 부르며 영업장에 드나드는 비슷한 또래의 할머니들에게 환심을 사 물건을 팔아왔던 거였다.

"그냥 흥 많은 할머닌 줄 알았지, 치매환잔 줄 알면 누가 모셨겠어요. 우린 잘못한 거 없어요. 다짜고짜 취직 좀 시켜달라고 매달린 것도 저 노인네란 말입니다. 게다가 꼬박꼬박 월급도 드리고, 여인숙일망정 깨끗한 이부자리에서 재우고 먹여드렸는데 이거 왜 이래요!"

엄마는 외할머니의 가슴에서 바가지 젖통을 꺼내 약장수 우두머리의 머리통에 내리치고 건물을 나왔다. 돌아오는 택시 안에서 외할머니는 일찍 젖을 뗀 돌쟁이처럼 엄지손가락을 쪽쪽, 소리 내어 빨았다고 했다.

"아이고, 부처님 아버지! 감사합니다."

소식을 듣고 한걸음에 달려온 동기네 할머니가 부처님과 하나님 아버지를 한데 묶어 부르며 천지신명께 손을 비볐다.

돌아온 외할머니는 약장수한테 어려지는 약을 얻어먹었는지, 못 알아보게 포동포동 살 오른 얼굴로 방긋방긋 웃기만 했다.

"많이 부으셨지? 의사 말이 빨리 투석 받으셔야 한대. 당도 높고, 혈압도 높아서 당장 입원해야 한다는 걸 하룻밤만이라도 집에서 모셨다 가려고."

엄마는 남편 몰래 낳은 자식을 염치없이 끌어들인 헌 신부처럼 방으로 들어가지 못하고 아빠의 눈치를 살폈다. 아빠의 얼굴은 잡지에서 찢어낸 여러 사람의 이목구비를 한 얼굴에 모아놓은 것처럼 웃는 것도, 그렇다고 우는 것도 아닌 표정으로 외할머니를 바라봤다.

"하인 아빠야, 이제라도 찾았으니 다행으로 알고 구순하게 지내거라. 그래봐야 귀가 파르족족한 게 오래 못 모실 게야."

동기네 할머니가 소매를 끌어다 짜그라진 눈초리를 닦았다. 그사이 외할머니가 줄었는지, 아니면 내가 부쩍 자랐는지 모르지만 이제 우리 둘의 키는 거의 엇비슷해져 있었다. 아빠가 눈물 대신 묽은 콧물을 화단에 풀어버리고 외할머니를 부축했다.

"음식 장만 좀 해서 낼 아침에 다시 올게. 당춘네야, 너 육개장 좋아하지? 내가 쇠고기 많이 넣고 한 다라 끓여 올 테니까, 그거 먹고 기운 내서 얼른 자리 털고 일어나자. 응?"

육개장이란 말에 외할머니가 입맛을 쩝쩝 다셨다. 동기네 할머니가 못내 아쉬운 듯, 외할머니의 손을 한참이나 매만지다 집으로 돌아갔다. 나는 부리나케 건넌방으로 들어가 늘어놓은 내 옷가지며 교과서를 치우고 요를 깔았다. 아빠의 부축을 받고 방으로 돌아온 외할머니는 음악도 없는데 자꾸 손장단을 맞추며 입을 우물거렸다.

"코팅이 끝내줘요, 만능미스타쿠커. 냄새가 없어요, 만능미스타쿠커. 연기가 안 나요, 만능미스타쿠커."

만능 미스터 쿠커 상자에 쓰여 있던 광고 문구가 외할머니 입에서 흘러나오자, 돌아서 나가려던 아빠가 벽에 이마를 쿵쿵 찧으며 끄으으으, 신음했다. 가로로 길게 벌어진 아빠의 입술 사이로 이제는 익숙해졌을 깨진 어금니가 보였다.

"나가자."

엄마가 내 손목을 붙잡고 방을 나섰다. 엄마는 잠시 마루에 걸터앉아 손톱 거스러미를 떼다 뒤축이 구겨진 운동화를 질질 끌며 마당을 질러 나갔다.

"엄마, 술 마시러 가?"

엄마가 나를 돌아보며 허리춤에 꿰어놓은 오토바이 열쇠를 흔들었다.

"아니, 드라이브. 올 때 통닭 사올게."

쓸쓸한 미소를 띤 엄마가 휘발유 냄새를 남기고 위태롭게 골목을 빠져나갔다.

엄마는 밤이 깊도록 돌아오지 않았다. 너무 일찍 외할머니 찾기를 놓아버린 데 대한 자책이 엄마를 방황하게 하는 것이리라. 나는 건넌방에서 나온 내 세간들을 옆에 끼고 사랑채에서 들려오는 광섭이 아저씨의 〈사랑아 울지 마라〉를 듣고 있었다. 나는 구성지다는 게 그리움의 수식어 중 하나라는 걸 그날 깨달았다.

저녁 시간이 한참 지났는데 아빠는 뭘 하는지 두 시간째 건넌방에서 나오지 않았다. 외할머니가 돌아오면 제일 먼저 그 품에 안겨 어리광을 피우고 싶었지만, 아무래도 아빠에게 양보해야 할 모양이었다.

"정신 드셨어요?"

건넌방 안에서 메마른 아빠의 목소리가 들렸다.

"자네 얼굴이 왜 그 모양이야. 울었어?"

아빠가 코를 훌쩍거렸다.

"모른 척 마세요! 다 알면서 저 골탕 먹이려고 집 나가셨죠? 아들 잡아먹은 얄미운 사위 너 좀 당해봐라, 나간 거잖아요."

외할머니가 잠시 말 뜸을 들였다.

"얄미웠지. 우리 현상이 살아 있었으면 지금쯤 크게 한몫하며 잘 살고 있었을 텐데. 안 그래?"

현상이는 군대에서 돌아가신 둘째 외삼촌 이름이었다. 나는 지금껏 누구에게도 외삼촌에 대한 이야길 제대로 들어본 적이 없었다. 아빠의 후임병이었다는 것, 대학에서 약학을 전공했다는 것, 천하대장군처럼 덩치가 커다란 멋진 미남자였다는 게 내가 아는 전부였다. 그런 외삼촌의 죽음에 아빠가 연관되어 있었다는 건 뜻밖이었다. 나는 마른침을 삼키며 창호지 구멍으로 첫사랑의 초야를 훔쳐보는 떠꺼머리총각처럼, 불온한 상상에 몸서리를 쳤다.

"그게 왜 제 잘못이에요? 하나 남은 아들마저 잃을까 봐 없는 살림에 산삼 달여 먹인 장모님 탓이지. 그 혈기왕성한 나이에 산삼을 세 뿌리나 먹었으니 오죽 속에서 열불이 났겠어요? 혹한기 훈련 나가서 맨발로 자는 놈은 김 이병 하나뿐이었으니 말 다했죠. 그날도 그랬어요. 한겨울 얼차려에 다른 놈들은 십 분도 못 버티고 내 앞에서 싹싹 빌고 내빼는데 김 이병 혼자 물 만난 고기처럼 눈밭을 뒹굴잖아요. 좌로 굴러 하면 어, 시원하다. 우로 굴러 하면 어, 조오타, 그게 사람이에요? 전 김 이병이 여자 같은 상관, 말 많은 고문관 엿 좀 먹이려고 오기 부리는 줄 알았어요. 그 곰 같은 놈이, 생때같은 장모님 아들이, 그렇게 쉽게 얼어 죽을 줄 누가 알았냐고요!"

잠시 대화가 끊겼다.

"그래 미안하다."

외할머니가 한숨처럼 대꾸했다.

"현숙이가 이뻐서 살았겠어요? 김 이병 여동생이니까, 장모님
한테 남은 마지막 혈육이니까, 죽어서 지옥 불 떨어지는 게 무서
우니까, 현숙이 불쌍하니까!"

"그래 미안하다."

"평생 죄인으로 이 집에 틀어박혀서, 밤마다 김 이병 꿈을 꿨
어요. 양 병장님, 이쁜 여동생 하나 있는데, 전역하시면 소개해드
리겠습니다. 거짓말쟁이, 얼어 죽을 놈!"

"그래 미안하다."

"남자가 처음 차린 밥상이 오죽했겠어요. 조금 짜면 소태고,
조금 싱거우면 맹물이라고 매번 입바른 소리부터 하시고."

"미안하다."

"현숙이 술독에 빠져 사는 것도 제 책임, 하인이 공부 못하는
것도 제 책임, 구들장 갈라진 것도, 사철나무 얼어 죽은 것도, 가
래떡 곰팡이 난 것도 다 제 책임이었잖아요!"

"미안하다, 미안해."

외할머니의 목소리에도 물기가 어렸다.

"이제 몇 해만 더 모시면 되겠다, 하인이 고등학교만 들어가면
나도 홀홀 털고 떠나버려야지 했는데, 먼저 선수 치는 법이 어딨
어요."

"그래 미안하다."

"선수 쳐서 나갔으면 부자 영감이라도 만나서 호의호식하다 돌아가셨어야지, 이 꼴이 뭐예요."

"미안하다, 영규야."

외할머니가 아빠 이름을 부르자, 내 눈시울도 뜨끈해졌다. 아주 오랫동안 불리지 않았던 아빠의 이름이 생경했다.

"김 이병 살리지 못해서 죄송해요."

아빠의 코맹맹이 목소리가 감정에 복받쳐 자글자글 끓었다.

"응."

"현숙이 고생시켜서 죄송해요."

"그래."

"변소 치레 징그러워서 덜 먹이고 헐 입힌 것도 죄송해요."

"오냐."

"제가 이런 말 한 거 금방 다 잊으실 거죠?"

"그렇겠지."

"다행이네요. 안 그럼 창피해서 저 죽어요."

그러나 먼저 죽은 건 창피할 것 없는 외할머니였다.

그날 밤, 엄마는 약속대로 통닭을 두 마리나 튀겨 한 마리는 광섭이 아저씨 방문 앞에 놔두고, 다른 한 마리는 건넌방으로 가져갔다. 안방에서 얕은 잠이 들었던 나는, 통닭 냄새와 엄마의 기척에 이불을 떨치고 일어났다. 건넌방 요 위에는 아빠와 외할머니가 사이좋은 모자처럼 나란히 누워 잠들어 있었다. 그 모습을 내려다보며 엄마가 빙그레 웃었다.

"어머니 돌아오셨다니까, 세강이네 엄마가 제일 실한 놈으로 바짝 튀겨줬어요. 일어나서 좀 드셔보세요."

엄마의 목소리에 아빠가 흠칫 놀라 눈을 떴다.

"깜빡 잤네. 닭 튀겨왔어?"

아빠가 부스스한 머리를 매만지며 두 눈을 꼭 감고 배 위에 양 손을 곱게 포갠 외할머니를 흔들었다. 그러나 외할머니는 사람 모양 베개처럼 흔들면 흔들릴 뿐, 일어날 채를 하지 않았다. 아빠 가 외할머니의 코 아래 손가락을 가져다댔다.

"어머나!"

외할머니는 아빠와 화해를 한 날, 두 아들과 남편을 찾아 떠났 다. 오자마자 다시 떠난 길이라 피곤하실 텐데, 벗어놓고 간 육신 의 허물은 평온하기 그지없는 표정이었다.

동기네 할머니가 가져온 육개장은 문상객을 대접하는 데 요긴 하게 쓰였다. 아빠는 검은 양복에 상장을 매달고, 지팡이로 바닥 을 쿵쿵 찧으며 애고애고 곡을 했다. 평소 남자 같고 어기차던 엄 마는 장의사가 당도해 죽음을 확인한 순간, 천생 여자로 돌변했 다. 소복을 갈아입은 엄마는 아빠의 어깨에 머리를 기대고 앉아 있다, 문상객이 절을 하면 구멍 난 고무호스처럼 꿀찌럭, 눈물을 쏟아냈다.

장지는 외할아버지가 묻힌 강 건너 김씨 종중 선산이었다. 이 미 수년 전에 가묘를 세워뒀기 때문에 봉분을 열고 석관에 외할머니를 눕히기만 하면 되었다. 상여꾼을 따라 하전하전 걷는 엄마의 치맛자락에 빨간 핏물이 비쳤다. 나는 사흘 동안 먹지도 자지도 않고 내처 울기만 했던 엄마에게 큰일이 벌어진 줄 알고 가슴이 철렁 내려앉았다. 그러나 아빠는 놀란 기색 없이 입고 있던 양복저고리를 벗어 엄마의 허리에 묶어 핏자국을 가려주었다. 월경이었다.

"깨딱하다간 객사할 뻔 했는데, 생전 착한 양반이라 딸네 고생 안 시키려고 집에 와서 갔구먼. 호상이야. 호상이고말고."

동기네 할머니가 어이, 어이, 상여 소리에 맞춰 난데없이 춤을 췄다. 춤이라곤 하지만 그저 팔다리를 조금 세게 휘젓는, 이를테면 몸부림에 가까운 동작의 연속이었다. 하지만 동기 할머니의 춤에는 강한 전염력이 있었다. 상여를 따르던 외할머니의 친정 조카들과 이웃, 벌써 보름째 웃음을 잃었던 광섭이 아저씨까지 어이, 어이, 곡을 하며 춤을 추었다. 따라 추어야 할지 말아야 할지 몰라 눈만 굴리는 나를 아빠가 뒤에서 덥석 끌어안고 덩실덩실 춤을 추었다. 정말이지 울며 춤추며 노래하는 이상한 장례식이었다.

상여 길라잡이를 하던 엄마의 오촌 당숙이 '어화 세상 벗님네들 살아생전에 많이 먹고 재미있게 잘 사시오' 목청을 높이자 상여꾼들이 '어-호-어어-호 어이가리 넘차-어-호' 후렴을 이었다. 그 가락이 너무도 청아해 목캔디를 꿀떡 삼킨 것처럼 가슴이 화했다.

15

나는 누가 시킨 것도 아닌데, 다시 건넌방으로 짐을 옮겼다. 아빠가 외할머니의 옷가지와 소지품을 태우고, 옷장을 씻은 듯 부신 듯 비워놨다. 나는 썰렁한 옷장 안에 내 겨울 옷가지를 채우고, 외할머니의 경대를 책상으로 꾸몄다. 그렇게 방이 정리되고 나자, 아주 오래전부터 그 방이 내 방이었던 것처럼 마음이 푸근해졌다.

나는 엘자와 치른 의식 때문에 외할머니가 돌아왔다고 생각했다. 비록 마녀나 흡혈귀는 아니지만 바토리 가문의 후손인 엘자에겐 분명 특별한 능력이 있을 거라 믿었다. 그 애는 여전히 나의 주인이었고, 나는 이 세상에서 유일하게 그걸 알아주는 사람이고 싶었다. 하나를 얻고 또 하나를 잃었지만, 후회는 없었다. 엘자는 많은 걸 잃었으니, 이제 하나쯤은 얻을 수 있을 터였다. 하늘이 그 애를 지나치게 편증偏憎하지 않는다면 당연한 일이었다. 그러나 엘자는 기류를 잘못 탄 헬륨 풍선처럼 점점 더 내 손과 눈에서 멀어지고 있었다.

광섭이 아저씨는 다시 목공소에 출근을 하게 됐지만, 쉬는 날이면 마당에 나와 하염없이 하늘을 올려다봤다. 아저씨의 코밑에 다듬지 않은 수염이 길게 자라 입술을 덮어갔다. 우린 볕 좋은 일요일이면 마치 사연 같은 과부처럼, 마당에 나란히 앉아 떠나간 풍선을 그리워했다.

"들었냐? 흔탁이 놈, 필리핀에서 색시 데려온단다."

엄마가 기지개를 켜며 마당에 나왔다. 외할머니가 돌아가신 후, 엄마는 술과 담배를 끊었다. 대신 하루 종일 은단 껌을 씹었는데, 나는 엄마의 숨결에서 묻어나는 달짝지근하고 화한 은단 껌 냄새가 좋아 자꾸만 말을 걸었다.

"전 그놈 사람으로 생각 안 합니다."

광섭이 아저씨가 잠꼬대처럼 억양 없는 목소리로 웅얼댔다.

"너도 상투는 틀어야 할 거 아냐."

광섭이 아저씨가 아무 대꾸도 하지 않자, 일회용 라이터를 만지작거리며 해바라기를 하던 엄마가 슬리퍼를 끌고 뒤꼍으로 사라졌다. 금연이 힘들다고 하지만, 그래도 한 달여 참아온 담배인데 엄마의 결심이 다시 힘없이 무너지는 걸 두고 볼 수 없었다. 나는 엄마 뒤를 따라 뒤꼍으로 갔다. 감나무 아래서 담배에 불을 붙이고 있을 엄마를 상상했지만, 엄마는 쪼그리고 앉아 넓적한 돌멩이로 흙을 파헤치고 있었다. 컴온의 무덤 자리였다.

"엄마, 거긴 왜 파?"

장마가 끝난 뒤라 부드러워진 흙은 어렵지 않게 속살을 드러냈다.

"여긴 소중한 것들이 묻히는 곳이거든."

흙 속엔 지난번과 마찬가지로 여러 개의 동물 뼈와 깨진 구슬, 조각난 플라스틱 못난이 인형, 녹슨 반지가 들어 있었다. 엄마가 그 위에 라이터를 던졌다.

"그게 다 엄마 거였다고?"

고개를 끄덕인 엄마가, 파헤친 흙더미를 밀어 구멍을 메웠다.

"나비랑 곰순이랑 해피가 여기 묻혔어. 엄마랑 같이 자란 녀석들. 난 아직 덜 컸는데, 녀석들은 부쩍부쩍 크더니 금방 늙고, 곧 죽어버렸지."

"그럼, 구슬이랑 인형 같은 건 뭐야? 엄마 물건은 아닐 거 아냐!"

동물의 뼈는 그렇다 쳐도 엄마의 물건이라 하기엔 낯간지러운 것들의 정체가 궁금했다.

"엄마 거 맞아. 어려서 느이 외삼촌들이랑 갖고 놀던 장난감들이야. 원랜 오빠 무덤에 같이 묻어주고 싶었는데 할머니가 어딘지 안 가르쳐 주더라고. 그래서 여기 묻어줬지. 반지는 둘째 오빠 거였어. 군대 가기 전에 빼놓고 간 거였는데, 팔기도 뭣하고 갖고 있기도 그렇더라. 근데 녹슨 걸 보니 진짜 금도 아니었나 봐."

엄마가 손바닥으로 야트막한 봉분을 다독거렸다.

"그럼 우리 컴온은 어딜 간 거야? 분명 이 자리에 묻었는데."

"얕게 묻었더니 그 이튿날 비가 와서 쓸려 가게 생겼더라고. 그래서 앵두나무 아래로 옮겨 묻었어. 너도 언젠가 소중한 걸 놓아줘야 할 땐 거기다 묻어줘. 그럼, 한결 마음이 편안해지거든."

앵두나무 아래에 컴온의 오종종한 발을 닮은 톱풀 몇 포기가 꽃을 피우고 있었다.

나의 가장 소중한 것, 엘자는 여름방학이 시작된 첫 주 월요일에 집으로 돌아왔다.

여름답지 않게 아침부터 바람이 서늘한 날이었다. 한바탕 비가 쏟아지기엔 하늘이 너무 맑았고, 개미들도 갈라진 창고 벽 틈새로 태평하게 먹이를 등짐 져 날랐다. 엄마가 날씨 탓인지 감기 기운인지 자꾸 으슬으슬하다며 몸을 떨자, 아빠가 봄 잠바를 꺼내 걸쳐주었다. 나는 엄마를 배웅하고 마루에 걸터앉아 구관조에게 날콩을 먹이고 있었다. 구관조는 여전히 말을 하지 못했지만, 모이를 주고 물통을 갈아주는 나를 보면 부리를 쩍쩍 벌리며 반가운 체를 했다. 사랑채에선 개하인에게 '바이바이!' 출근 인사를 건넨 광섭이 아저씨가 마당으로 걸어 나와 워커 끈을 조였다. 광섭이 아저씨가 대문간을 나섰을 때, 바깥마당에서 자동차 엔진음이 들렸다. 엘자와 스텔라 아줌마를 싣고 온 택시였다.

아저씨는 택시에서 내린 엘자와 스텔라 아줌마를 보고도 믿기지 않는다는 듯 눈을 비볐다. 그러곤 얼떨떨한 표정으로 자신의 볼을 세게 한 번 꼬집더니 함박 웃으며 마당으로 뛰어나갔다. 아저씨는 스텔라 아줌마의 손에서 가방을 받아들려 했지만, 아줌마가 물러서는 바람에 손만 민망해졌다. 스텔라 아줌마의 뒤에선 엘자는 얼굴 여기저기에 개구리밥만 한 붉은 딱지가 앉아 있었다. 상앗빛 뺨과 치렁치렁한 머리칼은 엘자를 유령처럼 보이게 했지만, 정작 그 애는 스텔라 아줌마를 제외한 모든 사람을 유령 취급했다. 나는 매일 같은 자리를 떠도는 지박령처럼 차마 엘자에게 다가서지 못하고 멀찍이서 안타까운 눈길로 바라보았다.

"어서 와요. 미리 연락하지 그랬어. 방도 치워놓고, 먹을 것도
좀 장만하게."

아빠의 마중에 스텔라 아줌마가 어줍게 웃어보이곤 방으로 들
어갔다. 방문이 쾅, 소리 나게 닫히자 대문간으로 돌아온 광섭이
아저씨가 꿈에서 현실로 돌아온 듯 가볍게 진저리를 쳤다. 오토
바이는 본 체 않고 다시 길을 나서는 광섭이 아저씨의 타박타박
워커 발소리가 오래도록 골목을 떠돌았다.

오랜만에 아빠가 음식 솜씨를 발휘했다. 바짝 말려둔 동치미
무를 종종 썰어 고추장과 설탕, 들기름을 넣고 프라이팬에 달달
볶고, 시금치와 당근, 버섯 등속을 넣어 푸짐하게 잡채를 무쳐냈
다. 냄비에선 삼계탕이 끓고, 돌솥에선 영양밥이 익어갔다.

"아참, 빈혈에 소간이 좋댔지? 하인아, 삼거리 정육점 가서 소
간 싱싱한 걸로 한 덩어리 사 와. 전 부칠 거라고 하면 저며 주실
거야."

아빠가 데친 취나물을 체에 받치며 엉덩이를 뒤로 뺐다. 나는
아빠의 바지 뒷주머니에서 만 원짜리 한 장을 꺼냈다. 아빠는 엘
자의 창백한 낯빛을 보고 자기 맘대로 빈혈이라 단정 지은 모양
이었다. 하지만 나는 아빠 짐작에 토를 달지 않기로 했다. 모든
약에는 부작용이 따르지만, 사람들은 부작용을 감수하고 효능을
기대하며 약을 먹는다. 감기약을 먹어 감기가 나았는지, 나을 때
가 되어 나았는지 확인할 길은 없지만 결국 낫기만 하면 장땡인
거였다. 아무 근거 없는 식이요법이라도 엘자가 먹어 차도를 보

244

이기만 하면 그만이었다.

삼거리 정육점으로 가는 길, 나는 버스 정류장 의자에서 꺼이꺼이 울고 있는 광섭이 아저씨를 발견했다. 다리를 쩍 벌리고 무릎에 양손을 짚은 채 고개를 푹 숙인 아저씨는 언뜻 화가 난 사람처럼 보이기도 했지만, 다리 사이로 녹은 아이스크림처럼 되직한 눈물이 뚝뚝 떨어졌다. 아저씨의 눈물이 떨어질 때마다, 고운 흙먼지가 풀쩍 뛰어올라 연기처럼 아스라이 흩어졌다 가라앉았다. 정말 창피한 건 눈물을 참지 못하는 게 아니라, 누군가에게 눈물을 들키는 거였다. 나는 아저씨를 모른 체하기로 했다.

마루에 푸짐하게 한 상 차린 아빠가 사랑채에 대고 '식사하세요!' 카랑카랑 목청을 높였다. 삼계탕이 한 김 빠질 만큼 시간이 흐른 뒤, 사랑채에서 나온 건 스텔라 아줌마 혼자였다. 오랜만에 엘자와 같은 상에 마주 앉아 같은 반찬으로 밥을 먹게 되리라, 가슴 설레었던 나는 구수했던 삼계탕 냄새에서 닭 비린내를 맡고 비위가 상해버렸다.

"엘자는 안 먹는대?"

아빠가 반쯤 몸을 일으켰다, 스텔라 아줌마가 앉자 다시 엉덩이를 붙였다.

"아직 일반식을 못 먹어서요."

스텔라 아줌마의 얼굴은 안 본 사이 부쩍 야위어 대추씨처럼 턱이 뾰족해져 있었다. 아빠가 숟가락을 들어 아줌마의 손에 쥐어주고 어서 먹으라는 듯 턱을 주억거렸다.

"그 전에 드릴 말씀이 있어요."

스텔라 아줌마가 손가락을 풀어 숟가락을 내려놓았다. 뭔가 예사롭지 않은 이야기를 꺼낼 참인지, 아줌마의 입술이 몇 번이나 주저하듯 달싹거렸다.

"아저씨껜 죄송한 말씀인데, 저희 방 빼려고요."

닭 비린내 나는 삼계탕이 식도를 쥐어짜고 위장을 비틀었다. 나는 배를 움켜쥐고 달달 떨리는 손으로 주전자의 물을 컵에 따랐다.

"아니 왜? 병원 때문에? 병치레가 길어질 모양이지?"

셈 빠른 아빠는 지금쯤 여기저기 찢어발기고 얼마 남지 않은 보증금 액수를 계산하고 있을 터였다.

"어제 애 아빠가 엘자 데리러 미국에서 들어왔어요. 병 고치기엔 아무래도 여기보단 미국이 낫겠다 싶어서 보내기로 했어요."

"애 아빠가 살아 있었구나. 그래도 자식은 에미가 키워야 하는데. 하기사 우린 그렇지도 않지만."

한참을 뜸 들인 엘자의 소원이 그렇게 이루어졌다.

나는 이 감격스러운 순간에 함께 기뻐해주지 못하고 먹먹한 가슴을 통통 치다 목에 걸렸던 닭가슴살 한 덩어리를 밥상 위에 토해냈다. 아빠가 내 등을 두드리고 물을 먹이는 사이, 스텔라 아줌마는 조용히 사랑채로 돌아갔다.

"꼭꼭 씹어 먹었어야지. 이 아까운 걸 어쩌."

아빠가 토해버린 삼계탕과 모자란 보증금을 아까워하는 동안,

나는 징건한 위장을 부여잡고 체기를 가장한 눈물을 질금댔다.

16

이튿날 찾아온 엘자의 아빠는 키도, 코도 크지 않은 빨간 머리의 백인이었다. 그는 마당에 택시를 세워놓고 관광객처럼 가방에서 망원경을 꺼내 마을 여기저기를 둘러봤다. 밭에 뿌린 두엄 냄새가 고약했는지 그는 연신 미간을 구기며 손수건으로 코를 막았다.

엘자를 배웅하러 종선이와 옥선이, 동기도 우리 집으로 찾아왔다. 그 애들 손엔 각각 작은 보퉁이가 들려 있었다. 종선이의 보퉁이에 든 건 오늘 아침 버무린 열무김치였고, 옥선이의 보퉁이엔 고추장과 된장이, 동기는 장조림과 멸치볶음을 들고 왔다.

"이리 내, 한 박스에 담아야 나중에 찾기 쉽지."

아빠가 라면 상자에 아이들이 준비한 보퉁이 세 개와 말린 미역 한 줄기, 김 세 톳을 담았다.

"와, 진짜 외국 사람처럼 생겼다."

동기가 목을 빼고 바깥마당을 서성거리는 엘자의 아빠를 훔쳐보며 말했다. 유치원 시절, 동기는 생일잔치에서 처음 멜론을 먹고 '과일에서 메로나 맛이 나!' 하던 녀석이었다. 동기의 엉뚱한 한마디에 모두가 피식 웃었다.

엘자는 우리 집에 처음 왔을 때처럼 검은 드레스에 챙 넓은 모자를 쓰고 사랑채에서 나왔다. 장님처럼, 엘자의 어깨를 짚고 스텔라 아줌마가 조촘조촘 따라나섰다. 화장기 없는 얼굴에 머리를 질끈 묶은 아줌마는 곱지 않았다. 눈 밑에 모래알 같은 기미가 거뭇했고, 입술은 창백했다. 날씬하고 키가 크다뿐, 특별히 예쁠 것도, 우아할 것도 없는 삼십대 아줌마였다.

우리는 엘자와 스텔라 아줌마 뒤를 장례 행렬처럼 따랐다. 택시 앞에 다가서자 엘자의 아빠가 망원경을 가방에 집어넣고 엘자의 뺨에 입을 맞췄다. 스텔라 아줌마도 울지 않는데 눈 여린 아빠가 코 삼키는 소리를 냈다. 엘자의 아빠가 라면 상자를 넘겨받아 택시 트렁크에 싣고, 차 뒷문을 열었다. 엘자가 우리 쪽을 향해 천천히 고개 숙여 인사를 하고 택시에 올라탔다.

"스텔라, 바이!"

두집살림을 하던 파렴치한답게 엘자의 아빠는 차갑고 냉정한 인사 한마디만 남기고 앞좌석에 앉았다. 남은 사람들은 택시가 눈에 보이지 않을 때까지 손을 흔들었다. 휘청거리던 스텔라 아줌마가 먼저 자리를 피했다. 종선이도 손등으로 벌건 눈을 훔치며 골목을 뛰어갔다. 동기와 옥선이도 방금 풀코스를 뛰고 온 마라토너처럼 힘 빠진 얼굴로 집에 돌아갔다.

"싫어요, 싫다는데 왜 이러세요? 광섭 씨가 뭔데, 남의 인생에 참견이에요? 좀 놔요."

아빠와 내가 막 대문간에 들어서려는데, 사랑채 문이 벌컥 열렸다. 광섭이 아저씨가 스텔라 아줌마의 팔을 잡아끌고 마당으로 나왔다.

"글쎄, 자식하고 이렇게 헤어지는 법이 어딨습니까? 엘자 한 번 안아주러 갑시다. 문산역 가면 만날 수 있을 거 아닙니까?"

스텔라 아줌마가 엉덩이를 뒤로 빼며 완강히 버텼지만 광섭이 아저씨 완력에 발이 질질 끌렸다.

"정말 안 가요? 언제 다시 만날지도 모르는데, 정말 이렇게 보낼 겁니까? 당신, 엘자 엄마잖아요."

광섭이 아저씨가 오토바이 시동을 걸고 스텔라 아줌마를 불퉁한 눈빛으로 바라봤다. 아줌마의 얼굴이 눈물로 번들거렸다.

"너도 타지 않고 뭐 해?"

마당 한편에서 둘의 옥신각신을 멀뚱히 지켜보고 있던 내게 광섭이 아저씨가 명령했다.

"저도요?"

나는 곁에 선 아빠를 올려다봤다. 아빠가 아무 표정 없이 손바닥으로 가볍게 내 등을 떠밀었다. 광섭이 아저씨가 스텔라 아줌마를 끌어당겨 오토바이 뒷좌석에 태웠다. 아줌마가 퉁퉁 부은 얼굴을 광섭이 아저씨의 티셔츠에 얼굴을 묻었다.

"빨리 타라니까!"

문산역에서 엘자를 다시 만나더라도 무슨 말을 해야 할지 몰랐다. 어쩌면 엘자가 나를 떠나는 게 아니라, 내가 엘자의 세계에서 쫓겨나고 있는지도 몰랐다. 그 애가 통치하는 아름답고 위험한 왕국 안에 허락 없이 숨어들어 간 게 잘못이었다. 하인 주제에 아름다운 여왕을 흠모한 게 잘못이었다. 흠모하면서도 끝까지 지켜주지 못한 게 죄였다. 나를 만나지 않았더라면, 엘자는 조금 더 스텔라 아줌마의 곁에 머물며 자신의 왕국을 더욱 단단하게 다졌을지 몰랐다. 엘자의 사춘기를 앞당긴, 내 잘못이 컸다.

광섭이 아저씨는 곡예하듯 골목과 비포장도로, 포장도로를 내달렸다. 스텔라 아줌마의 등이 쉬지 않고 들썩였다. 아줌마가 얼굴을 기댄 광섭이 아저씨의 연두색 티셔츠 등짝에 초록색 동심원이 번져갔다.

"여기가 시발역이니까 시간이 조금 있을 겁니다. 갔다 와요, 내 여기서 기다릴 테니."

광섭이 아저씨가 문산역 광장에 오토바이를 세웠다. 열차 시간이 얼마 남지 않았는지, 역으로 들어가는 사람들의 발길이 조급했다. 내가 먼저 오토바이에서 내려 스텔라 아줌마에게 손을 내밀었다. 역사에는 탑승 안내 방송이 어지럽게 울려댔고, 건빵만 한 표를 든 사람들이 개찰구 앞에 줄을 섰다. 미처 지갑을 챙기지 못한 스텔라 아줌마가 역무원에게 사정을 설명하고 들여보내줄 것을 부탁했다. 하지만 입장권을 끊지 않으면 배웅을 할 수 없다며 역무원이 고개를 가로저었다. 그때 누군가, 내 어깨를 건드리며 입장권 두 장을 내밀었다. 말쑥하게 차려입은 수동이 형이었다. 감사 인사를 전할 겨를도 없이 형은 어딜 가는지 바퀴 달린 짐가방을 끌고 우리보다 먼저 개찰구를 빠져나갔다.

열차가 막 플랫폼에 들어오고 있을 때 우리는 엘자와 엘자의 아빠를 찾아냈다. 스텔라 아줌마는 한쪽 신발이 벗겨지는 줄도 모르고 그들에게 달려가 엘자를 끌어안았다. 끈 떨어진 두레박이 우물 속으로 한정 없이 가라앉는 걸 바라보는 아이처럼 엘자의 표정에 놀람과 두려움이 가득했다. 엘자가 가만히 하얀 손을 들어 올려 스텔라 아줌마의 등을 쓰다듬었다. 그 순간만큼은 모녀의 역할이 바뀐 것처럼 엘자는 어른처럼 커 보였고, 스텔라 아줌마는 아이처럼 작아 보였다. 엘자의 아빠가 손목시계를 가리키며 스텔라 아줌마의 귀에 뭐라고 속삭였다. 그제야 아줌마가 엘자를 안은 팔을 풀었다. 그러곤 손가락으로 나를 가리켰다.

엘자가, 나의 주인, 나의 여왕이 나를 보곤 손끝에 입을 맞춰 흔들었다. 나는 언젠가 미국영화에서 보았던 것처럼 엘자의 키스를 손으로 쥐어 가슴에 사뿐히 가져다댔다. 엘자의 키스가 닿은 자리가 저릿저릿했다.

열차 출발을 알리는 안내 방송이 흘러 나왔다. 엘자의 아빠가 그 애의 등을 떠밀며 재촉했다. 엘자가 아줌마의 뺨에 키스를 하고 열차 계단을 올랐다. 잠시 후, 열차는 떠났고 딸과 첫사랑을 잃은 두 사람만이 플랫폼에 남았다. 하늘 저 멀리서, 구관조를 닮은 까마귀 한 무리가 열차를 뒤따랐다.

17

술과 담배를 끊은 엄마는 점점 몸이 불어갔다. 그도 그럴 것이 엄마는 앉은자리에서 밥 두 그릇은 기본으로 해치웠고, 매일 저녁 삼겹살이나 통닭을 먹고 잤다. 또 예전엔 같으면 쳐다보지도 않던 아이스크림이나 사탕을 입에 달고 살았다. 하지만 웬일인지 아빠는 아무 잔소리 없이 엄마가 먹고 싶다는 음식을 꼬박꼬박 해 바치며 흐뭇해하기까지 했다.

"배를 보니까 딸이다, 딸."

졸업식 날 아침, 우리 집에 찾아온 동기네 할머니가 엄마의 배를 쓰다듬으며 하회탈처럼 웃었다. 엄마의 뱃속에 든 게 삼겹살과 통닭, 아이스크림 따위가 아닌 어린 생명이라니. 그걸 앙큼하게 속여온 부모님에게 배신감마저 느껴졌다. 뭣보다 아빠가 남자고 엄마가 여자란 게 신기했다.

"하인아, 당춘네가 주는 걸로 생각하고 받아라. 중학교 들어가면 공부 더 열심히 해."

나는 엄마의 배에서 눈을 떼지 못하고 동기네 할머니가 건넨 삼만 원을 넙죽 받았다.

아빠는 감색 양복에 빨간 넥타이를 매고, 반짝이는 구두를 신었다. 엄마는 배를 감추기 위해 한복에 두루마기를 걸치고 집을 나섰다. 무스 바른 아빠의 앞머리가, 립스틱 바른 엄마의 입술이 겨울 아침 햇살 아래 투명하게 반짝거렸다. 양복에 구두를 신었지만, 아빠는 여전히 엉덩이를 살랑살랑 흔들며 걸었고, 한복을 입고 화장을 했지만, 엄마는 여전히 팔자걸음을 뒤뚱뒤뚱 교정을 누볐다.

교장의 길고 긴 훈화와 졸업생 대표의 뻔하디 뻔한 송사, 그리고 재학생 대표의 만만치 않은 답사가 운동장에 앉은 이백칠십 명을 꽁꽁 얼렸다. 졸업식이 끝나자, 종선이네 식구가 우리를 찾아와 가족사진을 부탁했다. 겨울방학 동안 제 아빠만큼 훌쩍 자란 종선이가 히죽 앞니를 드러내고 웃었다. 아빠도 카메라를 넘기고 가족사진을 부탁했다. 나는 살그머니 뒤꿈치를 들어 엄마와 어깨를 나란히 했다.

"양하인, 졸업 선물 안 줄래?"

당돌한 목소리, 옥선이었다. 여중에 들어가는 옥선이는 벌써부터 귀밑 2센티로 머리를 바짝 잘라 누나처럼 보였다.

"그런 거 없거든."

이젠 여자아이들과 어울리면 '사귄다'가 아니라 '연애한다'는 놀림을 받을 터였다. 나는 벌써 휘져버린 장미 꽃잎을 한 잎씩 뜯어내며 옥선이를 외면했다.

"그럼 내가 주지 뭐."

옥선이가 내 코트 주머니에 뭔가를 넣고 잰걸음으로 뛰어갔다. 그 애가 주머니에 넣어준 건, 금박으로 포장한 초콜릿 다섯 개였다.

"옥선이랑은 죽어도 아니라고 잡아떼더니, 맞네 뭘. 발렌타인

데이에 초콜릿도 받았으니."

아빠가 내 손에 담긴 초콜릿 하나를 가져다 입에 쏙 넣었다.

"아니라니까!"

나는 발까지 굴러가며 아들 망신을 일삼는 아빠를 책망했다.

"어머, 얘 변성긴가 보다."

엄마가 깜짝 놀란 표정을 지으며 낄낄 웃었다. 지난봄부터 계속 된 목감기가 영 낫지 않는다 싶었는데, 그게 변성기의 시작일 줄이야. 나는 겨드랑이에 몇 가닥씩 솟아난 터럭을 들킨 것마냥 부끄러운 마음에 괜히 팔로 종선이의 목을 졸랐다.

"그만 갑시다. 광섭이네 차 뽑았다는데, 그거 타고 임진각 가서 장어나 구워 먹자고."

엄마가 일행들을 몰고 교문 쪽으로 걸음을 옮겼다. 교문 밖엔, 얼마 전 금촌으로 이사해 목공소를 낸 광섭이 아저씨가 기다리고 있었다. 사장님처럼 제법 얼굴에 기름기가 도는 광섭이 아저씨가 꽃다발을 흔들며 나를 반겼다.

18

엘자가 떠난 며칠 후, 스텔라 아줌마는 다시 서울로 돌아갔다. 이삿짐 트럭을 부르지 않고, 남겨둔 세간을 쓰거나 버려달라고 우리에게 부탁했다. 엄마는 아줌마의 세간을 마당으로 끌어

내 쓸 만한 것과 버릴 것을 구분했다. 햇볕 아래 펼쳐놓은 엘자네 가구들은 방에서 보았던 것과 사뭇 달리 몹시 낡았고, 그리 값나갈 것 같지 않아 보였다. 떨어져나간 자리마다 본드를 이용해 여러 번 덧붙인 자국도 선명했다. 그중 쓸 만한 건 광섭이 아저씨가 만든 화장대뿐이었다. 화장대를 제외한 가구들을 엄마가 일일이 도끼로 조겨 장작으로 만들었다. 그러곤 나와 종선이를 구슬려 아직 아궁이가 남아 있는 이웃들에게 배달하도록 했다. 그렇게 엘자의 흔적은 이듬해 봄까지 이웃들의 방을 데우고 고추를 말리는 데 소용되었다.

나는 남은 몇 가지 물건 중 작은 주석 인형과 크리스털 장식물들을 치우다 엘자의 여권 사진 한 장을 발견했다. 사진 속 엘자는 머리를 길게 땋고, 놀란 듯 눈을 동그랗게 뜨고 있었다. 나는 엘자의 사진을 컴온의 무덤 곁에 합장해주었다. 멀쩡히 살아 있는 사람의 사진을 묻는다는 게 꺼림칙했지만, 어차피 엘자는 어둠에 익숙한 아이였으니 거기가 그리 불편할 것 같지 않았다. 이후에도 나는 컴온의 무덤 곁에 많은 것들을 묻었다. 수능시험 성적표, 헤어진 여자 친구와 맞춘 커플링, 군대 가기 전 잘라낸 머리카락 등이었다. 컴온의 무덤 곁을 열 때마다 엘자는 내 기억과 함께 조금씩 낡아가고 있었다. 엄마의 말대로 소중한 것들을 놓아주어야 할 땐 무덤이 제격이었다. 나는 무덤을 뒤지듯 옛 기억을 파헤치며 스텔라 아줌마와 엘자를 떠올렸다. 가슴에 검고 아름다운 꽃 두 송이가 피어나는 것 같았다. 그 마음이 잦아든 건 고

향집이 허물리고 그 자리에 홈플러스가 들어선 최근이었다.

종선이는 재수 끝에 지방대 연극영화과에 합격해 연출을 전공했다. 그는 여느 영화학도들과 달리 키에슬로프스키나 키아로스타미 같은 예술영화 감독은 이름조차 외지 못했다. 대신 히치콕과 김기영 감독을 좋아했다. 정작 그의 인생은 별다른 스릴이 없었다. 종선이네 가게와 선산리에 아파트 대단지가 들어서며 제법 큰 보상금을 받았고, 그 무렵 돈 사고 잘 치는 아버지가 췌장암으로 돌아가셨다. 아줌마와 종선이는 보상금으로 시내에 2층짜리 건물을 사들여 피시방과 비디오방을 운영했다. 질리도록 영화를 보며 삼십대를 보낸 종선이는 얼마 전 헤이리에 호텔을 개업했다.

"미친놈아, 누가 호텔 이름을 베이츠로 지어? 사장도 사이코처럼 생겼는데."

종선이의 개업 소식을 들은 건 퇴근길의 경의선, 대곡역 즈음이었다.

"호텔을 이름 보고 오냐? 다 위치 보고 오는 거지. 여기 뷰가 봐줄 만해. 1층에 레스토랑도 열었는데, 인스타 가서 좋아요 좀 눌러줘."

운이 잘 풀려 줄곧 건물주와 사장님 아들로 살아온 종선이와 달리, 나는 뒤늦게 석사를 마치고 시간강사로 겨우 밥벌이 중이었다. 벌이가 시원치 않아 간간이 짬이 나면 아르바이트를 병행할 수밖에 없었다. 그러니 인스타그램은 말로만 들었다 뿐, 설치

한 적이 없었다.

"인스타는 없고, 예전에 파놓은 트위터만 있어."

"하여간 뭐든 남보다 늦다니까. 요즘 인스타가 명함이에요. 당장 계정 하나 만들어. 너 그러고 살다 도태되는 거야. 발악을 해야지, 발악."

"오냐, 발악해주마. 지금은 전철이니까 집에 가면 바로 만들게."

"꼭 시켜야 하는 건 예나 지금이나……. 계정 만들면 엘자 인스타도 한번 들어가 봐."

종선이가 대수롭지 않다는 듯 엘자의 이름을 꺼냈다. 세상 사람들은 다 알고 나만 모르는 세상이 인스타 안에 있다는 것처럼 들렸다.

"거기 엘자가 있다고? 우리가 아는 송엘자?"

"어, 비공계 계정이라 게시물은 안 보이는데 엘자 맞아."

어떻게 확신하는 걸까. 엘리자베스라는 이름은 흔했다. 수많은 엘리자베스 중 단 한 계정을 콕 집어 송엘자라고 하는 게 가능한 걸까.

"어떻게 알아?"

백마역에서 전철 문이 열리자 11월 치고 사나운 한기가 뺨을 후려갈겼다.

"아고다 예약자 중에 Elizabeth Bathory라는 외국인이 있는 거야. 설마 아니겠지, 아니겠지. 하다가 확정서 발송된 이메일 주소로 검색했더니 웬걸. 엘자가 키우던 개 사진이 프로필에 걸렸더라고. 너랑 이름 같은 발바리 기억나지?"

개하인을 잊을 리 없었다. 종선이가 몇 마디 말을 더 보냈지만 들리지 않았다. 나는 전화를 끊고 인스타그램을 다운로드했다. 기왕이면 계정 이름을 알아둘 걸, 후회했지만 너무 쉽게 엘자를 찾고 싶지 않았다. 파주에 가까워질수록 앉을 자리가 많아졌다. 하지만 나는 여전히 선 채로 elizabeth라는 이름을 검색했다. 월롱, 파주, 종착역인 문산에 다다랐지만 아직 주둥이가 뾰족한 잡종 발바리 프로필 사진은 찾지 못했다. 그러다 문득, 계정 아이디가 elizabeth와 연관 없을지도 모른단 생각이 들었다. 나는 대합실에 앉아 새로운 검색어를 궁리했다. 엘자의 개 이름 hain. 그리고 그녀의 부계 성씨인 bathory. 나는 두 단어 사이에 언더 바를 넣고 검색했다. 검은 배경 안에 목을 꼿꼿이 세운 발바리가 무심한 눈길로 나를 바라보고 있었다. 개하인이었다.

계정 주인은 엘자가 확실했다. 다음 주에 베이츠 호텔에 체크인을 할 테니 찾아가면 만날 수 있을지 몰랐다. 하지만 수십 년이 흘렀으니 어린 시절의 육 개월을 기억할지도 의문이었다. 내겐 바로 어제 일 같은 그 시절이 엘자에겐 전생에서 겪은 희미한 기억의 한 자락이면 어쩌나 겁이 났다. 어쩌면 촌구석에서 병마와 싸우던 그 시간이 엘자에겐 그리 행복하지 않았을지도.

'엘자 월요일 오후 3시 체크인이다. 동기하고 옥선이는 퇴근하고 들르겠대. 너도 올 거지?'

258

종선이의 메시지에 답장을 미뤘다.

'허구 많은 호텔 중에 여길 골랐겠냐. 우리 보러 온 거겠지. 아니 너 보러 온 걸 거야.'

나는 끝내 답장을 보내지 못했다. 월요일엔 종강이니 평소보다 한 시간쯤 일찍 돌아올 수 있었다. 하필 그 시간이 엘자의 체크인 시간과 절묘하게 맞아떨어졌다. 보고 싶은 마음과 숨고 싶은 마음이 비등했다.

시간은 느리게 흘렀다. 일이라도 바쁘면 좋겠지만, 금요일은 수업이 없었다. 멍하니 침대에 누워 엘자 생각만 했다. 배가 고픈 것도 몰랐고, 목이 마른 것도 잊었다. 나는 지금껏 엘자를 늦가을 첫눈처럼, 한여름 이상저온처럼 뭐라 설명할 수 없는 신비로운 존재로 경외해왔다. 하지만 그건 엘자가 특별한 존재여서가 아니라 라디오 애청자의 사연처럼 시간과 기억의 오류로 만들어진 구전동화 같은 것일지 몰랐다. 몸이 아픈 혼혈 소녀가 세상에 어디 엘자 하나뿐이겠는가. 어른이 된 엘자를 다시 만나면 동화 같은 내 첫사랑의 소중한 추억도 누구나 한 번쯤 앓고 지나가는 열병처럼 흔해빠진 질병으로 전락해버릴 것 같았다. 나는 종선이에게 다음에 보자는 메시지를 보내고 학교로 향했다.

나는 평소보다 호들갑스럽게 중언부언하다 학기 마지막 수업을 마쳤다. 집으로 돌아갈까 하다 어쩐지 3시쯤 파주에 정차할 것 같아, 학교 앞 순댓국집에 들러 이른 저녁을 먹기로 했다. 첫눈 치고 제법 탐스러운 눈송이가 꽃잎처럼 흩날렸다. 한산한 식당 구석진 자리에 앉아 석박지와 겉절이를 가위로 잘랐다. 주인은 설설 끓는 뚝배기를 내 앞에 놓아주었다.

"소주 한 병 주세요. 후레시로요."

술이 약했지만, 순댓국을 먹을 땐 꼭 반주로 소주 석 잔을 마셨다. 나는 청양고추와 다대기를 듬뿍 넣어 매운 김이 피어오르는 순댓국에 숟가락을 담갔다.

"웬일이야. 낼모레면 12월인데 무슨 벚꽃이 피어. 진짜 지구가 멸망하려나 봐. 이러다간 겨울에 에어컨 틀겠네."

냉장고에서 소주를 한 병 꺼낸 주인이 벽걸이 텔레비전을 바라보며 혀를 찼다. 음소거한 뉴스 속엔 인천국제공항 벚꽃길에 열 수의 나무가 이른 개화를 시작했다는 자막이 흘렀다. 그리고 메마른 나뭇가지마다 함박눈 같은 벚꽃이 피어난 영상이 이어졌다. 이건 주인의 걱정처럼 지구가 멸망할 징조가 아니었다. 엘자가 돌아왔다는 징조였고, 나를 향한 엘자의 명령이었다. 나는 뜨겁게 달궈진 숟가락을 내려놓고 자리에서 일어섰다.

간다, 엘자를 만나러 간다. 그녀의 왕국은 버스와 경전철의 복잡한 노선 끝에 있다. 내겐 전설의 양날검도 육각방패도 없다. 청동 갑옷이나 말총으로 장식한 투구도 없다. 이마에 외뿔을 단 백마도, 충성스러운 하인도 내겐 없다. 그래도 간다. 가야 한다. 엘자, 나의 주인이 돌아왔으니까.

작가의 말

할머니는 갑자년에 태어나 갑순이라는 이름을 얻었다. 언니들은 큰년이와 작은년이었지만 막내인 덕에 누린 호사였다. 열일곱에 시집와 일제강점기와 전란을 겪어내고 여섯 아이를 키워냈다. 포도와 사과 과수원을 꾸리고 겨울이면 한복 바느질을 해 돈을 모았다. 봄이면 나물을 하러 먼 산에 다녀왔고 여름엔 못밥을 이고 지고 논과 밭을 종횡했다. 그러면서도 자식들의 가정이 위태로울 땐 손주들을 데려와 멀끔히 키워냈다. 그중 하나가 나였다. 할머니가 있어 나의 유년은 풍요로웠다. 그녀와 함께 들에 나가면 하찮아 보였던 풀들의 진짜 이름을 알게 되었고 그걸 어떻게 뜯고 데쳐 무쳐내는지 배웠다.

어느 해인가 세밑이었다. 할머니는 그맘때 늘 가마솥에 조청을 고았다. 그건 매우 지루해서 인내심이 없으면 못 하는 일이었

다. 누르스름한 물이 짙은 밤색이 될 때까지 젓다 보면 얼굴이 홧
홧해지고 팔이 떨어져나갈 것 같았다. 우린 나란히 부뚜막에 엉
덩이를 붙이고 앉아 어느 한 사람의 팔 힘이 다 하면 교대하는 방
식으로 초저녁을 보냈다. 그래도 두면 조청, 더 졸이면 엿이 될 즈
음 할머니는 문득 주걱을 내게 넘기고 동치미를 꺼내러 부엌을
나섰다. 열린 부엌문 틈으로 강아지가 뛰어들어왔다. 누가 낳은
새끼이며 무슨 색이고 얼마만 한 크기였는지는 기억나지 않는다.
그저 강아지가 뛰어와 순식간에 내 다리를 타고 부뚜막으로 뛰어
올라와 가마솥에 빠졌다는 사실만 몽타주처럼 남아 있다.

명이 짧아 그랬지, 할머니는 강아지를 커다란 양푼으로 떠내
감나무 아래 묻어주었다. 나는 사고를 막지 못한 죄책감에 자꾸
울었다. 올해는 왜 조청도 엿도 없냐고 물어볼 가족들에게 대꾸
할 말도 찾지 못했다. 곁에서 할머니가 해준 말이 있었다. 애, 인
생은 말이다, 닥치는 대로 사는 거야. 우는 것만큼 가치 없는 일
이 없어. 그땐 그게 무슨 말인지 몰랐다.

내가 아는 사십여 년간, 할머니는 언제나 평정심을 유지했다.
갑작스런 불행이 닥쳐도 울거나 하소연하는 대신 침착하고 조용
하게 해결법을 강구했다. 누가 우는 사람한테 돈을 꿔주니, 언제
돌려받을 줄 알고. 아흔 무렵 치매 증상이 나타났을 땐 순순히 병
을 받아들였다. 그녀는 정신이 맑은 날 아침, 보호자의 전화번호
를 새긴 팔찌를 해달라고 말했다.

강한 척하다 보니 정말 강해졌고, 지혜를 간구하다 현인이 되

었다. 그 덕에 저승사자도 할머니를 만만히 보지 못한 것 같다. 지금 할머니는 요양원에 계시다. 101세의 연세지만 아직 기저귀가 필요하지 않다. 주말이면 아버지가 모시고 나와 수십 명으로 불어난 손자와 증손자 들을 보여드린다.

작품을 개정하며 결말을 새로 썼다. 실은 계획하지 않은 일이었다. 개정 제안이 닥친 뒤에야 원고를 천천히 다시 읽고, 문득 그리고 언뜻 뭔가가 떠올라 실행했을 뿐이다. 이제야 할머니의 말이 뭘 의미하는지 조금 알 것도 같다.

그 겨울, 세밑에 고았던 엿은 유난히 맛있었다. 땅콩과 호두를 잔뜩 넣어 판판하게 펼쳐 굳히고 망치로 깨어 여럿이 나누었다. 가족들은 왜 할머니와 나만 엿을 먹지 않는지 의아해했다. 삼십 년 전 비밀을 이제야 털어놓는다.

2024년 3월
강지영

엘자의 하인

ⓒ 강지영, 2024

초판 1쇄 인쇄일 2024년 4월 4일
초판 1쇄 발행일 2024년 4월 15일

지은이   강지영
펴낸이   정은영
편집   최찬미 방지민
디자인   이도이
마케팅   최금순 이언영 연병선 윤선애
        이유빈 최문실 최혜린
제작   홍동근

펴낸곳   (주)자음과모음
출판등록 2001년 11월 28일 제2001-000259호
주소   10881 경기도 파주시 회동길 325-20
전화   편집부 02) 324-2347, 경영지원부 02) 325-6047
팩스   편집부 02) 324-2348, 경영지원부 02) 2648-1311
이메일   munhak@jamobook.com

ISBN 978-89-544-5036-2 (03810)